*Zum Buch:*

Die junge Helen wächst am Genfersee auf und lernt dort das Wasser lieben – auch die Gesellschaft der Baronin Julie von Rothschild inspiriert sie, eine exzentrische, selbstständige Frau, die sich für die Schifffahrt interessiert und sich den schnellsten Dampfer des Sees bauen lässt. Für Helen ist es also eine Selbstverständlichkeit, dass die Schifffahrt auch Frauensache ist. Bei einer der zahlreichen Soireen ihrer Eltern trifft Helen auf Hermann de Pourton – er ist der erste Mann, der Helens Leidenschaft fürs Segeln nicht als „unweiblich" verurteilt, sondern ihre Liebe teilt und sogar von ihrem Mut und ihrem Ehrgeiz beeindruckt ist. Mit ihm gemeinsam segelt Helen erstmals auf dem Meer, doch schon bald holen sie nicht nur die Gefahren dieses Sports ein. Auch die Kleidung, die sie trägt, macht sie zu einer Außenseiterin – und sie muss sich fragen, wer noch auf ihrer Seite steht, als die Olympischen Spiele zum ersten Mal in ihrer Geschichte die Teilnahme von Frauen erlauben …

*Zur Autorin:*

Beate Maly wurde 1970 in Wien geboren, wo sie bis heute lebt. Ihre drei Kinder zieht es immer wieder in die weite Welt. Zum Schreiben kam sie vor rund 20 Jahren. Sie widmet sich dem historischen Roman und dem historischen Kriminalroman. 2019 und 2023 war sie für den Leo-Perutz-Preis nominiert, 2021 gewann sie den Silbernen Homer. Ihre Bücher werden in zahlreiche Sprachen übersetzt.

Beate Maly

# Gegen den

# WIND

# des

# WIDERSTANDS

Roman

HarperCollins

1. Auflage 2024
Originalausgabe
© 2024 by HarperCollins in der
Verlagsgruppe HarperCollins Deutschland GmbH, Hamburg
Umschlaggestaltung von Rothfos & Gabler, Hamburg
Umschlagabbildung von Magdalena Russocka / Trevillion Images
Gesetzt aus der Stempel Garamond
von GGP Media GmbH, Pößneck
Druck und Bindung von CPI books GmbH, Leck
Printed in Germany
ISBN 978-3-365-00593-4
www.harpercollins.de

# Prolog

Milchig weiß lag der Nebel über dem See. In kleinen Wölkchen löste er sich von der Oberfläche, stieg auf und legte ein spiegelglattes Türkis frei. Barfuß lief Helen durch das noch nasse Gras, die Tautropfen kitzelten zwischen ihren nackten Zehen. In ein paar Stunden würde die Sonne jeden einzelnen Halm getrocknet haben. Schon jetzt verhieß der wolkenlos blaue Himmel einen weiteren heißen Sommertag. Erst abends, wenn sich erneut die schwüle Hitze vor den schneebedeckten Berggipfeln staute, würde es vielleicht ein Sommergewitter geben. Doch jetzt war die Luft frisch und klar. Es duftete nach geschnittenem Grün, denn gestern hatten der Bauer und seine Knechte die Wiese neben dem Garten mit den Sensen gemäht. Die Haufen hingen nun auf Holzgerüsten zum Trocknen und verströmten den Geruch nach Sommer und Unbeschwertheit.

Helen liebte die Sommermonate am Genfersee. Wenn es nach ihr ginge, würde sie das ganze Jahr an diesem malerischen Ort verbringen. New York mit seinen Wolkenkratzern, engen Straßenschluchten, lärmenden Fabriken und dem Sprachenwirrwarr war ihr ein Gräuel. Es war ihr völlig unverständlich, warum jemand freiwillig Europa verließ, um auf der anderen Seite des Atlantiks ein neues Leben anzufangen. In der Schweiz oder in Frankreich gab es doch alles, was man zum Glücklichsein brauchte.

Helens Unverständnis war der Tatsache geschuldet, dass sie auf die Butterseite des Lebens gefallen war. Sie war als erstes Kind in die wohlhabende Familie Lori geboren worden. Ihr Vater Pierre Lori war einer der erfolgreichsten Tabakproduzenten Amerikas. Er besaß Häuser in New York, Genf und Paris. Armut oder Hunger waren Fremdwörter für Helen. Ihre Sorgen galten dem verhassten Lateinunterricht und den Benimmstunden bei Marie Fornet, ihrer strengen Kinderfrau. Die Erzieherin bemühte sich vergebens, aus der wilden Zwölfjährigen eine salonfähige junge Frau zu formen.

Gestern war Fräulein Fornet für eine Woche zu ihrer Familie nach Lausanne gefahren, um ihre Schwägerin im Wochenbett zu unterstützen. Das bedeutete sieben ganze Tage ohne lästige Regeln. Helen musste keine Bücher auf dem Kopf tragen und damit aufrecht durch den Raum schreiten, sich nicht um langweilige Gesprächsthemen bei Tisch Gedanken machen und sich auch nicht mit den verhassten Handarbeiten abquälen, die ihr ohnehin nie gelangen. Sticken war ihr ein Gräuel. Neulich sollte sie einen Hirsch auf einen Kissenüberzug sticken, und am Ende hatte das Tier wie ein fettes Walross mit Geweih ausgesehen. Fräulein Fornet hatte den Überzug erst vorgestern zu den Spenden für ein Seniorenhaus gegeben. Jetzt musste sich ein armer alter Mensch Gedanken darüber machen, auf welch seltsamem Tier er seinen Kopf bettete. Es wäre wohl besser gewesen, der Überzug wäre in ein Gefängnis gegangen.

Helen lief Richtung See. Sie konnte den ganzen Tag nach ihrem Geschmack gestalten. Ihre Mutter war mit Helens jüngeren Brüdern Philipp und André beschäftigt. Die beiden brauchten Nachhilfeunterricht in Französisch und mussten sich im Tennis und Reiten bewähren. Während Helen schon früh ihre Liebe zur Sprache ihrer Mutter entdeckt hatte, taten die Brüder sich schwer mit ihr. André fand Französisch sei eine Hals-Nasen-Krankheit, und Philipp beschäftigte sich lieber mit den großen deutschen Dichtern, Goethe und Schiller.

Heute wollte Helen ihre neue Freiheit mit einem Abstecher zu ihrer Nachbarin, Baronin Julie von Rothschild, beginnen. Marie Fornet fand, dass die exzentrische Baronin, die allein lebte und unverheiratet war, kein geeigneter Umgang für Helen war. Zum Glück sahen sowohl Susanna Lori als auch Helens Vater das weniger streng. Die beiden hatten die Werte der Neuen Welt inhaliert. Den Traum, vom Tellerwäscher über Nacht zum Millionär zu werden, fanden sie keineswegs verwerflich. Und wer sich sowohl als Künstlerin als auch Unternehmerin einen Namen gemacht hatte, verdiente es, respektiert zu werden, egal ob es sich um einen Mann oder eine Frau handelte. Julie von Rothschild war eine exzellente Fotografin. In Paris wurden in ihren Werkstätten Geräte für die Augenmedizin hergestellt. Jedes Jahr entwickelten Spezialisten neue Techniken. Die Baronin verstand es wie keine andere, ihr Vermögen stetig zu vermehren und dabei nicht nur den beruflichen Erfolg im Auge zu haben, sondern auch ihren privaten Leidenschaften nachzugehen. Letzte Woche hatte Julie von Rothschild ihren neuen Dampfer eingeweiht. Die La Gitana war das schnellste Dampfschiff auf dem Genfersee. Pierre Lori, der selbst ein großer Schiffsliebhaber war, war von diesem kleinen Wunderwerk der Technik so beeindruckt gewesen, dass er beim Abendessen gemeint hatte: »Vielleicht sollten wir uns auch ein Schiff zulegen. Wobei ich ein Segelschiff bevorzugen würde. Das ist sportlicher.« Helen war sofort Feuer und Flamme gewesen, doch leider hatte ihr Vater danach das Boot nicht mehr erwähnt und sich langweiligeren Themen gewidmet.

Die La Gitana lag im Privathafen der Baronin. Mit den bunten Wimpeln und dem schneeweißen Rumpf wartete der Dampfer darauf, Passagiere über den See zu transportieren. Wenn Julie von Rothschild Wort hielt, was sie für gewöhnlich tat, durfte Helen heute mit an Bord kommen. Die Einweihungsfeier hatte Helen nur vom Fenster ihres Zimmers aus begleiten dürfen, und nun konnte sie es kaum erwarten, die Planken zu besteigen. War es noch zu früh, die Nachbarin an das Versprechen zu erinnern?

Helen kletterte auf die unterste Latte des Zauns und spähte über die dichte Hecke aus Kirschlorbeer und Liguster. Ein Brombeerbusch wuchs dazwischen. Helen pflückte vier der dunklen Früchte und steckte gleich alle auf einmal in den Mund. Sie verzog das Gesicht. Die Beeren waren noch nicht ganz reif. Geduld zählte nicht zu Helens Stärken. Aber Geschicklichkeit. Und so sprang sie vom Zaun und lief zu dem Tor, durch das man vom Grundstück ihrer Familie auf das der Baronin gelangte. Geschmeidig wie eine Katze schlüpfte sie unter dem Tor hindurch. Dabei löste sich eine kastanienbraune Strähne aus ihrer nur nachlässig geflochtenen Frisur. Helen steckte sie halbherzig hinters Ohr, hob ihre Röcke und lief über das taufrische Gras.

Am Landungssteg hatten sich einige Menschen eingefunden, alles Fremde. Helen hielt an, hob die Hand über die Augen und blinzelte gegen die aufgehende Sonne. Vier Frauen und zwei Männer. Drei der Damen hatten moderne Kleider mit langen Röcken, Rüschen, Schleifen und Tournüren an. Helen hasste die halben Unterröcke mit Fischbein- oder Stahlreifenverstärkungen. Mit ihnen konnte man sich weder hinsetzen noch schnell gehen. Im Grunde konnte man in solcher Aufmachung nichts anderes tun, als albern in der Gegend herumzustehen. Doch eine der Frauen stach hervor. Ihre hellen Röcke endeten oberhalb der Knöchel und erlaubten einen Blick auf feste Schuhe, wie man sie auch in den Bergen für lange Wanderungen trug.

Helen näherte sich neugierig. Als einer der Männer sie entdeckte, stellte er sich rasch vor die praktisch gekleidete Dame, so als müsste er sie vor Helen beschützen. Sofort zog ihn die Baronin zurück und machte eine beschwichtigende Handbewegung. Sie winkte Helen zu sich. Wie immer hatte sie eine Zigarette mit einer langen Spitze in ihrer Rechten. Helen erschien das wie der Inbegriff von Selbstbestimmung. Niemals würde ihre Mutter rauchen. Obwohl ihr Ehemann damit sein Geld verdiente. Fräulein Fornet war der Überzeugung, dass der Teufel höchstpersönlich dafür gesorgt hatte, dass jetzt auch Frauen zum Tabak griffen. Bei Männern war es für sie eine Selbstverständlichkeit, dagegen hatte sie keine Einwände. Manchmal fiel es Helen schwer, Marie Fornets Logik zu folgen.

»Das ist Helen Lori, die Tochter meiner Nachbarn. Sie begleitet uns«, sagte die Baronin. Ihre Stimme war vom Tabak und dem Gin, den sie abends gerne zu sich nahm, tief und rauchig. Ihre üppige Figur steckte in einem weißen Sommerkleid, auf ein Korsett hatte sie verzichtet. Der Ausschnitt des Oberteils war skandalös tief, wie es sonst nur bei Ballkleidern üblich war. »Warum soll ich mich mit eingeschnürtem Leib und zu viel Stoff auf meiner Haut quälen?«, pflegte sie zu sagen. »Ich krieg keine Luft, wenn mich jemand zuschnürt wie eine deutsche Bratwurst.«

Die Dame mit den knöchellangen Röcken schien sehr wohl eingeschnürt zu sein. Ihre Taille war so schmal, dass ein Mann mit großen Händen sie problemlos hätte umfassen können. Ihr Gesicht war kantig, aber schön. Eine tiefe Traurigkeit lag in ihren großen Augen.

»Guten Morgen, Helen! Du willst doch mitkommen, oder? Wir legen gleich ab«, sagte die Baronin.

Natürlich wollte Helen mitfahren. Vor dem Frühstück mit dem Dampfer auf den See – was für ein Abenteuer! Diese Woche würde die beste ihres Lebens werden.

»Hast du keine Schuhe dabei?«

Helen verneinte.

»Na, macht nichts«, meinte die Baronin. »Der See ist ruhig und wir sind auf einem Dampfer, nicht auf einem Segelboot.« Sie hob mahnend den Zeigefinger ihrer Linken:

»Aber merke dir: In Zukunft betrittst du kein Boot ohne feste, trittsichere Schuhe.«

»Mach ich«, versprach Helen.

Ein Mann mit einer schicken Kapitänsmütze unter dem Arm trat auf die Baronin zu. Er reichte ihr die Kappe, die diese ganz selbstverständlich auf ihren Kopf setzte. Helens Augen wurden kugelrund. Konnte es sein, dass Julie von Rothschild das Schiff selbst steuern würde? War sie die Kapitänin? Gab es dieses Wort überhaupt?

Über eine breite Planke kletterte ein Gast nach dem anderen auf das Schiff. Helen beobachtete die Frauen. Die drei eleganten Damen bewegten sich zögerlich und hielten sich an einem Handlauf fest. Die zarte, schlanke Frau ging mit sicheren Schritten, so als hätte sie in ihrem Leben nie etwas anderes gemacht. Helen tat es ihr gleich, auch sie geriet nicht ins Wanken.

»Die Kleine ist geschickt«, sagte die Fremde zur Baronin. Sie sprach auf Deutsch, mit einem weichen Akzent, der Helen neu war. Bis jetzt hatte die Sprache für Helen hart und kantig geklungen. Seit ein paar Monaten erhielt sie Unterricht darin, und schon jetzt verstand sie überraschend viel. Helen konnte nicht anders, sie musste das Gesicht der Frau anstarren. Es war trotz der Melancholie und der Traurigkeit sehr hübsch. Wären die Schatten unter den großen Augen nicht gewesen, hätte man sie als ausgesprochene Schönheit bezeichnet. Auf seltsame Weise kam die Fremde Helen bekannt vor. War sie ihr schon einmal begegnet? Hatte sie sie in einer der Zeitungen gesehen, die ihr Vater regelmäßig las? Helen kam nicht dazu, weiterzugrübeln. Sie durfte an die

Reling treten, musste aber versprechen, sich festzuhalten. Die Maschinen waren bereits angeworfen worden. Weiß-blauer Dampf stieg aus dem hohen rot gestrichenen Schlot und verflüchtigte sich am wolkenlosen Himmel. Mit einem heftigen Ruck legte das Schiff ab.

Zuerst tuckerte es ganz langsam, dann nahm es an Fahrt auf und wurde schneller. Rasch entfernte sich die La Gitana vom Ufer. Der Fahrtwind strich Helen über die Wangen. Kratzender Rauch füllte ihre Lungen. Sie hustete und wechselte die Seite an Bord. Wieder hielt sie sich mit beiden Händen fest. Jetzt war es klarer, frischer Sommerwind, der sie einhüllte. Der beißende Dampf zog auf der anderen Schiffseite vorbei.

Helen sah zu den Besuchern am Bug der La Gitana. Die Frau in den kurzen Röcken wandte sich zu ihr um. Die dunklen Schatten waren von ihrem ernsten, schmalen Gesicht abgefallen. Sie wirkte verändert. So als hätte sie sich mit dem Ablegen des Schiffs von einer Last befreit, die sie zuvor schier erdrückt hatte. Jetzt lächelte sie. Sie sah glücklich aus.

Es fiel Helen wie Schuppen von den Augen: Der Gast der Baronin war die österreichische Kaiserin Elisabeth. Sie hatte ihr Bild tatsächlich in einer Zeitung gesehen. Die Kaiserin drehte das Gesicht dem Fahrtwind entgegen und schloss genießend die Augen. Helen konnte sehen, wie sie die frische Morgenluft in vollen Zügen einsog und ihre schmalen Wangen sich rosig färbten. Helen tat es der Kaiserin gleich. Sie blickte von der Baronin mit ihrer Kapitänsmütze zur österreichischen Kaiserin und wieder zurück. Was die beiden

Frauen einte, war ein zufriedener Gesichtsausdruck, der einem kurzen Moment der Freiheit geschuldet war. An diesem Morgen fasste Helen einen wichtigen Entschluss: Sie würde die Schifffahrt für sich erobern. Ganz egal, was Fräulein Fornet dazu sagte. Diesen einzigartigen Augenblick, in dem es keine gesellschaftlichen Zwänge, keine Vorschriften und keine Grenzen gab, den wollte Helen wiederholen, und zwar immer und immer wieder.

## Genfersee, Sommer 1895

Helen saß luvseitig mit Blick auf das weiße Segel, das sich strahlend vom tiefblauen Himmel abhob. Sie drückte die Ruderpinne von sich weg, um härter am Wind zu fahren. Das Großsegel wölbte sich. Wie lange war sie schon unterwegs? Sobald sie sich auf dem Einhandsegler befand, den ihr Vater vor fünf Jahren gekauft hatte, verlor sie jedes Gefühl für die Zeit. Pierre Lori hatte die La Mouette in der Hoffnung erworben, seine Söhne für die Schifffahrt begeistern zu können. Aber sowohl Philipp als auch André weigerten sich hartnäckig, einen Fuß auf das kleine, schneidige Segelschiff zu setzen. Beiden wurde übel, sobald sie ein schwankendes Boot betraten. Bei Philipp war die Seekrankheit so stark ausgeprägt, dass er sich regelmäßig übergab. Bei langen Schifffahrten wie von den Staaten nach Europa litt er schreckliche Qualen. Helen hingegen hatte gleich in der ersten Woche Unterrichtsstunden bei dem alten Fischer Leano genommen. Seither verging kaum ein Tag, an dem sie nicht mit der La Mouette auf dem See war. Nur in den Wintermonaten musste sie darauf verzichten. Doch sobald die Eisschichten vom See geschmolzen waren und die La Mouette aus dem Winterschlaf geholt wurde, war Helen nicht zu halten. Sie liebte es, wenn der Fahrtwind ihr ins Gesicht blies und die von der Sonne geröteten Wangen kühlte; wenn ihr Haar im Wind wehte und das Seewasser in feinem Sprühregen ihre Haut überzog. Während sie die Weite des Sees erkundete, weichten die engen Grenzen ihres Lebens auf und wichen einer Schwerelosigkeit. Die gesellschaftlichen Verpflichtungen, denen Helen unterworfen war, rückten in die Ferne. Hier auf dem Wasser zählte ihr eigenes Geschick mit dem Wind und dem Boot.

»Wenn du einen Fehler machst, rächt sich das sofort«, pflegte Leano zu sagen. »Im schlimmsten Fall kenterst du. Da hilft dir weder ein Adelstitel noch ein fettes Bankkonto.« Dann zwinkerte er ihr zu und meinte: »Und es ist auch völlig egal, ob du ein Mann bist oder eine Frau. Den Wind und das Wasser schert das nicht. Die Wellen schlucken alles, was ihnen keinen Widerstand leistet.«

Helen mochte den alten kauzigen Fischer, dessen Haut von der Sonne gegerbt war wie dickes Leder. Er nahm kein Blatt vor den Mund, und was er sagte, hatte stets Hand und Fuß. So hatte er ihr schon während der zweiten Übungsstunde geraten, die Röcke abzulegen.

»Stell dir vor, du fällst damit ins Wasser«, hatte er gesagt. »Selbst wenn du schwimmen kannst, gehst du unter wie ein Stein, sobald all die Stoffschichten nass sind.«

Zuerst hatte Helen gezögert, aber als sie bemerkte, wie schwer ihre Kleidung schon nach wenigen Minuten auf dem See wurde, weil ständig Wasser ins Boot spritzte, gab sie Leano recht. Ihre Röcke wogen doppelt so schwer und es war schier unmöglich, schnell genug unter dem Baum hindurch und an der Großschot vorbei zur anderen Schiffsseite zu klettern, um eine ordentliche Wende oder eine Halse zu bewerkstelligen. Sie hatte sich deshalb angewöhnt, ihren Rock auszuziehen, sobald sie weit genug vom Ufer entfernt war. Auch jetzt lag das unpraktische Kleidungsstück ordentlich zusammengerollt unter der hölzernen Abdeckung am Bug. Ein einziges Mal hatte der Kapitän eines Dampfers sie in den knielangen Unterhosen gesehen und ihr auch direkt obszöne Bemerkungen zugerufen. Danach war Helen vorsichtiger geworden. Seither zog sie die Röcke erst aus, wenn sie sich außer Sichtweite eines anderen Schiffs befand. Außerdem versuchte sie, so im Boot zu hocken, dass ihre Beinbekleidung nicht sofort sichtbar war. Die Gefahr, dass ihre Mutter oder Marie Fornet von ihrem skandalösen Vorgehen erfuhren, war zu groß. Dann würde man ihr das Segeln verbieten, und sie würde verlieren, was sie am meisten liebte. Sie könnte sich nicht mehr zur Anlegestelle stehlen, aufs Boot klettern, ablegen und in die Mitte des Sees steuern, die schneebedeckten Berge im Hintergrund und das türkisblaue Wasser unter sich. Sobald Helen allein auf dem See war, spürte sie ein Gefühl von Freiheit. Genau wie damals auf der La Gitana. Daran hatte sich nichts geändert. Im Gegenteil, je geschickter sie im Umgang mit dem Segelboot wurde, umso freier fühlte sie sich.

Doch das war ein Trugschluss, denn sobald sie das Festland wieder betrat, war alles unverändert. Die Regeln, denen sie unterworfen war, und die Erwartungen, die an sie gestellt wurden. Und sie wurden mit jedem Tag konkreter, denn

Helen war längst im heiratsfähigen Alter. Bald würde sie als alte, unverheiratete Jungfer gelten. Dass man noch nicht über sie tuschelte, war ihrem Äußeren geschuldet. Sie sah trotz ihrer fünfundzwanzig Jahre immer noch aus wie kurz über zwanzig. Lange würde sie sich nicht mehr gegen den Bund der Ehe wehren können, auch wenn sie bisher alle Anträge abgelehnt hatte. Die Männer, die sie gestellt hatten, waren Langweiler oder hässliche alte Greise gewesen. Nicht ein einziger war dabei gewesen, der Helen interessiert hätte. Aber wie lange würde man es ihr noch zugestehen, Nein zu sagen?

Sie blinzelte gegen die Sonne. Die Schaumkrönchen auf den Wellen funkelten wie Diamanten. Leano hatte gemeint, dass das Wetter heute Nacht umschlagen würde. Im Moment war noch nichts davon zu spüren, aber Helen wusste, dass der Fischer immer recht behielt. Niemand konnte die Vorboten des Wetters besser lesen als er. Sie wünschte, dass sie eines Tages auch in der Lage dazu sein würde. Nichts war beim Segeln wichtiger als das Wetter. Sobald sich dunkle Gewitterwolken über den Berggipfeln auftürmten, musste man so rasch wie möglich zurück zum Ufer. Dasselbe galt, wenn Sturm und Hagel drohten. Eine kräftige Brise mit Windstärke vier mit elf bis fünfzehn Knoten, wie eben jetzt, war dagegen wie geschaffen für eine erfahrene Seglerin. Der Wind war der Motor, der Treibstoff, der das Boot zum Laufen brachte. Ihn geschickt zu nutzen, war ein Spiel, das Helen mittlerweile perfekt beherrschte. Sie bereitete sich für die nächste Wende vor, drückte die Pinne von sich und ließ das Vorsegel kurz back stehen. Das Hauptsegel gab nach. Der Baum drehte zur anderen Seite, das ganze

Boot wendete. Nach einem kurzen Stillstand nahm das Boot noch mehr Fahrt auf. Helen musste lächelnd daran zurückdenken, wie sie bei ihren ersten Wenden den Fehler gemacht hatte, sich zu sehr in den Wind zu stellen, und damit das Boot zum Anhalten gezwungen hatte. Ihr Blick glitt zum Ufer. Stand dort jemand und winkte ihr zu? Helen hielt Großschot und Pinne mit einer Hand und führte die andere über die Augen. Am Anlegesteg stand tatsächlich eine Person. Es war ihr Bruder Philipp, und er wedelte aufgeregt mit beiden Händen in ihre Richtung.

Helen hatte wieder einmal völlig die Zeit vergessen. Am späten Nachmittag hatten sich Geschäftspartner und Bekannte ihres Vaters angekündigt. Eine weitere langweilige Soiree, eine dieser gesellschaftlichen Zusammenkünfte, die Helen lieber gemieden hätte. Doch es wurde von ihr erwartet, daran teilzunehmen. Seufzend änderte sie den Kurs. Mit gefühlt geringerer Geschwindigkeit und sinkendem Enthusiasmus glitt sie zurück zum Ufer. Sie machte sich nicht die Mühe, den Rock schon auf dem See anzuziehen. Philipp wusste ohnehin, dass sie ihn beim Segeln ablegte. Kaum dass Helen in Hörweite war, rief er ihr zu: »Beeil dich, Mama hat bereits dreimal nach dir gefragt, und Fräulein Fornet ist schon ganz außer sich, weil sie dich nirgendwo finden kann. Die Arme ist einem Kollaps nahe.«

Philipp war um zwei Jahre jünger als Helen, sah aber deutlich älter aus. In den letzten Jahren hatte er sich zu einem hübschen jungen Mann gemausert. Sein schmales Gesicht zierte ein modischer Vollbart. Er verdeckte ein kantiges Kinn und volle Lippen. Genau wie Helen hatte er bernsteinfarbene Augen, kastanienfarbige Locken und unzählige Sommersprossen, die den ganzen Körper bedeckten, sobald etwas Sonne auf die Haut fiel. Das alles hatten sie von der Mutter geerbt. Doch sosehr die Geschwister sich äußerlich ähnelten, so unterschiedlich waren ihre Interessen. Während Helen fürs Segeln brannte und mit beiden Beinen im Leben stand, war Philipp verträumt. Statt sich dem Sport zu widmen, verschanzte er sich lieber hinter seinen Büchern, verfasste Gedichte und las Romane. Er interessierte sich für Literatur und Kunst und hätte gerne den ganzen Tag mit Wörtern und Bildern verbracht.

Bis vor einem Jahr war ihm das auch noch möglich gewesen. Man hatte ihn belächelt, aber gewähren lassen. Doch dann hatte ein unerwarteter Schicksalsschlag die Familie erschüttert, und es war von einem Tag auf den anderen Schluss damit gewesen. André war überraschend an einem Blinddarmdurchbruch verstorben. Noch auf dem Weg ins Krankenhaus hatte der vor Kraft und Energie strotzende junge Mann sein Leben gelassen. Sein plötzlicher Tod hatte der Familie schwer zugesetzt. Es war, als hätte der Boden sich geöffnet und ein Mitglied verschluckt. Ohne Vorwarnung, ohne Zeit, sich von ihm zu verabschieden, war André auf einmal nicht mehr da. Statt sich der Trauer hinzugeben und den Verlust zu verarbeiten, war sofort über die Nachfolge im Familienunternehmen diskutiert worden. Seither war Philipp der Hoffnungsträger von Pierre und Susanna Lori. Er sollte eines Tages das Unternehmen übernehmen. Der Gedanke, dass auch Helen dazu in der Lage sein könnte, kam weder ihrem Vater noch ihrer Mutter in den Sinn.

Erst als eine Lösung fürs Geschäft gefunden war, hatte sich gezeigt, wie sehr Andrés Tod das Leben der Familie verändert hatte. Susanna Loris Lebensfreude war einer tiefen Traurigkeit gewichen. Ihr hübsches Gesicht mit den rosigen Wangen war nun eingefallen und faltig, die Augen lagen in dunklen Höhlen. Auch Helens Vater lachte nur noch selten. Die gemeinsamen Abendessen waren von ernsten Gesprächen geprägt. Wobei ein Thema ausgespart wurde: Andrés Tod. Der tote Bruder war für alle ständig präsent, doch sein Name durfte nicht fallen. Helen war jedes Mal froh, wenn sie von den gemeinsamen Mahlzeiten wieder aufstehen konnte. Auch sie hatte der Tod ihres Bruders getroffen, obwohl André ihr nie sehr nahegestanden hatte. Solange er gelebt hatte, hatte er Helen und Philipp gehänselt. Er hatte Philipp wegen seiner Liebe zur Literatur aufgezogen und Helen wegen ihrer Passion für das Segeln. Vielleicht, weil er selbst an der Seekrankheit gelitten hatte und tief in seinem Herzen selbst gerne gesegelt wäre. Kaum hatten Helen und Philipp ihm den Rücken zugedreht, hatte er gehässige Reden geschwungen, um selbst in einem besseren Licht zu erscheinen. Als sein Sarg in die Erde gelassen worden war, hatte Helen getrauert, aber nicht wie um einen geliebten Bruder, sondern wie um einen jungen Menschen, der zu früh aus dem Leben scheiden musste. Und obwohl alle wussten, dass André oft gemein gewesen war, hatte er jetzt in den Augen der Eltern den Status eines Heiligen, den weder Philipp noch Helen jemals erreichen konnten.

Helen brachte die La Mouette in den Wind, sodass sie seitlich zum Landungssteg zum Halten kam. Sie warf Philipp eine Leine zu und holte das Großsegel ein. Ihr Bruder befestigte das Boot an einem Holzpfosten am Steg.

»Nicht bloß herumwickeln«, warnte Helen. Beim letzten Mal hatte sie eine halbe Stunde gebraucht, um Philipps seltsamen Knoten zu entwirren.

»Palstek«, antwortete ihr Bruder.

Helen hielt ihm einen aufrechten Daumen entgegen und warf ihm eine zweite Leine zu, die er ebenso umständlich und langsam, aber dafür fachmännisch am nächsten Pfosten befestigte.

Helen holte ihren Rock unter dem Bug hervor, schlüpfte hinein und knöpfte ihn im Rücken zu. Sie hob die Stoffschichten und kletterte an Land.

»Du musst aufhören, halb nackt über den See zu fahren«, meinte Philipp.

»Machst du Scherze?« Helen strich den Rock glatt. »Hast du meine langen Unterhosen gesehen? Die reichen bis weit übers Knie. Was soll da nackt sein? Alles, was man an unzüchtiger Haut sehen kann, sind meine Knöchel, und die stecken in festen Schuhen.«

Philipp verdrehte die Augen. »Du bist ein hoffnungsloser Fall.«

»Ich habe dich auch sehr lieb!« Sie warf einen letzten Blick auf die La Mouette. Das Boot war sicher festgebunden und die Segel eingerollt. Zufrieden hakte sie sich bei ihrem Bruder unter. »Dann lass uns den fürchterlich langweiligen Nachmittag, der bestimmt in den Abend übergehen wird, hinter uns bringen. Sind die Gäste schon da?«

»Alle.«

»O mein Gott!« Helen stöhnte.

Sie liefen auf die Villa zu, einen cremefarben verputzten quadratischen Bau mit weinrotem Dach und grünen Fensterläden. Helen liebte die Villa, die ihr Vater nach eigenen Plänen hatte errichten lassen. Jedes seiner Kinder hatte ein eigenes Zimmer, es gab eine Bibliothek und einen Salon. Die Bediensteten wohnten in kleinen Kammern unter dem Dach. Das Schönste am Haus war die riesige Terrasse, von der aus man einen herrlichen Blick auf den See und das malerische Panorama der schneebedeckten Berge im Hintergrund hatte. Hohe, schmale Zypressen säumten den Garten und gaben der Villa ein südländisches Flair. Neben der La Mouette war die Terrasse Helens Lieblingsort. Hier lernte sie Deutsch- und Lateinvokabeln, quälte sich ab und an mit Stickarbeiten oder übte sich mit ihrer Mutter oder Marie in salonfähiger Konversation. Klavier- und Geigenunterricht bekam Helen schon lange nicht mehr. Es war früh klar gewesen, dass ihre Begabungen nicht in der Musik lagen. All ihre Versuche, im Familienunternehmen mitzuarbeiten, waren von beiden Eltern abgeschmettert worden. Es war nicht so, dass Susanna und Pierre Lori Frauen die Leitung eines Betriebs nicht zutrauten. Sie wollten bloß die eigene Tochter nicht in dieser Rolle sehen. Und diese Meinung war so strikt, dass Helen es aufgegeben hatte, sich um die Mitarbeit zu bemühen. Sie hatte ihr Segelboot, und damit war sie im Moment vollauf zufrieden.

Genau wie Philipp gesagt hatte, waren die Gäste schon alle eingetroffen. Männer in dunklen Anzügen und Frauen in hellen Sommerkleidern hatten sich auf der Terrasse und im Salon versammelt. Die breiten Türen standen allesamt offen. Man hielt Bleikristallgläser in der Hand oder geblümte Tassen mit Tee und Kaffee. Personal in dunklen Uniformen lief emsig mit Silbertabletts herum und reichte den Gästen Nachschub. Einige Frauen schützten sich mit aufgespannten Sonnenschirmen oder großen, ausladenden Strohhüten vor der Sonne. Die Vorstellung, ihre porzellanweiße Haut könnte braun werden, war ihnen offenbar unerträglich.

Sobald ihre Mutter Helen erblickte, kam sie auf sie zu und zog sie zur Seite. »Bitte zieh dich um. So kannst du nicht unter die Gäste gehen.« Susanna Lori trug trotz der heißen Temperaturen ein dunkles Kleid. Seit Andrés Tod weigerte sie sich, helle, freundliche Farben anzuziehen. Das Kleid war elegant und hochgeschlossen. Um den Hals hing eine doppelreihige lange Perlenkette. Ein Erbstück ihrer Mutter. Leider hatte Helen ihre Großmutter nie kennengelernt.

Betroffen sah Helen an sich herab. Ihre Bluse war vom Segeln zerknittert und feucht. Sie klebte an ihrem Körper. Auch der Rock hatte gelitten, als er zusammengerollt unter dem Bug gelegen hatte. Sie gab in der Tat ein unpassendes Bild ab. Schon wollte sie einwilligen und auf ihr Zimmer gehen, als einer der Gäste sie erspähte und auf sie zukam.

»Bonjour! Sie müssen Helen Lori sein!« Er deutete eine Verbeugung an. Der Mann war der einzige Gast, der einen hellen Sommeranzug trug. Seine sonnengebräunte Haut bildete einen hübschen Kontrast zum weißen Kragen seines Hemds. Er musste viel Zeit im Freien verbringen. Sein Lächeln war charmant, und seine blauen Augen machten dem wolkenlosen Himmel Konkurrenz. Helen schätzte ihn auf Anfang dreißig. Sie hatte ihn noch nie gesehen.

»Ja, das bin ich. Und mit wem habe ich die Ehre?«

»Hermann de Pourton!« Er zog seinen modischen Stroh-hut.

»Sehr erfreut.« Helen sah zu ihrer Mutter. »Aber bitte entschuldigen Sie mich. Ich muss mich rasch umziehen. In ein paar Minuten bin ich wieder hier.«

Er hob seine rechte Augenbraue.

»Ich war eben mit dem Boot auf dem See. Sie werden ver-stehen, dass man dabei keine salonfähige Kleidung trägt«, erklärte Helen.

»Dann waren Sie das eben, die so schneidig zum Ufer ge-segelt ist? Das war sehr gekonnt abgebremst!«

Helen errötete. Noch nie hatte sie jemand wegen ihrer Fertigkeiten auf dem Boot bewundert. Ob er auch beob-achtet hatte, dass sie sich an Land wieder angezogen hatte? Wohl kaum, dazu hätte er einen Feldstecher benötigt.

»Ja. Das war ich.«

»Das war eine ungewöhnliche Leistung. Wer hat Sie auf dem Boot begleitet?«

»Niemand«, antwortete Helen. »Es ist ein Einhandsegler. Zu zweit würde man sich auf die Zehen steigen und im Weg sein.«

Nun hob er auch die zweite Augenbraue. »Sie segeln al-lein?«

»Ja, natürlich. Warum auch nicht?«

»Monsieur de Pourton, bitte entschuldigen Sie das Aus-sehen meiner Tochter. Sie muss sich jetzt wirklich umklei-den.« Susanna Lori unterbrach das Gespräch. Elegant schob sie Helen zur Seite und drängte sie zur Treppe. »Rasch jetzt.

Ich will nicht, dass noch andere Gäste dich in diesem Zustand sehen. Du hättest den Hintereingang nehmen sollen.«

Helen hatte nicht den Eindruck gehabt, dass Hermann de Pourton sich an ihrem Kleid gestört hatte. Statt zu antworten, biss sie sich auf die Zunge, hob den Rock und eilte die Treppe hinauf in den ersten Stock, wo sich ihr Zimmer befand. Wie erwartet hatte Marie bereits ein passendes Kleid für sie bereitgelegt. Es war zitronengelb mit unzähligen Blümchen und Rüschen, ein Albtraum an Unbequemlichkeit. Helen würde es trotzdem anziehen. Sie wollte keine weiteren Diskussionen mit ihrer Mutter oder Fräulein Fornet. Rasch schlüpfte sie aus Rock und Bluse und griff nach dem Kleid. Das Korsett, das daneben auf dem Bett lag, schob sie zur Seite.

Sie weigerte sich, ihren Brustkorb mit Fischbeingräten einzuschnüren. Ihre Lungen waren dazu da, sich beim Atmen zu entfalten, und sollten nicht in eine Art Schraubstock gesperrt werden. Helen war nicht dick. Sie war mit ihrer Taille durchaus zufrieden, und wenn sie hungrig war, dann wollte sie essen, bis sie satt war. In ihrem Stoffbeutel hatte sie kein Riechfläschchen wie viele andere jungen Frauen. Sie war noch nie in Ohnmacht gefallen und hatte das auch in Zukunft nicht vor.

Rasch knöpfte sie die unzähligen kleinen Knöpfe zu, die das Kleid am Rücken verschlossen. Um die obersten Knöpfe zu erreichen, musste sie die Arme weit nach hinten beugen. Zum Glück war sie gelenkig. Eine Fähigkeit, die ihr beim Segeln half, rasch unter dem Baum hindurch von einer Seite des Boots auf die andere zu schlüpfen. Halbherzig widmete sie sich ihren Locken, flocht sie zu einem neuen Zopf und steckte ihn hoch. Ihre Wangen waren von der Sonne gerötet, und ihre Augen glänzten noch beim Gedanken an die letzten Stunden. André hätte bei ihrem Anblick böse geätzt, sie sehe aus wie eine Bäuerin, die den ganzen Tag auf dem Feld gearbeitet habe. Gab es vielleicht etwas, womit sie ihr Aussehen aufbessern konnte? Sie ließ den Blick durchs Zimmer schweifen. Er blieb an dem Sommerblumenstrauß auf dem Fensterbrett hängen. Helen hatte ihn gestern bei einem ausgedehnten Spaziergang mit Fräulein Fornet gepflückt. Kurz entschlossen schnippte sie ein paar der Blumenköpfe von den Stängeln und steckte sie sich ins Haar. Die Margeriten passten gut zum Kleid. Zufrieden mit sich selbst kehrte sie in den Salon und auf die Terrasse zurück. Die meisten Gäste nahmen jetzt erst von ihr Notiz.

»Fräulein Lori. Sie sehen bezaubernd aus, wie immer!« Der Bankier Lüthi kam auf sie zu, ergriff ihre Hand und deutete einen Handkuss an. Er winkte seinen Sohn zu sich. Bei der letzten Soiree hatte Helen sich geschickt vor dem Mann verstecken können. Heute schien ihr das Schicksal nicht gewogen. Bernhard Lüthi kam näher. Er war ein selbstverliebter Langweiler mit teigigem Gesicht. Sobald er den Mund aufmachte, redete er über Finanzmärkte, Spekulationen und gewinnbringende Anlagen. Möglicherweise war das, was er sagte, gar nicht so uninteressant. Aber Helen konnte seinen Endlosmonologen nicht folgen. Spätestens nach fünf Minuten gähnte sie. Hilfesuchend drehte sie den Kopf nach allen Seiten. Gab es eine Möglichkeit, dem Gespräch mit Lüthi zu entkommen, ohne unhöflich zu erscheinen?

Hermann de Pourton schien ihre Gedanken erraten zu haben. Er stand seitlich hinter ihr und beobachtete sie.

»Sie waren mit dem Umkleiden unglaublich schnell.« Er schenkte Helen ein Lächeln, das ihre Wangen erröten ließ. »Haben Sie gezaubert?«

»Das liegt in meinem Naturell«, sagte sie. »Ich mag die Geschwindigkeit.«

»Das habe ich zuvor gesehen. Verraten Sie mir, wo Sie so gut Segeln gelernt haben?«

»Hier auf dem See. Ein alter Fischer hat mir die Grundbegriffe beigebracht. Den Rest habe ich durch Übung erfahren. Vor zwei Jahren bin ich einem Segelclub beigetreten.«

»Haben Sie schon mal an einer Regatta teilgenommen?«

»Ein Mal«, gab Helen stolz zu. Zur Überraschung aller hatte sie den Wettbewerb gewonnen.

»Sie segeln?«, fragte Bernhard Lüthi, ohne sie erst zu begrüßen. Er klang entsetzt. »Ist diese Sportart nicht schädlich für die weibliche Gesundheit?«

»Warum sollte sie das sein?«, fragte Helen.

Reingard Lüthi, die Frau des Bankiers und Mutter von Bernhard, wandte sich von einer Gruppe Frauen ab und drehte sich zu ihnen um. Sie hatte das Gespräch mitgehört. »Es ist allgemein bekannt, dass Sport sich negativ auf die weibliche Konstitution auswirkt. Wir Frauen sind einfach nicht für den Sport geboren.«

»Das trifft auf mich nicht zu«, widersprach Helen.

»Wie bitte?«

»Ich fühle mich großartig, wenn ich auf dem Wasser bin. Ich schwimme auch gerne und viel. Aber am meisten Freude bereitet mir das Segeln.«

»Um Himmels willen«, meinte der Bankier und schnappte

nach Luft. »Das sollten Sie unbedingt unterlassen. Das Wasser ist schädlich für die weiblichen Organe. Erst kürzlich habe ich in einer Fachzeitschrift gelesen, dass Frauen, die schwimmen, unfruchtbar werden und keine Kinder bekommen können.«

»Das kann nicht sein«, entgegnete Helen. »Die österreichische Kaiserin ist bekannt dafür, dass sie regelmäßig Sport treibt, und sie ist nicht nur bildhübsch, sie hat auch vier gesunde Kinder geboren.«

»Die Frau ist eine Ausnahme. Sie ist eben eine Kaiserin«, sagte Reingard Lüthi.

Der Bankier räusperte sich. »Ich glaube den Wissenschaftlern, und die sagen, dass Frauen keinen Sport ausüben sollten. Der weibliche Körper ist schwach und weich. Es ist nicht gut, wenn er mit Muskeln bepackt wird. Das wäre gegen die Natur und schlussendlich gegen die göttliche Ordnung.«

»Göttliche Ordnung?« Helen schüttelte irritiert den Kopf. »Wollen Sie mit mir über Religion diskutieren?«

Aus den Augenwinkeln sah sie, wie de Pourton die Hand vor den Mund hielt, um ein Schmunzeln zu verbergen.

Der Bankier ruderte wieder zurück. »Frauen sind nicht für den Sport geschaffen. Ihre Körper sind zu …« Er suchte nach einem passenden Wort.

»Elegant!«, half ihm seine Frau aus.

»Danke, meine Liebe.« Er nickte. »Ja, sie sind wohl zu elegant. Und sie eignen sich definitiv nicht für die Ertüchtigung.«

»Mein Körper eignet sich dazu«, sagte Helen trotzig.

Die Kinnlade des Bankiers klappte nach unten.

»Und es scheint Ihnen wohl zu bekommen, wenn ich mir die Bemerkung erlauben darf.« Hermann de Pourton lächelte sie charmant an. »Sie sind mit Abstand eine der hübschesten Frauen hier heute Abend.«

Helen schoss das Blut in die Wangen.

»Da werden Sie mir doch nicht widersprechen, Herr Lüthi.«

Der Bankier hüstelte verlegen. »Nein, natürlich nicht.«

»Mit wem haben wir die Ehre?«, mischte sich seine Frau ein.

»Hermann de Pourton.« Mit einer Geste, die ein wenig überheblich wirkte, deutete de Pourton eine Verbeugung an.

»Sind Sie der Besitzer der Weingüter Pourton?«, fragte Bernhard Lüthi. »Es heißt, dass Sie in den letzten Jahren große Gewinne verzeichnet haben.« Wenn es ums Geld ging, kannte er sich aus.

»Ja, wir haben im letzten Jahr eine beachtliche Menge hervorragenden Rotwein gekeltert.«

»Ihr Merlot war ausgezeichnet!«, schwärmte der Bankier. »Ich habe selten einen so süffigen Tropfen getrunken.«

»Das freut mich«, sagte de Pourton.

Damit war das Gesprächsthema Frauen und Sport dem des Weins gewichen. Helen war es durchaus recht. Sie sah die tiefe Falte zwischen den Augenbrauen ihrer Mutter. Später würde sie sich eine Predigt anhören müssen.

Da die Männer sich angeregt unterhielten, konnte sie sich entfernen, ohne unhöflich zu erscheinen. Ihr Ziel war das Buffet, denn der Nachmittag am See hatte sie hungrig gemacht. Helen lud sich ihren Teller mit kleinen Brötchen und Kuchenstücken voll.

»Schieben Sie einen Teil Ihres Essens unauffällig zu mir!« Fräulein Fornet hielt ihr einen leeren Teller entgegen.

Helen blickte auf. Ihre ehemalige Erzieherin, die nun seit Jahren ihre Gesellschafterin und Anstandsdame war, musterte sie streng. In all der Zeit, die Helen sie nun kannte, hatte sie das Fräulein nur zweimal herzhaft lachen gesehen. Einmal bei einer Zirkusvorstellung, da hatte sie einen kleinen Clown lustig gefunden, und einmal bei einer Geschichte, die ihr verstorbener Bruder zum Besten gegeben hatte. Er hatte sich auf Kosten anderer lustig gemacht. Beides war nur mäßig amüsant gewesen. Manchmal fragte Helen sich, ob Fräulein Fornet keinen Humor besaß oder das Lachen einfach verlernt hatte. Vielleicht war es etwas, das man regelmäßig üben musste. Wie eine Fremdsprache oder das Beobachten des Wetters beim Segeln. Entweder man praktizierte es regelmäßig, oder die Fähigkeit ging wieder verloren.

»Warum soll ich Ihnen den Kuchen geben?«, fragte Helen. »Wo ich ihn doch selbst essen will. Es ist noch genug da. Greifen Sie zu.« Sie zeigte auf das Buffet. Natürlich wusste Helen, dass das nicht Fräulein Fornets Intention war. Es galt als unschicklich und maßlos, wenn eine junge Dame ihren Teller so volllud, wie sie es eben getan hatte. Aber war es besser, wiederholt zum Buffet zu gehen und jedes Mal nur ein winziges Stückchen zu holen? Helen war für die praktische Variante.

»In zwei Stunden gibt es ein mehrgängiges Dinner.« Fräulein Fornet sprach so leise, dass nur Helen sie hören konnte. Bestimmt hatte sie nichts gegessen und sich bloß mit einer

Tasse Tee begnügt. Die Frau war groß und hager. Trotz ihrer schmalen Figur ließ sie ihre Taille jeden Morgen von Sophie, dem Dienstmädchen, so eng schnüren, dass ihr bei jeder körperlichen Belastung wortwörtlich die Luft wegblieb.

»Bis dahin bin ich verhungert«, konterte Helen. Sie stopfte sich ein großes Sandwich in den Mund. Normalerweise hätte sie einfach abgebissen, aber Fräulein Fornets Verhalten löste eine Trotzreaktion in ihr aus. Mit prall gefüllten Wangen kaute sie genüsslich.

»Ihr Verhalten ist unmöglich«, zischte das Fräulein. »Die Leute starren Sie schon an.«

Helen schluckte hinunter und sah sich um. Schon wollte sie widersprechen, als sie in zwei strahlend blaue Augen schaute, die amüsiert auf sie gerichtet waren. Rasch drehte sie Hermann de Pourton den Rücken zu. Sollte sie manierlicher essen? Immer noch hielt Fräulein Fornet ihr den leeren Teller entgegen. Hinter ihr ging ein Mann mittleren Alters vorbei. Er steckte sich im Gehen ein Kirschtörtchen in den Mund, das doppelt so groß war wie Helens Sandwich. Auf seinem Teller befanden sich vier weitere Kuchenstücke. Niemand verlangte von ihm, seinen Teller zu leeren.

»Ich bin hungrig«, sagte Helen. »Und deshalb werde ich jetzt essen. Aber wenn Sie nicht selbst zum Buffet gehen wollen, hole ich gerne etwas für Sie.«

Fräulein Fornet presste ihre schmalen Lippen grimmig aufeinander.

»Aber ich werde meinen Mund nicht mehr so vollstopfen«, versprach Helen versöhnlich. Vom nächsten Sandwich biss sie manierlich ab. Man musste es ja nicht übertreiben.

Bereits eine Stunde später bat Helens Mutter die Gäste auf die Terrasse, wo das Personal unter freiem Sternenhimmel eine festlich gedeckte Tafel hergerichtet hatte. In den Bäumen hingen bunte Lampions aus Papier. Helens Vater hatte sie von einem britischen Geschäftspartner bekommen, der sie aus China mitgebracht hatte. Helen liebte die hübschen filigranen Papierballons. Auf jedem war ein anderes Drachenmotiv mit hellrosa Hibiskus- und Jasminblüten zu sehen. Weiße Tücher lagen auf den Tischen, Susanna Lori hatte das feine Porzellan und das silberne Besteck aus den Kästen holen lassen. Dünnwandige Bleikristallgläser standen bereit. Bestimmt würden an diesem Abend wieder ein paar davon kaputtgehen. Aber Helens Mutter ließ es sich nicht nehmen, ihren Gästen nur das Beste zu bieten.

»Wer seine zukünftigen Geschäftspartner beeindrucken will, fängt am besten mit der richtigen Geschirrauswahl an«, davon war sie überzeugt. Helen, die selbst den Unterschied zwischen einem einfachen Tonteller und teurem Porzellan nicht zu schätzen wusste, bezweifelte diese Aussage. Sie fand den ganzen Aufwand reichlich übertrieben. Doch die Lampions und die Kerzen auf dem Tisch wollte auch sie nicht missen. Tischkärtchen wiesen den Gästen ihre Plätze zu. Susanna Lori überließ nichts dem Zufall. Damit die geladenen Gäste sich gut unterhielten und Kontakte knüpfen konnten, war es von größter Wichtigkeit, dass sie neben den richtigen Menschen saßen. Es überraschte Helen nicht, dass ihre Mutter sie ausgerechnet neben Bernhard Lüthi platziert hatte. Der Abend würde an Langweiligkeit nicht zu überbieten sein. Dementsprechend missgelaunt setzte Helen sich.

Sie starrte auf das Tischkärtchen neben sich und wünschte, sie könnte es verschwinden lassen. Umso größer war ihre Überraschung, als eine gebräunte Männerhand danach griff und es tatsächlich austauschte.

»Der junge Mann wird es mir hoffentlich nicht übelnehmen!« Hermann de Pourton stellte sein eigenes Kärtchen vor sich auf den Tisch. »Sie entschuldigen mich kurz.« Mit einem schiefen Grinsen eilte er ans andere Ende des Tisches und ließ dort das Kärtchen des Bankiers zurück. Mit vollkommen unschuldiger Miene, als hätte er mit dem Tausch nicht das Geringste zu tun, schlenderte er wieder zurück zu Helen. Zeitgleich mit Bernhard Lüthi erreichte er sie.

»Wie kann das sein?«, fragte der Bankier irritiert. »Als ich zuvor vorbeigeschaut habe, stand mein Name noch neben dem Ihren, Fräulein Lori.«

Helen zuckte unwissend mit den Schultern. »Ich bin eben erst zu meinem Sitzplatz gekommen. Meine Mutter hat die Tischordnung vorgenommen.«

Lüthi stemmte die Hände in die breiten Hüften und sah sich um. »Wo soll ich denn nun sitzen?«

»Ich glaube, ich habe Ihren Namen am anderen Ende des Tisches entdeckt«, mischte sich de Pourton ein. »Ein hervorragender Platz. Gleich neben dem Tisch mit den Getränken.«

»Aber die Kellner servieren den Wein doch überall …«

Weiter kam er nicht, denn Hermann de Pourton schob ihn elegant zur Seite und setzte sich, bevor Bernhard Lüthi weiteren Protest einlegen konnte. Erst als der Bankier verdattert zum anderen Ende des Tisches trottete, wandte de Pourton sich an Helen. »Ich hoffe, dass dieser kleine Tausch in Ihrem Sinne war!« Er zwinkerte ihr verschwörerisch zu. »Sie haben vorhin den Eindruck erweckt, als würde das Gespräch mit dem jungen Mann Sie langweilen.«

»Ihr Vorgehen war äußerst frech«, entgegnete Helen mit gespielter Empörung. »Und unverschämt.«

»Soll ich Lüthi zurückholen und ihm meinen neu erkämpften Platz überlassen?« De Pourton tat so, als würde er aufstehen wollen, doch Helen hielt ihn lachend zurück. »Bloß nicht!«

Der Weingutbesitzer schien mit ihrer Reaktion zufrieden.

»Sehr gut«, sagte er. »Ich hätte Ihre Gesellschaft nur ungern gegen die von Madame Martinez eingetauscht.« Er schaute zum anderen Tischende, wo Bernhard Lüthi sich eben neben eine Frau mit aufwendig hochgesteckter Frisur und einer beeindruckenden Oberweite setzte. Sie hatte die fünfzig deutlich überschritten.

Helen konnte sich ein leises Kichern nicht verkneifen. Madame Martinez war die Witwe des spanischen Konsuls. Sie liebte gutes Essen und guten Wein. Und sie besaß Geld wie Heu, weshalb Bernhard Lüthi gewiss ein Gesprächsthema mit ihr finden würde.

»Und nun erzählen Sie mir genau, wann und wie Sie Ihre Leidenschaft fürs Segeln entdeckt haben!« De Pourton lehnte sich zurück, verschränkte lässig die Arme vor der Brust und musterte Helen mit einem Blick, der ihr einen heißen Schauer durch die Körpermitte jagte. Selten hatte ihr Herz in der Nähe eines Mannes so schnell geschlagen.

Als Fünfzehnjährige war sie in den Sohn des Gärtners verliebt gewesen. Max hatte sie heimlich im Geräteschuppen geküsst. Danach hatte Helen wochenlang Angst gehabt, sie könnte davon schwanger sein. Max, der ebenso unerfahren war wie sie, hatte seine ältere Schwester Maria gefragt. Sie hatte schon zwei Kinder und wusste Bescheid. Maria war es gewesen, die Helen über ihren Körper aufgeklärt hatte. Die Verliebtheit in Max war rasch Ernüchterung gewichen, aber die Dankbarkeit über das Wissen, das Maria ihr vermittelt hatte, war geblieben.

Seit dem heimlichen Kuss damals hatte Helen sich nie wieder ernsthaft für einen Mann interessiert. Entweder waren sie langweilig und farblos oder sie wollten sie auf der Stelle heiraten, um sie in einen goldenen Käfig zu sperren. Hermann de Pourton war anders. Er war charmant und witzig. Und er fand es nicht unschicklich, dass sie segelte. Ganz im Gegenteil, er wollte mit ihr darüber reden.

Bereitwillig gab Helen seinem Wunsch nach und erzählte ihm von ihrem ersten Erlebnis auf einem Boot und wie sie danach die Liebe zum Segeln entdeckt hatte. Er hörte ihr so gebannt zu, dass er sowohl den ersten als auch den zweiten Vorspeisenteller unangetastet zurückschickte.

»Wenn Sie auch die Suppe und den Hauptgang nicht anrühren, wird meine Mutter beleidigt sein und Sie künftig von ihrer Gästeliste streichen«, sagte Helen mit gespieltem Ernst.

»Oh, das muss ich auf jeden Fall verhindern!« Er griff nach der weißen Stoffserviette aus Damast, breitete sie über seinen Oberschenkeln aus und begann die Suppe zu löffeln. »Ich kann auch beim Essen zuhören«, sagte er. »Fahren Sie fort. Warum sind Sie noch nie auf dem Meer gesegelt?

Ein See gibt Ihnen immer einen Rahmen vor. Der Ozean ist schier grenzenlos. Dort könnten Sie Ihrer Leidenschaft nach Herzenslust frönen.«

»Es hat sich leider noch nicht ergeben.« Helen seufzte. Seit Jahren träumte sie davon, den Genfersee gegen den Atlantik oder das Mittelmeer zu tauschen. Aber ihre Eltern waren strikt dagegen.

»Ich besitze ein Château in Cannes. Kommen Sie mich besuchen. Dann zeige ich Ihnen, was es bedeutet, richtig zu segeln.« Seine Augen funkelten im Licht der Laternen, und Helen wurde trotz untergehender Sonne und abnehmender Temperaturen warm.

»Wollen Sie andeuten, das Segeln auf dem See wäre nicht richtig?«

Sein Lächeln wurde breiter. »Es ist, als würden Sie …« Er dachte nach und griff nach der Semmel, die neben seinem Teller lag. »… eine altbackene Semmel mit einem frischen, knusprigen Croissant vergleichen.«

Helen lachte herzhaft. »Lassen Sie das ja nicht meine Mutter hören, dass die Semmeln, die sie servieren lässt, altbacken sind. Sie würde Ihnen das nie verzeihen.«

Zum ersten Mal an diesem Abend schoss ihm das Blut in die Wangen. »Das wollte ich damit nicht andeuten«, entschuldigte er sich. »Die Semmeln sind knackig und frisch.«

»Schon gut«, beruhigte ihn Helen und wischte sich eine Lachträne aus dem rechten Augenwinkel. »Ich habe Ihren Vergleich verstanden.«

Zu gerne hätte sie ihre Hand auf seinen Unterarm gelegt, nur um ihn zu berühren. De Pourton sah ihr eine Spur zu lange in die Augen. Sofort senkte sie ihren Blick wieder. Bildete sie es sich nur ein, oder rückte er tatsächlich näher zu ihr heran? Am liebsten hätte auch Helen ihren Stuhl näher an seinen geschoben. Wenn er lächelte, bildeten sich winzige Lachfältchen rund um seine Augen. Sie machten ihn noch sympathischer. Alles an ihm gefiel Helen. Trotz Anzug und Weste konnte man erahnen, dass sich unter der Kleidung ein muskulöser, durchtrainierter Körper verbarg. Hermann de Pourton liebte den Segelsport genauso wie Helen. Er verriet ihr, dass er schon als kleiner Junge seine ersten Segelstunden bekommen hatte und seither jede freie Minute auf einem seiner drei Segelboote verbrachte. Fasziniert hing Helen an seinen Lippen.

»Sie fahren Segelregatten?«, unterbrach Helen seine Ausführungen.

»Ja, natürlich«, bestätigte de Pourton. »Jeder Sportsegler, der etwas auf sich hält, will sich mit anderen messen. Wer sein Boot am besten im Griff hat und die Gunst des Windes am geschicktesten zu nutzen weiß, der gewinnt.«

»Ich habe letztes Jahr an einer kleinen Regatta auf dem Genfersee teilgenommen.«

»Lassen Sie mich raten. Sie haben gewonnen.«

Helen nickte. »Offiziell war Philipp angemeldet. Frauen waren nicht zugelassen. Zwanzig Boote haben teilgenommen. Und ich habe gewonnen.«

»Ich gratuliere«, sagte de Pourton.

»Leider wurde ich disqualifiziert. Mein Bruder darf nie wieder an einer Regatta teilnehmen, was ihn aber nicht stört.« Helen lachte.

»Hat man Ihnen wenigstens in irgendeiner anderen Form eine Ehrung zukommen lassen?«

»Ein beherzter Reporter hat einen sehr schmeichelhaften Artikel über mich geschrieben und meine Leistung gelobt. In diesem Jahr hat man mich offiziell zur Regatta eingeladen.«

»Na bitte. Das nenne ich einen vollen Erfolg.«

»Stimmt«, gab Helen zu. »Leider war ich zu der Zeit nicht in Genf.«

»Gehen Sie häufig auf Reisen?«

»Früher war meine ganze Familie regelmäßig in New York und Paris. Jetzt verbringen meine Mutter und ich die meiste Zeit am Genfersee. Ich fühle mich hier sehr wohl.«

»Das kann ich gut verstehen. Es ist ein wundervoller Ort«, sagte de Pourton und fügte hinzu: »Wie schade, dass Sie bei der Regatta nicht hier waren.«

»Es werden sich weitere Gelegenheiten bieten«, sagte Helen. »Ich habe die Regatta genossen. Es war wie ein Rausch. Eine Sucht, der man verfällt. Ein Höhenflug, bei dem man immer schneller, immer härter am Wind segeln will.«

»Man hätte Ihnen den Sieg zuerkennen müssen.«

Helen zuckte mit den Schultern. »Nicht schlimm. Die Herren im Segelverband waren beeindruckt, und jetzt dürfen auch Frauen an den Start gehen. Das ist viel wichtiger als der Sieg.«

»Den Namen Helen Lori wird man sich merken müssen.«

Der Ober servierte das Dessert, geeiste Himbeeren auf Vanillecreme.

»Ich wiederhole meine Einladung«, sagte de Pourton.

»Kommen Sie mich in Cannes besuchen. Wenn Sie erst mal Lunte gerochen haben, werden Sie das Segeln auf dem See langweilig und albern finden.«

»Davon bin ich überzeugt«, meinte Helen. Sie versuchte sich vorzustellen, wie ihre Mutter und Fräulein Fornet reagieren würden, wenn sie ihnen sagte, dass sie einen unverheirateten Mann in Frankreich besuchen wollte. Sie sah den entsetzten Blick der beiden schon genau vor sich. Wenn de Pourton wollte, dass sie zu ihm kam, müsste er entweder die ganze Familie einladen oder ihr zuvor einen Heiratsantrag machen. Am besten war wohl beides gleichzeitig.

»Ich denke nicht, dass ich Sie allein in Cannes besuchen kann.«

»Warum nicht? Ich habe ausschließlich ehrbare Absichten. Ich will Ihnen das Segeln auf dem Meer beibringen.« Er schien sich mit dem Segeln deutlich besser auszukennen als mit den gesellschaftlichen Regeln. Oder er scherte sich nicht darum. Was ihn in Helens Augen noch attraktiver machte. »Nehmen Sie eine Anstandsdame mit«, schlug er vor.

»Ich werde darüber nachdenken«, sagte sie und zog das Dessert näher zu sich heran. Helen stellte sich Fräulein Fornet in Cannes vor. Niemals würde sie ein Boot besteigen. Sie würde sich etwas anderes einfallen lassen müssen, um die Einladung annehmen zu können.

»Das freut mich«, sagte de Pourton.

»Wie lange werden Sie in Genf bleiben?«

»Ganz sicher die nächsten vier Wochen. Es ist noch nicht klar, ob ich danach gleich wieder abreise oder noch länger bleiben werde.«

»Wenn es Ihre Zeit zulässt, wäre es schön, wenn Sie uns noch einmal besuchen«, sagte Helen. »Ich kann Ihnen zwar nur eine Segelfahrt über den See anbieten, aber bei Schönwetter und einer ordentlichen Brise Wind macht auch das großen Spaß.«

»Nichts würde mir mehr Freude bereiten«, sagte de Pourton und schien seine Worte ernst zu meinen.

Auch er griff nach seiner Nachspeise. Dabei berührten seine Finger die ihren. Es war, als träfe Helen ein winzig kleiner Stromschlag. Sie zuckte erschrocken zusammen. Ob er das Gleiche empfunden hatte? Auch er wirkte für einen Moment irritiert. Dann lächelte er einnehmend, und sie unterhielten sich unbeschwert weiter. Die Zeit verflog wie im Nu. Helen hatte keine Augen für die anderen Gäste, ihre Aufmerksamkeit galt ganz allein de Pourton. Nicht einmal die Musik, die nach dem Dessert zu spielen begann, nahm sie wahr. Ihre Mutter hatte einen Pianisten engagiert, der bekannte Stücke von Mozart und Vivaldi auf dem Flügel im Salon zum Besten gab. Während die anderen Gäste ins Haus gingen, blieben Helen und de Pourton im Garten sitzen. Es war weit nach Mitternacht, als er sich als einer der letzten Gäste verabschiedete. Helen spürte Bedauern. Sie hätte die ganze Nacht mit ihm verbringen können.

»Ich werde schon bald auf Ihre Einladung zurückkommen«, sagte er und ergriff dabei ihre Hand. Elegant führte er sie zum Mund und hauchte einen Abschiedskuss darauf. Für gewöhnlich verabscheute Helen diese Geste und wischte ihre Hand danach verstohlen an ihrem Kleid ab. Heute genoss sie den Handkuss zum ersten Mal. Sie wünschte, de Pourton hätte seine Lippen eine Spur länger auf ihrem Handrücken verweilen lassen. Viel zu schnell gab er sie wieder frei. Heiser sagte sie: »Ich freue mich darauf.«

Seine Augen verrieten ihr, dass er genauso empfand.

Später in ihrem Zimmer setzte sie sich aufs Fensterbrett und starrte noch lange auf die Papierlampions in den Bäumen. Zum Einschlafen war sie zu aufgeregt. Helen stellte sich vor, wie sie mit Hermann de Pourton übers Meer segelte, den Wind im Gesicht und den Geschmack von Salz auf den Lippen. Erst als auch das Licht im letzten Lampion erloschen war, legte sie sich in ihr Bett und träumte von einem Château in Cannes.

*Genfersee, Sommer 1895*

Schon zwei Tage später stand de Pourton mit einem riesigen Blumenstrauß vor ihrer Tür. Helen konnte ihr Glück kaum fassen. Sie hatte gehofft, dass er sein Versprechen halten würde. Aber dass sie ihn so schnell wiedersehen würde, damit hatte sie nicht gerechnet.

Ihre Mutter schien ebenso überrascht wie Helen. Sie war auf Besuch nicht vorbereitet und wies in Windeseile die Köchin an, ein entsprechendes Menü für den unerwarteten Gast zuzubereiten.

»Bitte machen Sie sich wegen mir keine Umstände«, versicherte de Pourton. »Ich bin hier, weil ich mit Ihrer Tochter mit dem Segelboot eine kleine Runde auf dem See drehen möchte.«

»Sie wollen gemeinsam segeln?«, fragte Susanna Lori konsterniert.

»Ja, es ist ein wundervoller Sport. Wollen Sie uns begleiten?«

Abwehrend hob Helens Mutter beide Hände. »Gott bewahre, nein.«

Sie sah von Helen zu de Pourton und wieder zurück. »Sie werden verstehen, dass ich meine Tochter nicht mit Ihnen allein auf ein Segelboot lassen kann. Auch wenn Sie nur die allerbesten Absichten verfolgen. Es wäre unschicklich, und Helens guter Ruf stünde auf dem Spiel.«

»Philipp kann uns begleiten«, sagte Helen. In ein paar Wochen würde ihr Bruder gemeinsam mit ihrem Vater nach New York reisen. Nicht, weil er das wollte, sondern weil es von ihm erwartet und verlangt wurde. Aber noch war er hier.

»Das geht nicht«, antwortete ihre Mutter. »Philipp ist nach dem Mittagessen mit Vater nach Genf ins Büro gefahren.«

»Oh.« Helen musste an das niedergeschlagene Gesicht ihres Bruders heute Morgen denken. Dann war das der Grund für seine schlechte Laune gewesen. Philipp hasste Zahlen und kannte sich mit Tabak nicht aus. Er rauchte nicht einmal. Helen verspürte Mitleid mit ihm. Kurz nach Andrés Tod hatte es noch so ausgesehen, als könnte Philipp sein Studium der Philosophie und Literatur beenden. Aber dann hatte Pierre Lori gemeint: »Alles bloß Zeitverschwendung. Ich brauche dich im Unternehmen. Es gilt viel nachzulernen. Wissen, das dein Bruder sich über Jahre angeeignet hat.«

Der sanftmütige Philipp hatte nicht widersprochen, auch wenn klar war, dass das Ein- und Verkaufen von Tabak ihn niemals glücklich machen würde. Philipp war es unerträglich, die Eltern leiden zu sehen. Lieber verzichtete er auf sein eigenes Glück. Helen war aus anderem Holz geschnitzt. Sie wollte ihr Leben selbst in die Hand nehmen. Im ganz konkreten Fall hieß das, sie wollte den Nachmittag mit Hermann de Pourton auf dem See verbringen.

»Wenn Philipp uns nicht begleiten kann, wird Fräulein Fornet mit aufs Boot kommen müssen«, sagte sie.

Susanna Lori widersprach entschieden. »Du weißt, dass Fräulein Fornet nicht schwimmen kann und sich vor dem Wasser fürchtet.«

Helen setzte zur Widerrede an, doch de Pourton kam ihr zuvor. »Ich begnüge mich gerne mit einem Spaziergang entlang des Sees – solange er in der charmanten Begleitung Ihrer Tochter stattfindet.« Sein Lächeln war einnehmend und warm.

»Nun«, meinte Susanna Lori einlenkend. Sie hielt die lange Perlenkette in den Händen und ließ eine Perle nach der anderen durch die Finger gleiten. Ein Zeichen dafür, dass sie nervös war. »Dagegen ist wohl nichts einzuwenden, denke ich.«

»Wunderbar.«

»Wenn Sie zurück sind, müssen Sie uns die Ehre erweisen und mit uns Kaffee trinken«, meinte sie. »Ich sage in der Küche Bescheid, dass man uns eine Kleinigkeit richtet.«

»Nichts mache ich lieber.« De Pourton verbeugte sich galant. Und Helen stellte überrascht fest, dass die blassen Wangen ihrer Mutter sich hellrosa färbten. Auch sie erlag dem Charme des Sportlers.

Kurz darauf liefen Helen und de Pourton am Seeufer entlang, während Fräulein Fornet in einigem Abstand hinter ihnen ging. Sie konnte mit dem raschen Tempo der beiden nicht mithalten, zum einen, weil sie körperliche Ertüchtigung mied, zum anderen, weil das straff geschnürte Korsett ihr zu wenig Luft zum Atmen bot.

»Gehen Sie nur voraus«, hatte sie gemeint. Mittlerweile war sie so weit zurückgefallen, dass sie nicht mehr hören konnte, worüber Helen und de Pourton sich unterhielten.

»Werden Sie immer von Ihrer Anstandsdame begleitet?«, fragte de Pourton leise.

»Immer«, bestätigte Helen. »Genau wie alle anderen unverheirateten Damen in meinem Alter. Außer wenn ich segle, da kommt Fräulein Fornet nicht mit.«

Er lächelte wissend. »Ist das der Grund, warum Sie so gerne auf dem Wasser sind?«

Helen fühlte sich ertappt. »Fräulein Fornet ist kein böser Mensch.«

»Das meinte ich nicht«, sagte de Pourton. »Aber immer in Begleitung zu sein, stelle ich mir anstrengend vor.«

»Das Segeln ermöglicht mir eine gewisse Freiheit«, gab Helen zu. »Warum segeln Sie?«

De Pourton überlegte. »Sobald das Boot an Fahrt aufnimmt und über die Wellen gleitet, fühle ich mich frei. Dann zählen keine Verkaufszahlen, keine Rebsorten, keine verkauften Fässer. Ich bin der Herr über das Boot. Gelingt es mir, den Wind geschickt zu nutzen, nimmt es so rasant an Fahrt auf, dass ich das Gefühl habe, zu fliegen.« Er breitete die Arme aus und ahmte einen Vogel mit ausgebreiteten Flügeln nach.

Helen lachte. »Ja, genauso empfinde ich es auch.«

De Pourton ließ die Arme wieder sinken. Seine Finger berührten die ihren. Sofort zuckte Helen zurück. Das Blut schoss in ihre Wangen. Sie wünschte, er würde ihre Hand halten. Was für ein unanständiger Gedanke!

Helen drehte sich um und sah über die Schulter. Fräulein Fornet holte auf. Ihr Gesicht war dunkelrot von der Anstrengung. Wenn sie weiter so schnell ging, würde sie vielleicht umkippen.

»Erzählen Sie mir von Ihrer Familie«, bat Helen.

»Da gibt es nicht viel zu erzählen«, meinte de Pourton. »Ich gehöre der Familie Pourton an, einer alten Hugenottenfamilie, die vom Kaiser in den Grafenstand erhoben wurde. Mein Bruder ist Landschaftsmaler. Ich hatte noch zwei weitere Brüder, sie sind im Krieg Preußen gegen Bayern gefallen. Gemeinsam mit meinem Vater.«

»Und Ihre Mutter?«

»Starb an einem Fieber.«

»Oh, das tut mir sehr leid.«

»Mir auch.«

Eine kurze Pause entstand. Dann sprach de Pourton munter weiter. »Auguste und ich sind die Einzigen, die noch übrig sind. Ich habe das Weingut übernommen, Auguste das Schloss Mauensee. Dort lebt er mit seiner Frau und seinen Kindern, widmet sich der Malerei und sammelt Kunstwerke.«

»Klingt nach einem unbeschwerten, glücklichen Leben«, meinte Helen. Sie stand selbst auf der Sonnenseite des Lebens. Aber ihre Familie war nicht adelig. Ihre Eltern hatten sich ihren Wohlstand hart erarbeiten müssen. Ihr Vater betonte stets, dass sein stetiger Fleiß ihn zu dem gemacht habe, der er heute war.

De Pourton schien ihre Gedanken zu erraten. »Sie fragen sich, wovon mein Bruder lebt?«

Helen zuckte entschuldigend mit den Schultern.

»Von seinem Erbe.«

»Und Sie?«, wollte Helen wissen.

»Ich vermehre mein Erbe, indem ich köstlichen Wein keltere und erfolgreich verkaufe.« Er schob eine blonde Haarsträhne, die ihm in die Stirn gerutscht war, wieder nach hinten. »Möglicherweise könnte ich noch mehr Geld verdienen«, gab er zu. »Aber es reicht, um ein privilegiertes Leben zu führen und mich hemmungslos meiner Leidenschaft hinzugeben.«

Helen grinste wissend: »Dem Segeln.«

Er nickte.

»Das heißt, Sie sind ein rundum zufriedener Mann, der alles hat.«

De Pourton sah sie eindringlich an. »Noch nicht alles.«

Das Blut schoss heiß in Helens Wangen. Nie war sie so oft rot geworden wie in de Pourtons Gegenwart. Dabei hatte sie seine Reaktion mit ihrer Frage absichtlich provoziert.

»Um das Glück perfekt zu machen, fehlt noch die richtige Frau in meinem Leben.« Er wollte nach ihrer Hand greifen, doch da hatte Fräulein Fornet sie endlich eingeholt. Laut schnaufend trat sie zu ihnen, den grimmigen Blick auf den viel zu engen Abstand zwischen ihnen gerichtet. Sie räusperte sich streng, und sowohl Helen als auch de Pourton machten einen Schritt rückwärts. Als sie ihren Weg fortsetzten, blieb Fräulein Fornet ihnen dicht auf den Fersen. Sie unterhielten sich fortan über Belanglosigkeiten, und Helen wünschte, ihrer Anstandsdame würde erneut die Luft ausgehen. Aber das Fräulein hielt sich tapfer.

Als sie nach einer Stunde wieder zum Haus zurück-
kehrten, verzichtete Fräulein Fornet auf den gemeinsamen
Kaffee und bat darum, sich zurückziehen zu dürfen. Helen
war sich sicher, sie würde auf der Stelle ins Bett fallen und
bis morgen früh durchschlafen.

Auch am nächsten und übernächsten Tag erschien Hermann
de Pourton, um mit Helen spazieren zu gehen. Jedes Mal
war Fräulein Fornet dabei. Doch zu Helens großer Überraschung gelang es de Pourton, auch das strenge Fräulein
mit seinem Charme um den Finger zu wickeln. Er machte
ihr Komplimente, ließ sie am Gespräch teilhaben und gab
ihr das Gefühl, ernst genommen zu werden. Leider weigerte
das Fräulein sich trotzdem weiterhin strikt, die beiden allein
auf dem See segeln zu lassen.

Einen Monat lang kam de Pourton jeden Tag zu Besuch.
Helen und er gingen stundenlang spazieren. Manchmal
gleich nach dem Frühstück, dann wieder am späten Nachmittag. Jedes Mal lud Helens Mutter ihn im Anschluss auf
eine Tasse Tee, zum Mittag- oder Abendessen ein. Rasch
wurde de Pourton zu einem gern gesehenen Gast, der
Susanna Loris Stimmung aufzuhellen wusste, Philipp zum
Lachen brachte und auch von Pierre Lori auf der Stelle ins
Herz geschlossen wurde. Als er ihnen einen Tag keinen Besuch abstattete, weil er zwei Tage verreisen musste, fragten
sowohl Helens Mutter als auch Fräulein Fornet, wo der
nette junge Mann denn bleibe.

Es war eine fast logische Konsequenz, dass Hermann
am Ende des Monats, kurz bevor er nach Cannes aufbrach,

Helen die Frage stellte, auf die sie insgeheim gewartet hatte. Sie saßen auf einer Bank unter dem riesigen Nussbaum im Garten. Fräulein Fornet hatte sich nur wenige Meter von ihnen entfernt auf einem Klappstuhl niedergelassen und tat so, als würde sie sticken.

»Liebste Helen«, fing er an. Er war sichtlich nervös. Auf seinem Hals hatten sich rote Flecken gebildet, und seine Stirn glänzte. Helen sah ihn erwartungsvoll an. Er räusperte sich. »Können Sie sich vorstellen, meine Frau zu werden?«

Statt zu antworten, fiel ihm Helen stürmisch um den Hals. Fräulein Fornet fiel vor Schreck der Stickrahmen aus der Hand ob der skandalös unsittlichen Reaktion.

»Ja!«, sagte Helen, ohne auch nur eine Sekunde an der Richtigkeit ihrer Entscheidung zu zweifeln.

»Dann lass uns keine Zeit verlieren. Ich werde heute noch bei deinem Vater um deine Hand anhalten.«

Trotz des strengen Blicks von Fräulein Fornet führte Hermann Helens Hände an seinen Mund und küsste sie. Die Berührung löste eine Sehnsucht in ihr aus, die sie bisher nur aus Liebesromanen gekannt hatte.

Pierre Lori war über de Pourtons Frage nicht überrascht. Zwar hatte er noch vor einem halben Jahr mit einem Schwiegersohn namens Bernhard Lüthi gerechnet, aber ein wohlhabender Adeliger mit einem riesigen Weingut, drei Segelschiffen, einem Château in Cannes, einer Wohnung in Genf und mehreren Liegenschaften in Deutschland und Frankreich war ihm mindestens ebenso willkommen. Ohne mit der Wimper zu zucken, gab er de Pourtons Bitte nach und versprach ihm die Hand seiner Tochter. Schon im nächsten Monat sollte die Hochzeit gefeiert werden.

»So rasch?«, fragte Susanna Lori entsetzt. »Wie sollen wir so schnell alle Hochzeitsvorbereitungen treffen?«

»Mama, wir brauchen kein großes Fest«, sagte Helen. Aber davon wollten weder Pierre noch Susanna Lori etwas wissen. Eine Hochzeit war eine willkommene Gelegenheit, um die wichtigsten und einflussreichsten Menschen des Landes an einem Tisch zu versammeln. Nicht weniger als zweihundert Gäste sollten geladen werden, und das Fest würde in der Villa am Genfersee stattfinden. Helens Vater vertraute auf das Organisationstalent seiner Frau, der die neue Aufgabe nur gutzutun schien. Für die nächsten Wochen vergaß Susanna Lori hin und wieder die Trauer um ihren verstorbenen Sohn. Sie gab sich voll und ganz den Hochzeitsvorbereitungen hin und übersah dabei, dass Helen immer öfter nicht mehr allein, sondern gemeinsam mit ihrem zukünftigen Ehemann ins Segelboot kletterte. Fräulein Fornet hatte sich unterdessen vollständig zurückgezogen. Ihre Dienste als Erzieherin und Anstandsdame wurden nicht mehr benötigt. Sie würde auch weiterhin ein kleines Einkommen erhalten und nach Helens Hochzeit zu ihrem Bruder nach Lausanne ziehen.

## Genfersee, Sommer 1895

Die Fock hing schlaff neben dem Großsegel. Es war beinahe windstill. Sanft schaukelte das Segelboot auf den türkisblauen Wellen des Genfersees. Die Sonne stand hoch am wolkenlosen Himmel. Helen bekam nichts von ihrer Umgebung mit. Sie hörte weder das Hupen des weit entfernten Dampfers noch das Kreischen der Vögel über ihnen. Ihre Aufmerksamkeit galt allein Hermanns zärtlichen Händen und seinen fordernden Lippen. Seine Küsse waren voller Leidenschaft und weckten in Helen ein Verlangen, das aufregend und fremd war. Atemlos löste sie sich von ihm.

»Warst du zuvor schon einmal verliebt?« Bisher hatte Helen Fragen über Hermanns vergangenes Liebesleben vermieden. Vielleicht aus Angst, er könnte ihr von anderen Frauen erzählen, die er geliebt hatte. Der Gedanke missfiel ihr. Doch zugleich wollte sie alles über ihn wissen.

Er richtete sich auf. Schob sein zerzaustes Haar nach hinten und sah sie amüsiert an. »Ja, natürlich.«

Helen hatte insgeheim auf eine andere Antwort gehofft. Die Vorstellung, dass Hermann zuvor eine Frau mit derselben Intensität geküsst hatte wie sie, weckte Eifersucht in ihr.

»Aber keine der Frauen war mit dir vergleichbar«, beruhigte er sie. »Du bist einzigartig. In jeder Hinsicht.«

Helen wollte ihm glauben. Aber da gab es noch etwas, das sie beunruhigte. Sie erinnerte sich an Marias »Aufklärungsstunde«. Ihre Worte waren ihr noch genau im Gedächtnis. »Männer kommen immer auf ihre Kosten, bei Frauen schaut das anders aus. Ich kenne kaum eine, die Spaß dabei hat. Am besten, du bist still und lässt die Sache über dich ergehen. Dann ist alles rasch wieder vorbei.«

»Hattest du schon viele Frauen?«, fragte Helen beschämt. Sie wusste, dass es nicht üblich war, über das zu reden, was zwischen Männern und Frauen im Bett stattfand. Es war ein gut gehütetes Geheimnis, über das wohlerzogene junge Frauen keinesfalls sprechen durften. Fand Hermann ihre Frage unpassend?

Er fasste nach einer der Locken, die sich aus ihrer Frisur gelöst hatten, und wickelte sie liebevoll um seinen Zeigefinger. »Ja, ich hatte andere Frauen«, gab er zu. »Aber es hat noch nie eine Frau in meinem Leben gegeben, für die ich so viel empfunden habe wie für dich. Ich kann es kaum erwarten, dass du meine Ehefrau bist und ich dich so berühren darf, wie es sich nur für den Ehemann ziemt.«

Er kniff die Augen zusammen und musterte sie. Nun wirkte auch er verlegen. »Hat deine Mutter oder Fräulein Fornet dir gesagt, was in der Hochzeitsnacht zwischen Mann und Frau passiert?«

»Nein, um Himmels willen. Natürlich nicht.«

»Das habe ich befürchtet«, meinte Hermann ernst. »Uns Männern wird auch nicht viel erzählt. Oft schickt man den

Burschen, sobald sie alt genug sind, ein Dienstmädchen ins Zimmer, damit sie die Aufgabe erledigt.«

»Hast du ein Dienstmädchen …?« Helen wollte die Worte nicht aussprechen.

Sofort schüttelte Hermann den Kopf. »Nein, aber ein paar meiner Freunde wurden so zu Männern.«

Helen war fassungslos. Die armen Mädchen! Kein Wunder, dass so viele von ihnen schwanger wurden. Und sobald sie ein Kind erwarteten, jagte man sie wieder fort. Helen hoffte inständig, dass weder André noch Philipp auf diese Weise aufgeklärt oder gar Väter geworden waren.

»Du hast also gar keine Idee, was dich in der Hochzeitsnacht erwartet?«, fragte Hermann. Er klang ein wenig verzagt.

Helen wagte sich an die Wahrheit. »Es gab eine Frau, die mich aufgeklärt hat«, gab sie zu.

»Das ist gut.« Erleichtert stieß er die Luft aus. Er musterte sie eingehend »Wenn ich deinen Gesichtsausdruck richtig interpretiere, hat sie dir nichts Nettes erzählt.«

»Es soll unangenehm sein und wehtun.«

»O mein Gott«, seufzte Hermann. »Ich weiß nicht, was besser ist: nichts zu wissen oder so etwas zu hören.«

»Ich bevorzuge Wissen«, meinte Helen.

Statt weiterzureden, zog er sie erneut zu sich und küsste sie so zärtlich, dass Helens Ängste sich auflösten. Nichts von dem, was Maria erzählt hatte, war noch von Bedeutung. Alles, was sie spürte, war der Wunsch, Hermann so nah wie möglich zu sein. Sie wollte mit ihm verschmelzen und für immer eins sein. In der nächsten Stunde bewies Hermann ihr, dass ihre Bedenken völlig unbegründet gewesen waren. Beide vergaßen in der Hitze des Verlangens, dass sie im Bootsraum zwar geschützt vor den Blicken von weiter entfernten Schiffen waren, sollte sich aber eines der Boote nähern, würde ihr Tun nicht unbemerkt bleiben. Das Glück war Helen und Hermann an diesem Nachmittag auf allen Ebenen hold. Bis auf ein paar neugierige Möwen erfuhr niemand von ihrer verbotenen Leidenschaft.

Später lag Helen gelöst und glücklich in Hermanns Armen, schaute in den Himmel und hätte gerne vor Freude laut gelacht. Winzige Schönwetterwölkchen hatten sich am Himmel gebildet, und eine sanfte Brise bewegte das Großsegel.

»Es wird dauern, bis wir wieder beim Ufer sind«, meinte Hermann. »Bei dieser Flaute sollten wir besser rudern.«

»Auf gar keinen Fall«, erwiderte Helen. »Das winzigste Lüftchen reicht zum Segeln.« Sie richtete sich auf, steckte ihr gelöstes Haar wieder zu einem ordentlichen Knoten und knöpfte ihre Bluse zu.

»Du willst behaupten, dass du bei der Wetterlage das Segelboot flottmachen kannst?«

»Selbstverständlich!«, meinte Helen überzeugt. »Ich beweise es dir.«

Sie schloss die Augen und drehte den Kopf in alle Himmelsrichtungen, bis sie spürte, wie der leichte Wind gleichmäßig über beide Seiten ihres Gesichts strich. Es hatte Wochen gedauert, bis sie das »Fühlen« des Windes beherrscht hatte. Leano hatte sie immer und immer wieder dazu aufgefordert. »Wenn der Verklicker am Mast verloren geht, dann musst du dich auf deine Sinne verlassen können«, hatte er gesagt. Zuerst hatte Helen gedacht, dass sie es nie erlernen würde. Der Wind fühlte sich von allen Seiten gleich an. Doch irgendwann hatte sie begriffen, was Leano meinte. Mittlerweile beherrschte sie das Fühlen des Windes fast so gut wie der alte Fischer.

»Na, dann lass mal sehen«, meinte Hermann skeptisch. Er verschanzte sich am Bug, um Helen allein agieren zu lassen.

Sobald Helen die Windrichtung kannte, setzte sie Segel. Langsam kam das Boot in Bewegung. Helen ging sofort auf einen Amwindkurs. Dazu zog sie die Fockschot stramm auf eine Seite und drückte die Ruderpinne in die entgegengesetzte Richtung. Dann löste sie die Großschot, damit sich das Großsegel erst füllte, wenn sich das Boot langsam gedreht hatte. Nach und nach ließ sie die Fockschot locker und trimmte geschickt beide Segel neu. Langsam, aber stetig nahm das Boot an Fahrt auf. Helen schaute beim Beschleunigen darauf, dass das Boot nicht erneut in den Wind drehte. Bei der notwendigen Wende gab sie sorgsam acht, eine Hand an der Pinne und die andere freizuhalten. Sie war so auf das Boot, die Segel und den Wind konzentriert, dass sie Hermanns bewundernde Blicke gar nicht bemerkte. Erst als sie sich dem Ufer näherten, Helen das Boot in den Wind drehte, die Fahrt wieder verringerte und es schließlich zum Stehen brachte, wandte sie sich ihm zu.

»Du bist wirklich eine talentierte Seglerin!« Er war beeindruckt.

»Das habe ich dir doch gesagt.« Helen lachte.

Hermann half ihr, die Segel einzuholen, dann sprang er

mit einem Satz an Land. Helen warf ihm eine Leine zu, mit der er das Boot festmachte. Er bot Helen seine Hand an, die sie aber nicht ergriff, sondern lieber allein auf den Landungssteg sprang. Erst dann nahm sie seine Hand, ließ sich zu ihm ziehen und erwiderte seinen Kuss.

»Ich kann es nicht erwarten, mit dir auf dem Meer zu segeln«, sagte er heiser. »Du wirst es lieben. Das hier wird dir wie Kinderkram erscheinen.«

»Davon bin ich überzeugt.« Helen wand sich aus seiner Umarmung, da ihnen auf der Seepromenade Spaziergänger entgegenkamen.

»Sobald wir in Cannes sind und du meine Ehefrau bist, kann ich dich im Hafen küssen, wann immer mir danach zumute ist«, brummte Hermann.

»Gelten in Cannes andere gesellschaftliche Regeln als hier in der Schweiz?«

»Wenn es um die Liebe geht, ja«, sagte Hermann.

»Und beim Segeln?«

»Da wird es deine Aufgabe sein, die Regeln neu zu definieren.« Er grinste. »Mit der Kleidung musst du vorsichtig sein. Eine Dame in Unterhosen auf dem Segelboot sorgt auch in Cannes für einen Skandal.«

Helen, die bisher nur den Norden Frankreichs kannte, war gespannt. Die Vorstellung, bald ihr behütetes Leben am Genfersee gegen eines in Cannes einzutauschen, ließ ihr Herz schneller schlagen. Ihre Zukunft versprach so viel Schönes. Den Meereswind in den Segeln, Sonne, Abenteuer und Hermanns Nähe. Noch nie zuvor hatte sie sich glücklicher gefühlt.

## Cannes, 1898

Die ersten Sonnenstrahlen blinzelten durch die Spalten der weißen Fensterläden und warfen helle Streifen auf den rotbraunen Terracotta-Fußboden, der auch an heißen Tagen angenehm kühl blieb. Helen rieb sich die Augen und drehte sich um. Das Bett neben ihr war leer, die geblümte Decke sorgfältig zurückgeschlagen und ordentlich gefaltet. Für gewöhnlich war sie es, die als Erste aufwachte. Manchmal schmiegte sie sich dann noch an ihren schlaftrunkenen Mann und weckte ihn zärtlich mit einem Kuss. Meist aber hielt sie nicht so lange im Bett aus wie er. Was hatte Hermann heute so früh gelockt?

Gähnend streckte Helen sich. Gestern Abend war es spät geworden. Hermanns Bruder Auguste war überraschend zu Besuch gekommen. Seine Frau und seine beiden Söhne waren in der Schweiz geblieben. Offiziell war Auguste auf einer seiner Studienreisen, um neue Inspirationen zu finden. Helen vermutete, dass er vielmehr eine Pause vom Familienleben suchte. Er war Marguerite nicht treu. Schon bei seinem ersten Besuch in Cannes, kurz nach Helens und Hermanns Hochzeit, hatte Helen ihn mit einer anderen Frau erwischt.

Er war mit ihr Händchen haltend die Strandpromenade entlangspaziert. Seither fiel es ihr schwer, dem Mann mit der Freundlichkeit zu begegnen, die sich für einen Schwager geziemte. Immer musste sie an die arme Marguerite denken, die mit den Kindern in der Schweiz saß, während ihr Mann sich vergnügte. Aus diesem Grund hatte Helen sich gestern rasch nach dem Abendessen zurückgezogen, damit die Brüder sich in Ruhe allein unterhalten konnten.

»Wir wissen nichts über die Ehe der beiden«, hatte Hermann damals gesagt, als Helen sich über seinen Bruder empört hatte. »Vielleicht ist sie erleichtert, dass er andere Frauen trifft. Vielleicht hat auch sie Liebhaber. Alles ist möglich.«

»Das ist ekelhaft«, hatte Helen empört geantwortet. »Solltest du mich jemals betrügen, würde ich dich auf der Stelle verlassen.«

»Das werde ich nicht tun«, hatte Hermann ihr versichert und seine Worte mit Küssen bekräftigt. Helen würde ihren Mann niemals mit einer anderen Frau teilen. Allein die Vorstellung war ihr unerträglich.

Sie lief zum Fenster und öffnete die Läden. Der betörende Duft von Rosmarin, Pinien und Lavendel stieg ihr in die Nase. Er mischte sich mit dem unverkennbaren Aroma des Meeres, das sich hinter den Dächern und verwinkelten Gassen Cannes' erstreckte und am Horizont mit dem wolkenlosen Himmel verschmolz. Seit einem Jahr wohnte Helen nun in diesem wunderschönen Haus auf einem der Hügel außerhalb von Cannes. Im Nordosten lagen die Ausläufer der Seealpen, im Westen das Esterelgebirge mit seinen

Steilküsten aus rotem Porphyr. Niemals hätte Helen sich träumen lassen, dass es einen noch besseren, perfekteren Ort zum Leben geben könnte als die Villa ihrer Eltern am Genfersee. Doch seit sie hier eingezogen war, wusste sie es. Sie hatte sich auf Anhieb in die Côte d'Azur verliebt, in die Gerüche, die milden Temperaturen, die Geschmäcker und die Sprache. Bloß mit dem Lebenstempo haderte sie. Die Uhren tickten hier in einem anderen gemütlicheren Rhythmus. Wenn der Schuster ihr sagte, dass ihre Schuhe morgen fertig sein würden, wusste sie, dass sie sie nicht vor dem Ende der nächsten Woche abzuholen brauchte. Rasch mal ein paar Fische oder ein frisches Baguette zu holen, war nicht möglich. Zu jedem Einkauf gehörte eine ausführliche Plauderei. Für einen Marktbesuch musste ein ganzer Vormittag eingeplant werden. Niemand hatte Eile. Wozu auch? Was man heute erledigen konnte, war genauso gut am nächsten Tag möglich.

Helen beugte sich weit aus dem Fenster und erhaschte einen Blick auf die Terrasse. Hermann und Auguste saßen gemeinsam unter der gelb-weiß gestreiften Markise und tranken Kaffee. Sie würde sich also ordentlich anziehen müssen und konnte nicht bloß im Morgenmantel hinunterlaufen.

Bereits zehn Minuten später war Helen fertig und trat zu den Männern im Garten.

»Guten Morgen!« Sie begrüßte Hermann mit einem Kuss aufs Haar und winkte Auguste bloß zu. Sie wollte ihm nicht einmal die Hand reichen, so sehr verabscheute sie ihn.

»Guten Morgen«, erwiderten die beiden Männer fast zeitgleich. Die Brüder hatten wenig Ähnlichkeiten, weder was das Aussehen noch was die Eigenschaften betraf. Hermann war ein begeisterter Sportler, Auguste ein Künstler und Maler. Hermanns Körper war durchtrainiert und muskulös, Augustes Statur eher schmächtig. Hermann hatte sich vor einem Monat von seinem hellen Bart verabschiedet. Auguste trug einen dunklen Vollbart. Wüsste Helen es nicht besser, hätte sie die beiden niemals für Brüder gehalten.

»Seid ihr schon lange auf?«, fragte sie und setzte sich in einen der Korbstühle.

Der Frühstückstisch war gedeckt. Neben Kaffee, Milch und knusprigen Croissants gab es eine Schüssel mit frischem Obst. Helen langte nach einem saftigen Pfirsich und biss hinein. In der Schweiz waren die Früchte nur halb so groß und lange nicht so süß gewesen. Geschickt wischte sie sich die saftigen Tropfen der Frucht mit einer weißen Stoffserviette vom Mund.

»Wir haben bereits eine kleine Runde mit dem Segelboot gemacht. Auguste wollte den Sonnenaufgang vom Meer aus erleben.«

»Ihr wart segeln?« Helen legte den angebissenen Pfirsich auf dem Teller vor sich ab. »Warum habt ihr mir nicht Bescheid gesagt? Ich wäre liebend gerne mitgekommen.«

»Es ist meine Schuld«, sagte Auguste. »Ich habe Hermann gestern vor dem Zubettgehen dazu überredet. Und die Bedingungen hätten nicht besser sein können. Der Wind war perfekt.«

»Wir haben bloß den kleinen Einhandsegler genommen«, ergänzte Hermann entschuldigend. »Es wäre nicht genug Platz für drei gewesen.«

Helen schenkte sich Kaffee ein.

»Schon in Ordnung«, meinte sie gut gelaunt. »Ich werde heute Nachmittag die Segel hissen und die Îles de Lérins umsegeln.«

»Ich bin am Nachmittag nicht da«, sagte Hermann. »Ich fahre mit Auguste nach Marseille. Monsieur Bernard macht nun endlich ernst und will seine Weingärten verkaufen.«

Seit Monaten korrespondierte Hermann mit Gabriel Bernard. Immer wenn er dachte, sie stünden kurz vor der Vertragsunterzeichnung, kam wieder etwas dazwischen.

»Ich halte dir die Daumen, dass es diesmal klappt«, sagte Helen. »Ich werde allein segeln.«

Hermanns Gesicht wurde ernst. »Helen, du weißt, was ich davon halte.«

»Das Wetter könnte nicht perfekter sein. Niemand weiß das besser als ihr beide«, entgegnete sie. »Es wäre eine Sünde, den Wind nicht zu nutzen. Und ich habe das Boot im Griff, das weißt du.«

»Das Mittelmeer ist nicht der Genfersee«, entgegnete Hermann. »Allein zu segeln ist gefährlich.«

»Deshalb werde ich auch vorsichtig sein. So wie immer. Es besteht kein Grund zur Sorge.«

Hermann verzog säuerlich den Mund. Jedes Mal, wenn Helen das kleinste der drei Segelboote allein bestieg, kam es zu Diskussionen zwischen ihnen.

»Du setzt dich unnötig einer Gefahr aus«, beharrte er.

»Wenn ich den ganzen Nachmittag hier im Garten unter dem Feigenbaum sitze, kann ich von einem herunterfallenden Ast erschlagen werden«, entgegnete Helen. »Alles kann gefährlich werden. Man muss eben vorsichtig sein und mitdenken.«

Hermann verzog den Mund.

»Ich gebe im Hafen den Fischern Bescheid. Wenn ich nicht zurückkomme, wird nach mir gesucht«, fügte Helen versöhnlich hinzu, doch ihre Worte konnten Hermann nicht beruhigen.

»Man scheint dich im Ort bereits gut zu kennen«, sagte Auguste. »Als ich gestern Nachmittag ankam, habe ich in der Boulangerie gehört, wie man über die junge Frau de Pourton sprach. Du bist in aller Munde.«

»Man redet über mich?«, fragte Helen erstaunt.

Auguste nickte.

»Was erzählt man sich denn?«

»Dass du segelst. Ich denke, dass die Leute hier noch nicht viele Frauen gesehen haben, die mit dem Boot ausfahren.«

Helen kniff die Augen zusammen und musterte Auguste. Wollte er ihr Honig um den Mund schmieren, damit sie freundlicher zu ihm war? Helen wusste ganz genau, dass ihr nicht alle Menschen in Cannes wohlgesinnt waren. Manche zerrissen sich hinter ihrem Rücken das Maul und lästerten über die Frau, die segelte, statt sich um Haus und Mann zu kümmern. Wobei Helen beides tat. Misstrauisch fragte sie: »Wie ist das Gespräch auf mich gekommen?«

»Eine Engländerin hat nach jemandem gesucht, der ihr Segelstunden geben kann, und da hat die Bäckerin deinen Namen genannt.«

»Ach so, du warst bei Madame Noir«, sagte Helen. Die Bäckerin war eine der Bewohnerinnen Cannes', die Helen dafür bewunderten, dass sie segelte. Sie wurde selbst von vielen schief angesehen, da sie nie geheiratet und trotzdem die Bäckerei ihrer Eltern übernommen hatte, die sie nun allein führte. Sie war also selbst eine Frau, die Grenzen überschritt und sich nicht an gesellschaftliche Konventionen hielt.

»Es wäre doch fein, wenn es noch weitere Frauen gäbe, die segeln«, meinte Hermann. »Dann wärst du nicht die Einzige und auch nicht von mir abhängig, wenn du aufs Meer hinaus willst.«

»Ich kann auch allein segeln«, wiederholte Helen und legte Hermann liebevoll die Hand auf den Oberschenkel. Dabei sah sie ihm tief in die blauen Augen. »Du weißt, dass ich das kann.«

»Es geht nicht ums Können«, beharrte Hermann. »Jeder Fischer wird dir bestätigen, dass das unklug ist. So ein Unternehmen kann einem Mann gefährlich werden – und erst recht einer Frau.«

Helen lehnte sich wieder zurück und verschränkte die Arme vor der Brust. »Warum soll es für eine Frau gefährlicher sein als für einen Mann?« Sie führten diese Diskussion nicht zum ersten Mal.

»Du bist eine großartige Seglerin, aber körperlich bist du eben nicht so kräftig wie ein Mann«, sagte Hermann.

»Kraft macht keinen guten Segler aus«, widersprach Helen. »Es geht um Geschick, Konzentration und Wendigkeit.«

Auguste senkte den Kopf und starrte auf den Teller, während er von seinem Croissant abbiss. War ihm die Unterhaltung des Ehepaars unangenehm?

»Helen, wir haben schon so oft über dieses Thema gesprochen«, sagte Hermann. »Das Meer ist unberechenbar. Ein falscher Griff, ein falsches Manöver kann dich in Gefahr bringen. Jedes Jahr geraten erfahrene Segler in Seenot. Besonders die Einhandsegler kentern regelmäßig.«

»Ich bin noch nie gekentert.«

»Da hattest du Glück.«

»Nein«, konterte Helen. »Ich kentere nicht, weil ich segeln kann. Und zwar besser als die meisten Männer.«

Sie richtete ihren Blick nach oben. Nicht eine einzige Wolke trübte den Himmel. Es versprach ein herrlicher Sommertag mit einer sanften Brise zu werden. Genug Wind, um mit vollen Segeln die vorgelagerten Inseln zu umrunden.

»Ich passe auf«, versprach sie.

»Lieber wäre mir, du kämst heute schon mit mir nach Marseille. Ich werde über Nacht im Hotel Boulevard absteigen«, fuhr Hermann fort.

Es dauerte einen Moment, bis Helen sich wieder erinnerte. »Die Einladung von Robert Durant?«

»Ja«, sagte Hermann. »Alles, was Rang und Namen hat, ist zu diesem Empfang eingeladen. Ich will den Abend auf keinen Fall versäumen. Das ist eine einmalige Gelegenheit, neue Kontakte zu knüpfen. Pierre de Coubertin wird auch da sein.«

»Ist der Baron immer noch von der Wiederbelebung der Olympischen Spiele besessen?« Auguste hatte offenbar seine Stimme wiedergefunden.

»Er hat sie sich zur Lebensaufgabe gemacht«, bestätigte Hermann.

Helen hatte von de Coubertin in den Zeitungen gelesen. Der adelige Pädagoge wollte neue Wege in der Erziehung bestreiten und war davon überzeugt, man müsse den Menschen als Einheit von Körper, Geist und Seele sehen. Ganz nach antikem Vorbild: *Mens sana in corpore sano*. Sie war gespannt auf den Mann, der als exzentrisch galt. Auch Helen wollte sich den Empfang nicht entgehen lassen.

»Habt Ihr den Artikel über die geplante Weltausstellung gelesen?« Auguste breitete die Zeitung, die neben ihm auf dem Sessel gelegen hatte, auf dem Tisch aus.

Hermann las laut: »Die Ausstellung in Paris soll den Schluss eines fruchtbaren Jahrhunderts bilden und zeigen, was Kunst und Wissenschaft und menschliche Arbeit zu schaffen vermögen; sie soll aber auch die Schwelle zu einer neuen Zeit werden, von der die Gelehrten und Philosophen uns Großes prophezeien und deren Schöpfermacht alle unsere Träume und Erwartungen übersteigen wird.« Er pfiff durch die Zähne. »Das sind große Ziele. Gut möglich, dass de Coubertins Träume erfüllt werden und man die Olympischen Spiele mit der Ausstellung zusammenlegt. Soviel ich weiß, ist diese Entscheidung längst getroffen.«

»Wirklich? Woher hast du die Information?«, wollte Auguste wissen.

Hermann zuckte bloß mit den Schultern. »Keine Ahnung. Wahrscheinlich hat Durant es gesagt.« Dann wandte er sich an Helen. »Ich will dich morgen bei dem Empfang unbedingt dabeihaben.«

»Habe ich dich schon jemals versetzt?«, fragte Helen und beugte sich erneut zu ihm. Diesmal legte sie ihre Hand auf Hermanns gebräunten Unterarm. Er hatte die Ärmel seines weißen Hemds hochgekrempelt, und sie konnte seine angespannten Muskeln fühlen. »Ich werde pünktlich Richtung Marseille aufbrechen«, versprach sie. Wäre Auguste nicht am Tisch gewesen, hätte sie ihren Mann jetzt leidenschaftlich geküsst. Wegen des Besuchs formte sie bloß mit ihren Lippen einen Kuss und schickte ihn Richtung Hermanns Mund. Auguste schaute dezent weg.

Helen griff nach einem Croissant, zupfte eines der knusprigen Enden ab und stand auf. »Ihr entschuldigt mich. Ich muss Elisa, unserem neuen Dienstmädchen, erklären, worin ihre Aufgaben bestehen. Das arme Ding ist erst seit ein paar Wochen bei uns und immer noch heillos überfordert mit der Arbeit.« Helens Worte waren gelogen, denn Elisa war schon seit einem halben Jahr bei ihnen. Das Mädchen war fleißig, umsichtig und zuverlässig, genau wie alle anderen Bediensteten im Haus. Aber das wusste Hermann nicht. Der Haushalt war Helens Aufgabengebiet. Genau wie die Kindererziehung eines Tages in Helens Hände fallen würde – ein Thema, das Helen und Hermann nicht besprachen. Helen wusste auch so, dass Hermann sich Kinder wünschte. Sie selbst war sich nicht sicher, ob sie schon bereit war, Mutter zu werden. Die Trauer ihrer Mutter um den viel zu frühen Tod von André war ihr nur zu gut in Erinnerung. Jeden Monat, wenn ihre Blutungen einsetzen, war sie erleichtert und enttäuscht zugleich. Wenn es nach ihr ging, konnte der Kindersegen gerne noch auf sich warten lassen.

Helen stand auf und ging, um sich fürs Segeln fertig zu machen. Sobald Auguste und Hermann weg waren, würde sie zum Hafen laufen. Dieses herrliche Wetter wollte sie auf jeden Fall ausnutzen.

Helen steuerte die Îles de Lérins an. Eigentlich hatte sie nur eine der vier Inseln umrunden wollen, aber dann waren Wind und Wellen so perfekt gewesen, dass sie alle vier – Sainte-Marguerite, Saint-Honorat und die beiden unbewohnten Inseln Île Saint de la Tradeliere und Saint Ferréol – umsegelte. In winzig kleinen Tröpfchen sprühte das Salzwasser in ihr Gesicht. Sie hatte die Röcke ihres Sommerkleids nach oben geschoben und in den Gürtel gesteckt. Die Stoffschichten waren dennoch ständig im Weg. Helen versuchte sie zu ignorieren, wenn sie von Backbord auf Steuerbord wechselte, um eine Wende oder eine Halse zu fahren. Bei einem Wendemanöver wurden ihr die Rüschen beinahe zum Verhängnis. Als der Saum des Kleides aus dem Gürtel rutschte, verlor sie kurz die Kontrolle über das Hauptsegel. Im letzten Moment holte sie die Schot so dicht, dass das Segel nicht mehr flatterte und sie wieder anluven konnte. Dabei riss der Saum ihres Kleides. Die unnötigen Stoffschichten waren ein Ärgernis. Leider wagte es Helen nicht, wie früher auf dem Genfersee ihren Rock einfach auszuziehen und in langen Unterhosen zu segeln. Sie war jetzt eine verheiratete Frau, Hermanns guter Ruf stand auf dem Spiel. Sie konnte es sich nicht leisten, in Unterwäsche erwischt zu werden. So ungezwungen und freundlich die Menschen in Cannes auch waren – wenn schon eine allein segelnde Frau für Aufsehen sorgte, würde eine in Unterwäsche das Fass zum Überlaufen bringen.

Als die Sonne langsam unterging, kehrte sie zurück zum Hafen, holte die Segel ein und machte das Boot sachgemäß fest. Ihre Lippen waren salzig vom Meereswasser, ihre Wangen gerötet vom Wind und der Sonne. Immer noch durchströmte sie ein Glücksgefühl. Die Weite des Ozeans bot eine völlig neue Perspektive. Schon auf dem Genfersee hatte sie ein Gefühl von Freiheit verspürt, aber hier an der Côte d'Azur wuchs es zu nie geahnter Größe. Sobald Helen das Segelboot bestieg, fielen alle Grenzen, alle Vorschriften, alle Zwänge von ihr ab. Was zählte, waren das Meer, der Wind, die Gezeiten und das Boot. Einziger Wermutstropfen waren die verhassten Kleider.

Sie schaute an sich herab. Der eingerissene Saum hing unschön vom Rock, Schmutzflecken übersäten den dunklen Stoff. Zum Glück hatte Helen sich für ein altes, praktisches Kleid entschieden. Dennoch sah sie jetzt aus wie eine einfache Arbeiterin, die es versäumt hatte, ihren Rock mit einer Schürze zu schützen. Ob sie in diesem Zustand wohl in die Boulangerie von Madame Noir gehen könnte? Ihr Magen knurrte, und sie konnte sich jetzt nichts Köstlicheres vorstellen als eine große Tasse Café au lait und ein goldbraunes Pain au chocolat. Niemand vermochte es knuspriger zu backen als Madame Noir. Helen klopfte ihre Röcke aus, steckte ihr Haar ordentlich hoch und knotete den abgerissenen Saum zusammen. Dann machte sie sich auf den Weg, stieg die Steintreppe vom Hafen hinauf zur La Croisette. Die Bewohner von Cannes waren stolz auf ihren neuen

Prachtboulevard, der dem in Nizza in nichts nachstand. Im Gegenteil, die Palmen, die man vor rund dreißig Jahren gepflanzt hatte, wuchsen und gediehen. Helen lief die breite Prachtmeile nur ein Stück entlang, dann bog sie in die Innenstadt ein. Durch verwinkelte kleine Gassen mit windschiefen Häusern, deren bunte Fassaden hier und dort abbröckelten, bahnte sie sich ihren Weg unter dicht behängten Wäscheleinen. Am Ende einer Gasse, die zur Kirche Notre Dame d'Espérance führte, dem ältesten Bau in Cannes, hielt sie an. Helen stand vor ihrer Lieblingsboulangerie, dem kleinen Laden von Madame Noir, der sich direkt am Kirchplatz befand. Sie öffnete die Tür, und eine fröhlich bimmelnde Glocke kündigte ihr Eintreten an. Augenblicklich schlug ihr der verführerische Duft von frischem Gebäck und geröstetem Kaffee entgegen. Die hellen Holzregale hinter der Glastheke waren zu dieser späten Stunde beinahe leer, aber Helen entdeckte ein letztes Pain au chocolat neben drei Croissants.

»Bonsoir!« Madame Noir stand hinter der Kasse, einem riesigen schwarzen Ungetüm, das laut klingelte, wenn sich die Lade öffnete. Sie trug eine blütenweiße Schürze über einem dunkelblauen Kleid. Ihr graues Haar war zu einem hübschen Knoten hochgesteckt, die rosigen Wangen glühten. Helen hatte die Bäckerin noch nie schlecht gelaunt gesehen. Madame Noir hatte ein sonniges, warmes Wesen. Sie war der Inbegriff von Heiterkeit und Großzügigkeit. Hätte der heilige Nikolaus eine Frau gehabt, es wäre Madame Noir gewesen, davon war Helen überzeugt. Aber die Bäckerin war ihr ganzes Leben unverheiratet geblieben.

»Bonsoir«, antwortete Helen. »Würden Sie mir noch eine Tasse Kaffee brühen? Oder bin ich schon zu spät?«

Eigentlich war die Boulangerie kein Kaffeehaus, und Madame Noir hatte keine Konzession zum Ausschenken von Getränken. Aber es war ein offenes Geheimnis, dass sie dennoch Kaffee anbot. Auf einer winzigen begrünten Terrasse im Hinterhof ihres Ladens standen zwei weiß gestrichene runde Tische und dazu passende Stühle aus geschwungenem Metall. Wer dort einen Platz ergatterte, konnte sich für ein paar Minuten oder Stunden im Gebäckhimmel wähnen. Madame Noir servierte nicht nur die besten Süßigkeiten der Stadt, sondern lieferte auch die nettesten Unterhaltungen.

»Für Sie würde ich auch nach Dienstschluss noch einen Kaffee brühen«, sagte sie. »Setzen Sie sich, Madame de Pourton! Waren Sie wieder mit dem Segelschiff unterwegs?« Während Madame Noir sprach, legte sie das letzte Pain au chocolat auf einen weißen Porzellanteller und brachte es zusammen mit einer karierten Stoffserviette und einer silbernen Gabel zu einem der beiden Tische.

»Ja, ich habe eben die vier Inseln umrundet.« Helen setzte sich.

»Oh, wie schön«, sagte Madame Noir. »Meine Schwester wohnt auf Saint-Honorat.«

»Tatsächlich?«, fragte Helen erstaunt. »Ich dachte, dass nur die Mönche im Kloster auf der Insel leben. Ich wusste nicht, dass es auch andere Bewohner gibt.«

»Aber ja doch, ein paar Fischer haben sich unterhalb des Klosters angesiedelt.«

»Das heißt, Ihre Schwester hat einen Fischer geheiratet?«

Madame Noir winkte ab. »Nein, sie ist mit Édouard Moretti verheiratet. Er ist für die Likörproduktion im Kloster zuständig.«

»Stellen die Mönche den Lérina verte denn nicht selbst her? Ich dachte, das Rezept sei ein gut gehütetes Geheimnis, das von einer Generation Mönche zur nächsten weitergegeben wird.«

Obwohl Helen die einzige Kundin war, senkte Madame Noir die Stimme. »Bitte verraten Sie es nicht weiter, Madame de Pourton. Édouard hat die Rezeptur des Likörs verbessert, der zuvor abscheulich geschmeckt hat. Seit er den Lérina verte mischt, kommt die Abtei mit der Produktion nicht nach. Die Flaschen werden bis nach England exportiert.«

Helen schmunzelte. »Keine Sorge«, sagte sie. »Das kleine Geheimnis ist bei mir sicher aufgehoben.«

»Das wusste ich.« Madame Noir ging in den kleinen Laden und kehrte kurz darauf mit zwei Kaffeetassen zurück. Sie setzte sich zu Helen. »Ich glaube nicht, dass heute noch jemand kommen wird. Nach Ihnen werde ich abschließen.«

»Vielen Dank, dass Sie sich noch Zeit für mich nehmen.« Helen biss in das Pain au chocolat. Der knusprige Blätterteig bröselte auf den Teller. Ein unwiderstehlicher Schokoladengeschmack breitete sich in ihrem Mund aus. Er mischte sich mit einer Note Vanille und Butter. »Einfach köstlich«, schwärmte sie.

Madame Noir grinste zufrieden. »Das freut mich«, sagte sie. »Gestern war eine Engländerin hier, die fand mein Pain au chocolat zuerst zu süß. Doch am Ende hat auch sie für mein Gebäck geschwärmt Die meisten Kunden mögen mein Pain au chocolat.«

»War das die Frau, die nach einem Lehrer für Segelstunden gefragt hat?«

Madame Noir hob überrascht die Augenbrauen. »Ja, sie hat sich tatsächlich erkundigt, wo sie das Segeln erlernen kann. Woher wissen Sie davon?«

»Mein Schwager war zur selben Zeit in Ihrem Laden.«

»Ja, richtig!« Madame Noir schlug sich mit der flachen Hand gegen die Stirn. »Der Herr Künstler. Wie habe ich ihn vergessen können. Er hat gleich zwei meiner Pains au chocolat gekauft und eines davon auf der Stelle verputzt.«

»Auguste hat erzählt, Sie hätten der Dame meinen Namen genannt.«

»Ja, das habe ich. Schließlich sind Sie eine Frau, und Sie segeln besser als so mancher Mann«, meinte Madame Noir. »Ich habe der Engländerin gesagt, dass Sie niemanden finden wird, der ihr besser das Segeln beibringen kann. Falls Sie es nicht tun wollen, könnten Sie ihr vielleicht jemand anderen nennen, der bereit wäre, Unterricht zu geben. Schließlich ist es eher ungewöhnlich, dass Frauen Segeln lernen wollen.«

»Was schade ist«, entgegnete Helen. »Es ist so ein schöner Sport!«

»Aber er ist nicht ganz ungefährlich«, meinte Madame Noir.

»So wie alles, wenn man es nicht gut genug beherrscht«, entgegnete Helen. »Ein Mann, der des Segelns nicht kundig ist, wird ebenso rasch in Seenot geraten wie eine Frau, die noch nie allein unterwegs war.« Sie musste an das Gespräch heute Morgen denken. Doch im Gegensatz zu Hermann stimmte Madame Noir ihr zu. Die Bäckerin lachte. »Sie haben völlig recht.«

Helen biss erneut in ihr süßes Gebäck und spülte die Köstlichkeit mit einem Schluck Milchkaffee hinunter. Sie hatte noch nie darüber nachgedacht, andere im Segeln zu unterrichten. Der Gedanke gefiel ihr. Er schmeichelte ihr.

»Ich würde mich freuen, wenn die Engländerin sich bei mir meldet.«

»Das wird sie gewiss tun, sobald sie wieder in Cannes ist. Sie war auf dem Weg nach Marseille. Ich finde, dass viel mehr Frauen Dinge ausprobieren sollten, die bis vor Kurzem den Männern vorbehalten waren«, sagte Madame Noir.

Helen nickte bloß. Ihr Mund war voll mit dem letzten Stückchen Pain au chocolat.

»Eine meiner Kundinnen wohnt jetzt in Paris und studiert an der Sorbonne Chemie. Das wäre früher nie möglich gewesen. Eine andere ist Technikerin in Strasbourg geworden.«

Helen nahm einen weiteren Schluck von ihrem Kaffee. Auch ihre Tasse war gleich leer.

»Und sehen Sie mich an«, lachte Madame Noir. »Ich führe meinen kleinen Laden ganz allein. Ich war nie verheiratet und habe es auch nicht vor. Die Boulangerie ist mein eigenes Reich. Da lasse ich mir von niemandem dreinreden.«

»Das ist auch gut so«, sagte Helen. »Ihre Backwaren sind einzigartig.«

Madame Noir begann erneut zu lachen. Es klang fröhlich und war ansteckend.

»Meine Mutter hätte niemals gewagt, einen Bäckerladen allein zu betreiben«, fuhr sie fort. »Nach dem Tod meines Vaters hat sie sofort wieder geheiratet.«

»Hat sie sich erneut verliebt?«

»O nein, ganz gewiss nicht«, sagte Madame Noir. »Es gehörte sich damals so. Und wenn wir ehrlich sind, ist es auch heute noch so üblich.«

Helen verstand genau, was Madame Noir meinte. Auch von ihr hatte man eine Heirat erwartet. Niemals hätten Helens Eltern akzeptiert, dass sie allein blieb. Sie wären auch mit einem Mann mit weniger Geld und Einfluss als Hermann einverstanden gewesen. Nun, zum Glück hatte sich alles wunderbar gefügt. Helen war glücklich verheiratet und konnte sich Freiheiten nehmen, die anderen Frauen verwehrt blieben.

Sie trank ihren Kaffee aus, wischte ihren Mund mit der Serviette ab und stand auf. »Ich werde mich mal auf den Weg machen«, sagte sie. »Vielen Dank für Kaffee und Tratsch.«

»Gerne, jederzeit wieder«, meinte Madame Noir. »Ich freue mich immer, wenn Sie mich besuchen.«

Helen wollte den leeren Becher auf den Teller stellen, doch Madame Noir nahm ihr beides ab.

»Wenn Sie das nächste Mal Saint-Honorat umsegeln, winken Sie meiner Schwester zu. Ich habe sie schon seit ewigen Zeiten nicht mehr gesehen.«

»Kommen Sie doch mit mir mit«, schlug Helen vor.

Madame Noir schüttelte abwehrend den Kopf. »O nein«, sagte sie schnell. »Das ist nichts für mich. Ich bleibe lieber an Land. Ich kann nicht schwimmen und hätte viel zu viel Angst zu ertrinken. Aber ein Fläschchen vom Lérina verte würde ich schon nehmen.«

»Ich werde sehen, was sich machen lässt«, meinte Helen. Dann verließ sie den kleinen gemütlichen Laden.

## Auf dem Weg nach Marseille, 1898

Am nächsten Morgen nahm Helen den Zug von Cannes nach Marseille. Sie liebte Zugfahrten und war schon eine halbe Stunde vor der geplanten Abfahrt am Bahnhof, einem eleganten Bau aus Naturstein mit rotem Tonziegeldach. Ein kleines Bistro lud die Fahrgäste dazu ein, sich die Wartezeit auf einer Terrasse mit bunten Sonnenschirmen zu verkürzen. Helen nutzte die Gelegenheit und bestellte eine Zitronenlimonade. Anders als in der Schweiz wurde sie hier nicht schief angesehen, weil sie allein ohne Anstandsdame oder männliche Begleitung unterwegs war.

In den letzten fünfzig Jahren hatte sich die Côte d'Azur zum Magnet für adelige Urlauber und reiche Industrielle aus ganz Europa entwickelt. Auch Künstler und Intellektuelle schätzten die Gegend, deren Landschaft mit den roten Steilküsten, den weißen Sandbuchten und dem türkisblauen Meer ein Paradies der Inspiration war. Sonnenhungrige Briten und Holländer kamen ebenso gerne wie Preußen, Bayern oder Österreicher aus der Habsburgermonarchie. Sobald sich die Menschen auf Reisen befanden, schien man die gesellschaftlichen Regeln nicht mehr ganz so eng zu sehen.

Helen hatte eine kleine Reisetasche gepackt und nur das Notwendigste für die nächsten drei Tage mitgenommen. Länger würden sie nicht in Marseille bleiben. Am meisten Platz nahmen ihr elegantes Abendkleid und die dazu passenden Schuhe ein. Elisa hatte das Kleid sorgfältig zusammengelegt und es ganz oben in der Tasche verstaut, damit es bis zum Abend nicht verknitterte. Helen würde es gleich nach der Ankunft im Hotel auf einen Kleiderbügel hängen.

Sie schaute auf die Uhr. Nur noch zehn Minuten bis zur Abfahrt. Helen bezahlte rasch ihre Limonade, griff nach ihrer Reisetasche und ging zum Bahngleis. Schnaufend und rauchend fuhr die Lokomotive ein. Eine dichte helle Dampfwolke stieg in den Himmel. Der Geruch verbrannter Kohle drang in Helens Nase. Der feine Staub kitzelte in der Nase, sodass sie niesen musste. Besser sie suchte sich ein Abteil im hinteren Teil des Zuges. Oder sie hielt das Fenster geschlossen, was bei diesen Temperaturen allerdings unangenehm werden konnte.

Helen kletterte in einen Waggon am Ende des Zugs und ergatterte einen Sitzplatz in einem Abteil der ersten Klasse. Zwei Männer und eine Frau saßen bereits darin. Helen grüßte freundlich. Sofort sprang der jüngere der beiden Herren auf und half ihr, ihre Tasche in der Gepäckablage unterzubringen.

»Vielen Dank!«

»Gerne!« Der Mann lächelte charmant und tippte sich an seinen modernen Strohhut. Dann setzte er sich wieder. Auch Helen nahm Platz.

»Bis wohin fahren Sie?«, erkundigte er sich.

»Nach Marseille.«

»Mein Mann und ich fahren auch dorthin«, sagte die Frau, die neben Helen saß. Sie zeigte auf den Mann ihr gegenüber, der deutlich älter war als sie selbst. Helen schätzte, dass die beiden mindestens zwanzig Jahre trennten. Der Mann murmelte eine unverständliche Antwort und wandte seinen Blick nicht von der Zeitung ab, die er aufgeschlagen vor sich hielt.

»Machen Sie Urlaub in Marseille?« Die Frau beugte sich neugierig zu Helen. Sie hatte einen harten Akzent. Helen schätzte, dass Deutsch ihre Muttersprache war.

»Nein, ich treffe meinen Mann. Er ist beruflich in der Stadt.«

»Mein Mann ist auch beruflich unterwegs. Ich begleite ihn nur. Ist es nicht eine ganz wunderbare Gegend? Ich kann mich nicht sattsehen am Meer und den Klippen und den malerischen Dörfern. Hier zu leben, muss himmlisch sein. Wohnen Sie in der Gegend?«

»Ja, in Cannes.«

»Oh, Sie Glückliche. Wie ich Sie beneide.«

»Ja, ich fühle mich dort sehr wohl.«

»Oft ist es ja so, dass die Menschen, die in einer Gegend wohnen, sie gar nicht mehr zu schätzen wissen. Weil sie so selbstverständlich geworden ist. Mein Mann und ich kommen aus Hamburg. Das ist eine sehr schöne Stadt. Wir wohnen direkt an der Alster und schauen vom Salon aus auf den Fluss. Aber alles, was man tagtäglich hat, ist nichts Besonderes mehr. Finden Sie nicht auch?«

Die Frau redete wie aufgezogen. Helen nickte bloß zur Antwort, und schon plapperte die Hamburgerin weiter. Sie erzählte von der strapaziösen Anreise, der langen Wartezeit, die sie in der Schweiz erdulden mussten, von einer Mitreisenden, die nach Zwiebel gerochen hatte, und einem Mann, der seinen Hund ständig mit Wurststückchen gefüttert hatte. Helen hatte Mühe mitzukommen, da die Frau kaum je eine Pause zwischen den Wörtern machte und ihr Französisch gewöhnungsbedürftig war. Sie holte nicht einmal zwischen ihren Sätzen Luft.

»Charlotte, bitte mäßige dich. Wie wir angereist sind und was wir dabei erlebt haben, interessiert niemanden.« Ihr Mann ließ kurz die Zeitung sinken. Seine Worte klangen scharf, und sein Ton erinnerte Helen an einen Vater, der sein unartiges kleines Kind schimpfte. Sofort presste die redselige Frau ihre Lippen zusammen, legte ihre Hände in den Schoß und senkte betroffen den Kopf. Ihr Mann hob die Zeitung wieder an und las weiter.

Obwohl Helen die kurze Stille genoss, log sie: »Ich finde es sehr interessant, was Sie erzählen. Reden Sie doch weiter.« Sie hielt der Frau ihre Hand entgegen. »Mein Name ist Helen de Pourton.«

Sofort hellte sich das Gesicht ihrer Mitreisenden wieder auf. Sie beugte sich zu Helen. »Charlotte Weißmann, freut mich sehr.« Sie erfasste Helens Hand und schüttelte sie herzlich. Ihr Händedruck war erstaunlich fest.

»Was führt Sie nach Frankreich?«, fragte Helen.

»Die bevorstehende Weltausstellung. Mein Mann ist für den deutschen Pavillon zuständig. Das Reich wird all seine neuen technischen Innovationen zeigen. Rudolf Diesel wird einen völlig neuen Motor präsentieren.«

»Charlotte, du sollst mit dem Tratsch aufhören!« Erneut ließ ihr Mann das Zeitungszelt sinken. »Das sind Informationen, die noch nicht für die Öffentlichkeit bestimmt sind.«

Seine Frau zuckte entschuldigend mit den Achseln, machte eine kurze Pause und redete dann mit leiser Stimme weiter. Sie hielt sich dabei die Hand vor den Mund, so als könnte ihr Mann sie dann nicht mehr hören. »Ich finde das alles unglaublich aufregend. Wenn es stimmt, was man sich erzählt, wird es bei der Ausstellung einen rollenden Bürgersteig geben. Stellen Sie sich das bloß vor. Man muss nicht mehr gehen, sondern wird im Stehen einfach weitergerollt.«

»Ein rollender Bürgersteig?« Nun mischte sich auch der junge Mann ein, der Helens Tasche zuvor in die Gepäckablage gehoben hatte. »Wozu soll das gut sein? Es mangelt den meisten Menschen jetzt schon an körperlicher Ertüchtigung. Viele haben Übergewicht und können sich nicht ordentlich bewegen.«

Nun hüstelte der Mann hinter der Zeitung. Seine Weste spannte deutlich über einem riesigen Bauch. Im Gegensatz zu seiner mageren Frau war er überaus korpulent.

»Es stimmt, was ich sage«, fuhr der junge Reisende leidenschaftlich fort. »Würden die Menschen mehr Zeit mit Sport verbringen, könnten sie sich viele Krankheiten ersparen.«

»Was befähigt Sie dazu, eine solche Behauptung aufzustellen? Sind Sie Arzt?« Herr Weißmann legte die Zeitung nun endgültig beiseite, um sich am Gespräch zu beteiligen. Sein Gesicht hatte einen finsteren Ausdruck angenommen. Die buschigen Augenbrauen waren eng zusammengezogen.

»Ich bin orthopädischer Chirurg und habe bei Louis Stromeyer gelernt.«

»Sollte mir der Name etwas sagen?«, fragte Herr Weißmann grimmig.

»Stromeyer ist ein Landsmann von Ihnen«, erklärte der junge Arzt. »Er hat die orthopädische Chirurgie revolutioniert.«

»Ach ja?« Die Vorstellung, dass ein Deutscher für Innovation verantwortlich zeichnete, gefiel Weißmann offensichtlich. Er klang eine Spur versöhnlicher.

»Ich kann Ihnen versichern, dass Dr. Stromeyer mir zustimmen würde, wenn ich sage: Wir könnten uns die Hälfte aller orthopädischen chirurgischen Eingriffe ersparen, wenn die Menschen ihren Körper besser unter Kontrolle hätten.«

»Was soll das nun bitte wieder heißen?«

»Ganz einfach«, erklärte der Arzt. »Ungeschickte Menschen haben deutlich öfter Unfälle und Knochenbrüche. Wer sich viel und gerne bewegt, kennt seinen Körper und weiß, was er ihm zumuten kann und was nicht.«

»Wollen Sie damit sagen, dass Menschen, die keinen Sport treiben, ein höheres Unfallrisiko haben?«

»Ja.«

»So einen Unsinn habe ich in meinem ganzen Leben noch nicht gehört«, empörte sich Herr Weißmann. »Jeder weiß doch, dass genau das Gegenteil der Fall ist. Wo passieren denn all die hässlichen Unfälle? Beim Laufen und Springen. Beim Wandern und Schwimmen. Mein Bruder ist beim Eislaufen ausgerutscht und hat sich das Schienbein gebrochen. Eine völlig unsinnige Bewegung, die keinerlei Nutzen für die Gesellschaft hat. Genau wie die anderen Sportarten. Alles Humbug.«

»Ich muss Ihnen mit aller Vehemenz widersprechen«, sagte der Arzt. Er holte zu einem weiteren Plädoyer für den Sport aus. Helen hörte ihm fasziniert zu. Während die beiden Männer sich über die Vor- und Nachteile regelmäßiger Bewegung stritten, zog die Landschaft an ihnen vorbei.

Frau Weißmann hatte das Interesse an dem Gespräch verloren. Sie schaute zum Fenster hinaus und beseufzte die Schönheit von Meer und Klippen. Als die Männer das Thema wechselten und über die technischen Neuheiten sprachen, die bei der Weltausstellung präsentiert werden sollten, driftete auch Helen mit ihren Gedanken ab. Die steigende Temperatur im Abteil ließ sie müde werden, und Helen gähnte hinter vorgehaltener Hand. In Toulon verabschiedete der junge Chirurg sich von ihnen. Danach wurde es still. Sowohl Herr Weißmann als auch seine Frau schliefen. Helen schloss sich ihnen an und machte ebenfalls ein kleines Nickerchen.

Kurz vor Marseille kam der Schaffner durch den Waggon und kündigte den Endbahnhof an. Helen warf einen Blick in den Spiegel unterhalb der Gepäckablage. Ein paar Strähnen hatten sich aus ihrer Frisur gelöst, ansonsten war sie mit ihrem Äußeren zufrieden. Hermann wollte sie entweder vom Bahnhof abholen oder jemanden schicken. Sie hoffte, dass er selbst kommen würde.

»Wo werden Sie in Marseille wohnen?«, erkundigte sich Frau Weißmann. Ihre Neugier war zurückgekehrt.

»Im Hotel Bellevue. Es befindet sich in der Nähe von Robert Durants Château, bei ihm sind mein Mann und ich heute Abend eingeladen.«

»Das kann nicht sein!«, rief Frau Weißmann erstaunt. Sie hatte sich eben ihre feinen Spitzenhandschuhe übergestreift und schlug sich nun die Hand vor den Mund.

»Wie bitte?«, fragte Helen irritiert.

»Richard und ich sind auch bei Monsieur Durant eingeladen. Stimmt doch, oder, Richard?«

Sie stieß ihren Mann sanft in den Oberarm. Er nickte nur.

»Oh, ist das nicht großartig! Dann werden wir einander am Abend wiedersehen.« Frau Weißmann schien sich tatsächlich zu freuen. Helen war sich nicht sicher, ob sie die geschwätzige Frau einen ganzen Abend lang ertragen würde.

»Ich werde nach Ihnen Ausschau halten«, sagte Frau Weißmann. Ihre Worte klangen wie eine Drohung. Dann half Herr Weißmann Helen beim Herunterheben ihrer Reisetasche, was ihn sichtlich Anstrengung kostete. Sein Gesicht lief gefährlich dunkelrot an, und gerne hätte Helen die Aufgabe selbst übernommen. Aber es schien nicht in sein Weltbild zu passen, dass eine Frau sich selbst um ihr Gepäck kümmerte. Schließlich verabschiedeten sie sich voneinander.

Als Helen den Bahnsteig betrat, entdeckte sie am Ende Hermann, der bereits auf sie wartete und ihr fröhlich zuwinkte. Wie immer, wenn sie ihn sah, durchflutete sie eine Welle des Glücks. Sie liebte Hermann mit jeder Faser ihres Körpers. Dass sie ihm begegnet war, war mehr als bloß Zufall gewesen, dessen war sie sicher. Sie mochte alles an ihm. Die Art, wie er sich bewegte, wie er sein Haar lässig hinters

Ohr strich und wie er sie anlächelte. Mit raschen Schritten kam er auf sie zu, nahm sie in den Arm und küsste sie so unbeschwert, als wären sie allein auf dem Bahnsteig. Dabei ließ er sich auch durch das laute Räuspern von Herrn Weißmann nicht stören, als das Ehepaar an ihnen vorbeiging. »Man sieht sich«, brummte der Deutsche streng. Frau Weißmann sang ein schrilles »Tschüsschen!«

Irritiert sah Hermann den beiden hinterher. »Kennst du die Herrschaften?«

»Ich bin eben mit ihnen im Abteil gesessen«, erklärte Helen. »Wir werden sie heute Abend wiedersehen. Sie sind ebenfalls bei Robert Durant eingeladen. Herr Weißmann ist bei der Weltausstellung für den deutschen Pavillon mitverantwortlich.«

»Klingt interessant«, sagte Hermann.

Helen schüttelte den Kopf. »Da muss ich dir widersprechen. Es gibt gewiss unterhaltsamere Gäste heute Abend.«

Hermann grinste breit, schnappte sich Helens Tasche und fasste nach ihrer Hand. »Suchen wir uns einen freundlicheren Ort«, meinte er.

Kurz darauf befanden sie sich im Hotelzimmer. Der Blick vom Balkon verdiente den Namen »Bellevue«. Sie schauten direkt auf den Alten Hafen. Und obwohl Helen das Meer jeden Tag von ihrem Schlafzimmerfenster aus sah, konnte sie sich nicht sattsehen. Ein prächtiges Segelschiff reihte sich an das nächste, so als würden die Jachten in einem Wettbewerb um den Titel des schönsten Segelboots konkurrieren.

»Ich bin so froh, dass du hier bist!« Hermann trat von hinten an sie heran, umfasste ihre Taille und küsste sie sanft in den Nacken. Helen drehte sich zu ihm um. In seinen Augen lag ein zärtliches Verlangen, das eine Hitze in ihr entfachte, die nur durch einen ausgiebigen Kuss gestillt werden konnte. Mit einem Mal verloren die Segelboote im Hafen an Bedeutung. Helen ließ sich von Hermann zum Bett lenken, auf das sie lachend fielen.

»Ich habe dich vermisst«, hauchte er in ihr Ohr.

»Wir haben einander doch bloß eine Nacht nicht gesehen.«

»Das ist zu lange.« Er öffnete Knopf für Knopf ihres Mieders, schälte sie aus dem Kleid und küsste jede Stelle ihres Körpers. In der nächsten Stunde vergaßen beide, weshalb sie in Marseille waren. Alles, was zählte, war die Nähe zwischen ihnen und die Frage, wie sie sich gegenseitig glücklich machen konnten.

## Marseille, Sommer 1898

Die Sonne stand bereits tief über der Kirchturmspitze von Notre-Dame de la Garde, als Helen sich ins Badezimmer schlich, um sich frischzumachen. Sie schloss das kleine Fenster und warf zuvor einen Blick auf die Wallfahrtskirche aus hellem Stein. Das Bauwerk war weithin sichtbar, denn es lag auf einem der beiden Hügel, die seit der Antike von Menschen bewohnt wurden. Enge Gassen mit windschiefen Steinhäusern, denen man ihr Alter ansah, schmiegten sich in die Anhöhe. Helen zog den dünnen Vorhang zu, um sich vor neugierigen Blicken zu schützen. Strähne für Strähne steckte sie ihr offenes Haar hoch und machte die Locken mit strassbesetzten Haarnadeln fest. Dann schlüpfte sie in das sommerliche Abendkleid, das Elisa so sorgfältig zusammengelegt hatte, dass es tatsächlich keine Falte aufwies. Es hatte kurze Ärmel, und das Dekolleté sowie der Ausschnitt im Rücken waren so tief, wie es sich nur für ein Abendkleid ziemte. Während des Tages hätte es als unzüchtig und skandalös gegolten, doch für eine Abendveranstaltung war es geradezu perfekt. Es zeigte Helens sonnengebräunte Haut, die einen hübschen Kontrast zum cremefarbenen Stoff bildete.

Am Genfersee hätte man sich an Helens dunkler Farbe gestoßen. Hier in Marseille gehörte sie zum guten Ton. Jeder, der sich im Freien bewegte, und sei es nur, um den Kaffee im schattigen Garten einzunehmen, war gebräunt.

Mit einem Kohlestift betonte sie ihre großen hellen Augen und den feinen Bogen ihrer Augenbrauen. Zuletzt half sie mit etwas Rouge auf den Wangen nach. Höchst zufrieden mit sich selbst wollte sie das Badezimmer wieder verlassen, als Hermann ihr den Weg versperrte. Bis auf seine Unterhosen war er nackt. Am liebsten hätte Helen sich erneut an seinen muskulösen Oberkörper geschmiegt, aber sie waren ohnehin schon spät dran.

»Du siehst umwerfend aus«, sagte er verliebt.

Helen stieg das Blut in die Wangen. Sie hätte auf ihr Rouge gut verzichten können. Wie war ihr Leben gewesen, als sie Hermann noch nicht gekannt hatte? Sie konnte sich nicht mehr vorstellen, ohne ihn zu sein. Er war für sie geschaffen und sie für ihn. Hermann empfand genauso, das verriet sein Blick. Er legte beide Hände um ihre schmale Taille, zog sie sanft an sich heran und küsste sie erneut. Sofort entfachten sie damit neue Leidenschaft. Nur widerwillig löste sich Helen aus der Umarmung. »Wir müssen los«, erinnerte sie ihn lachend.

»Der langweilige Empfang kann warten.« Seine Stimme war heiser vom Verlangen nach ihr.

Doch Helen blieb standhaft. »Ich bin extra aus Cannes angereist, damit wir gemeinsam daran teilnehmen können. Du wolltest mit Robert Durant verhandeln. Vielleicht begegnen wir Pierre de Coubertin und sicher zahlreichen anderen Männern, die mit der Planung der Weltausstellung beschäftigt sind.«

»Wenn alle so langweilig sind wie die beiden Weißmanns, von denen du mir erzählt hast, wäre es klüger, wir gingen erneut ins Bett.«

Helen lachte und schob Hermann energisch von sich. »Wir haben hinterher noch genug Zeit für uns«, vertröstete sie ihn.

Hermann zog die Mundwinkel nach unten, und Helen lachte erneut. Dann ging auch er ins Bad. Nur kurze Zeit später war er fertig. In seinem dunklen Sommeranzug mit dem blütenweißen Hemd und der schwarzen Fliege sah er sehr vornehm aus. Helen überlegte, wer von beiden ihr besser gefiel: der Hermann mit hochgekrempelten Ärmeln oder der stattlich vornehme mit Anzug und polierten Lederschuhen. Sie kam zu dem Ergebnis, dass sie beide Versionen gleich anziehend fand.

»Darf ich bitten, Madame de Pourton?« Er hielt ihr seinen Arm entgegen.

Ohne Zögern ergriff sie ihn.


Der gekieste Weg zum Palais Durant war von Palmen und Laternen gesäumt. Robert Durant war einer der erfolgreichsten und einflussreichsten Männer Südfrankreichs. Es wurde gemunkelt, dass ihm nicht nur die größte Parfummanufaktur in Grasse gehörte, sondern auch große Ländereien rund um die Stadt. Er hielt Aktien bei Energiekonzernen, Eisenbahngesellschaften, Kohleminen und besaß zahlreiche Immobilien. Egal welche Entscheidungen im Land getroffen wurden, ob es um eine neue Eisenbahnlinie, den Ausbau des Hafens in Marseille oder die geplante Weltausstellung in Paris ging, Robert Durant hatte immer seine Finger im Spiel. Er lud die Drahtzieher in eines seiner vielen Châteaus ein und erfuhr stets zum richtigen Zeitpunkt von lukrativen Projekten, in die es sich lohnte zu investieren.

Hermann und Helen waren nicht die einzigen Gäste, die spät kamen. Als sie eintrafen, rollten zwei weitere Kutschen über den Weg zum Haupteingang des kleinen Schlösschens. Das imposante Gebäude verfügte über kleine Türmchen, verspielte Erker und Balkone, die bloß zur Dekoration dienten und keine praktische Funktion hatten. Das gesamte Gebäude war hell erleuchtet. Eine Weinrebe rankte sich an einer der Hauswände empor. Daneben wuchsen rosa blühender Hibiskus, Feigen-, Zitronen- und Granatapfelbäume.

Sobald die Kutsche anhielt, richtete sich Hermann auf, sprang heraus und öffnete die Tür für Helen. Auch sie kletterte aus dem Wagen. Beeindruckt bestaunte sie das Gebäude.

»Warte erst, bis du die Inneneinrichtung des Hauses siehst«, meinte Hermann. »Der Sonnenkönig hätte seine Freude daran gehabt.« Er bezahlte den Fahrer. »Durant ist für seine Großzügigkeit als Gastgeber bekannt.«

Gemeinsam stiegen sie die breite Treppe hoch zum Eingang. Das bogenförmige Tor war weit geöffnet, rechts und links davon standen Diener in Uniform. Einer erkundigte sich nach ihrem Namen. Sobald Hermann ihn genannt hatte, strich er ihn von seiner Gästeliste und wünschte ihnen einen unterhaltsamen Abend. Helen fühlte sich wie eine Prinzessin aus einem der Märchen, die Madame Fornet ihr vor dem Zubettgehen vorgelesen hatte. Sie betraten das Schloss und stiegen eine breite Marmortreppe hoch in den ersten Stock. Auch hier standen alle Türen offen. Sie führten in einen hell erleuchteten Tanzsaal und von dort weiter in den Garten. Auf einem Podest an der einen Seite des Raums stimmten vier Musiker ihre Instrumente. Vor der gegenüberliegenden Wand befanden sich ein paar Tische mit Sesseln. Sie waren nicht zum Essen gedacht, sondern bloß zum kurzen Verweilen mit einem Getränk. Im Garten waren mehrere runde Esstische gedeckt worden. Es gab keine feste Sitzordnung. Robert Durant wollte, dass seine Gäste sich immer wieder mischten und jeder sich mit möglichst vielen anderen Menschen unterhielt. Er wünschte einen breiten Informationsaustausch, um am Ende des Abends beflügelt mit neuen Impulsen in neue Geschäftsideen zu starten.

Eine Mischung von Parfum, Gegrilltem und gebratenem Fleisch schlug Helen entgegen. Sie entdeckte eine Art mobile Küche im Freien. So etwas hatte sie bisher noch nie gesehen. Drei Köche mit weißen Mützen hantierten auf Kochplatten und am Grill. Die Gäste konnten sich anstellen und die gewünschten Speisen ordern. Kellner liefen mit Tabletts und Getränken durch den Garten. Kaum dass Helen und Hermann kurz standen, hatte einer von ihnen sie schon entdeckt und offerierte ihnen gekühlten Weißwein oder Champagner. Helens Magen knurrte laut. Sie presste ihre Hand gegen ihren flachen Bauch und entschied sich für den Champagner. Hermann nahm Weißwein. Sie prosteten einander zu.

»Bevor ich das hier austrinke, brauche ich etwas zu essen«, sagte Helen.

»Dann lass uns das Buffet aufsuchen.«

»Ist das nicht unhöflich?«, meinte Helen. »Sollten wir uns nicht zuvor dem Gastgeber zeigen?«

»Bei der Menge an Gästen?« Hermann ließ seinen Blick durch den Garten wandern. »Glaubst du wirklich, dass Monsieur Durant noch den Überblick hat, wer hier ist und wer nicht? Wir werden ihn gewiss treffen. Aber vorher sollten wir uns stärken. Ich habe so großen Hunger, dass ich Gefahr laufe, in dein Ohrläppchen zu beißen, wenn du noch länger neben mir stehst.«

»Um Himmels willen«, lachte Helen. »Das brauche ich noch.«

Sie reihten sich bei den Wartenden ein. Helen entdeckte das Ehepaar Weißmann ganz am Anfang der Schlange. Mehrere Gäste waren zwischen ihnen, weshalb Helen von ihnen noch unentdeckt blieb. Direkt hinter ihnen stand eine junge Frau. Sie hielt ein leeres Champagnerglas in der einen Hand, eine Zigarette an einer langen Spitze in der anderen. Die Art, wie sie rauchte, erinnerte Helen an Kindheitstage und an ihre Nachbarin Julie von Rothschild. Optisch hatte die attraktive Frau wenig mit der Baronin gemein. Genüsslich nahm sie einen Zug von ihrer Zigarette und blies den Rauch in kleinen Wölkchen wieder aus. Als einer der Kellner mit einem silbernen Tablett vorbeiging, rief sie ihn mit einem Fingerschnippen.

»Bitte noch ein Glas Champagner.« Der junge Mann eilte zu ihr, und die Frau stellte das leere Glas auf das Tablett, um stattdessen ein frisch gefülltes zu ergreifen. Dabei drehte sie sich um. Ihr dunkelgrünes Kleid hatte nicht nur vorne einen gewagt tiefen Ausschnitt, der noch um vieles offenherziger war als Helens, auch am Rücken bot es tiefe Einblicke. Diese Freizügigkeit war skandalös. Die Haut der Fremden war porzellanweiß, ihr Haar orange. Sie hatte es nachlässig zu einem saloppen Knoten zusammengebunden.

Kaum dass sie das Glas genommen hatte, gönnte sie sich einen großen Schluck Champagner. Ihre Lippen waren im Farbton ihres Haares geschminkt, und ihre Augen waren vom gleichen Grün wie ihr Kleid. Helen fand ihr Aussehen umwerfend und faszinierend. Ein breites Armband aus funkelnden Edelsteinen zierte ihr Handgelenk. Es war neben blumenförmigen Ohrringen ihr einziger Schmuck. Als sie Helens Blick bemerkte, lächelte die Frau sie an.

»Hallo«, sagte sie mit einem starken Akzent. »Mein Name ist Vivian More.« Sie sah auf ihr Champagnerglas und ihre Zigarette. »Leider kann ich Ihnen gerade nicht die Hand schütteln.«

»Kein Problem. Ich heiße Helen de Pourton, und das ist mein Mann Hermann de Pourton.«

Vivian More kniff ihre Augen zusammen. Sie waren mit dickem Kohlestift so stark umrandet, dass es gerade noch vertretbar war. Das Schwarz ließ sie noch ausdrucksvoller erscheinen.

»Ich habe Ihren Namen schon einmal gehört.« Sie zeigte mit der Zigarette auf Helen.

»Wahrscheinlich denken Sie an den Wein, den mein Mann keltert«, sagte Helen.

»Nein«, Vivian More schüttelte den Kopf. »Die Bäckerin in Cannes hat ihn mir genannt, als ich sie nach jemandem fragte, der mir Segelunterricht geben kann.«

»Wie schön, dass Sie Segeln lernen wollen.« Hermann mischte sich ins Gespräch ein. Doch weiter kam er nicht, da ein äußerst attraktiver Mann auf ihn zutrat und sich als René Roux vorstellte. Er war einer von Hermanns Kunden. Roux zog Hermann zur Seite, um ihn in ein Gespräch zu verwickeln. Hermann entschuldigte sich, und Vivian More sah den beiden Männern mit unverhohlener Neugier nach.

»Madame Noir ist eine wundervolle Bäckerin. Haben Sie ihr Pain au chocolat probiert?«, fragte Helen.

»Selbstverständlich! Es war köstlich!« Vivian More wandte sich wieder Helen zu und verdrehte schwärmerisch die Augen. »Zum Glück wohne ich nicht in Cannes. Sonst würde ich süchtig nach der Süßigkeit werden und bald nicht mehr in meine Kleidung passen.« Sie lachte.

»Sind Sie auf Urlaub an der Côte d'Azur?«, fragte Helen.

»Nachdem ich jahrelang hier Urlaub gemacht habe, habe ich letztes Jahr entschieden, mir ein kleines Häuschen in Marseille zu kaufen. Seither verbringe ich fast das ganze Jahr in Frankreich. Nur im Winter, wenn es auf dem Festland ausschließlich regnet, fahre ich zurück nach London. Es macht dann keinen Unterschied, ob ich hier im Regen sitze oder dort.« Vivian More zuckte mit den Schultern. »Die Partys in London haben auch ihren Reiz.«

»Schön, dass Ihr Mann so ein Leben in zwei Ländern einrichten kann.«

Vivian Mores Lippen kräuselten sich zu einem Lächeln.

»Wie kommen Sie darauf, dass ich verheiratet bin?«

»Sind Sie es denn nicht?«, fragte Helen erstaunt.

Die Engländerin hielt Helen beide Hände entgegen. Es befand sich kein Ehering auf einem der Finger.

»Dann ist Ihr Ehemann …«

Noch bevor Helen »verstorben« aussprechen konnte, schnitt ihr Vivian More das Wort ab. »Ich bin nicht verheiratet, war es nie und habe auch nicht vor, es jemals zu sein.«

»Oh!« Helen war kurz sprachlos ob der Vehemenz der Antwort. Sie überlegte, womit die Frau wohl ihren Lebensunterhalt bestritt, doch die Frage wäre unhöflich gewesen. Wahrscheinlich war sie in eine reiche Familie geboren worden.

Die Warteschlange setzte sich langsam in Bewegung. Einer der Köche fragte Helen nach ihren Wünschen. Sie entschied sich für einen der knusprig gebratenen Fische mit Kartoffeln und Gemüse.

Auch Vivian More gab ihre Bestellung auf.

Hermann und René Roux unterhielten sich immer noch etwas abseits. Also suchte Helen mit der Engländerin nach freien Sitzplätzen. An einem der runden Tische im Zentrum des Gartens wurden sie fündig. Mehrere Männer saßen schon dort und waren so intensiv in eine Unterhaltung vertieft, dass sie den beiden Frauen nur zunickten.

»Ich muss darauf bestehen, dass das Internationale Olympische Komitee bei der Organisation der Wettkämpfe volles Mitspracherecht hat.« Der Mann, der sprach, hatte einen auffällig getrimmten Schnurrbart. Die Spitzen waren zu

Schnecken gedreht, die sich zum Ende hin verengten. Seine aufrechte Körperhaltung verriet, dass er regelmäßig Sport betrieb.

»Monsieur de Coubertin, wir geben Ihnen alle recht, wenn Sie fordern, dass dem Sport mehr Bedeutung beigemessen werden sollte. Aus genau diesem Grund haben wir Ihren Vorschlag ja aufgegriffen und die Olympischen Spiele mit der Weltausstellung zusammengelegt, aber die Wettkämpfe werden wie geplant ›Concours Internationaux d'Exercices Physiques et de Sports‹ heißen«, sagte der Mann neben ihm. Er war klein und untersetzt.

Helens Neugier war geweckt. Das also war Pierre de Coubertin, der als exzentrisch geltende Sportler. Und es war ihm tatsächlich gelungen, die zweiten Olympischen Spiele mit der Weltausstellung zusammenzulegen, genau wie Hermann gesagt hatte.

»Da muss ich mit aller Deutlichkeit widersprechen.« De Coubertin erhob seine Stimme. »Die Weltausstellung soll den Spielen zum Durchbruch verhelfen. So ist es mit den Veranstaltern abgesprochen. Ich kann nicht zulassen, dass die Weltausstellung die Spiele stattdessen vereinnahmt.«

»Die Spiele sind doch bloß ein Nebenschauplatz«, meinte der kleine untersetzte Mann sichtlich genervt.

»Und genau das soll nicht passieren«, echauffierte sich de Coubertin. Helen versuchte alle Informationen, die sie über de Coubertin hatte, im Geiste zusammenzutragen. In Gedanken suchte sie nach den Artikeln, die sie über ihn gelesen hatte. Der Mann hatte es sich zur Lebensaufgabe gemacht, die Olympischen Spiele wiederzubeleben. Die erste

Veranstaltung hatte vor vier Jahren in Athen stattgefunden. 295 Männer aus 13 verschiedenen Nationen hatten daran teilgenommen. Das Interesse der Weltöffentlichkeit hatte sich leider in einem sehr bescheidenen Rahmen bewegt. De Coubertin wollte das ändern. Helen nahm an, dass er sich deshalb um die Zusammenlegung mit der Weltausstellung bemüht hatte. Sie musterte den Mann fasziniert. Ihm persönlich gegenüberzusitzen, fand sie aufregend.

»Ich erwarte von den Veranstaltern der Weltausstellung den nötigen Respekt vor dem Olympischen Komitee«, wetterte de Coubertin weiter. »Schließlich hat man das Motto für die Spiele, ohne mit der Wimper zu zucken, übernommen, so als wäre es das Motto der Weltausstellung. Dabei ist es bloß geliehen.«

»Welches Motto?«, fragte Vivian More. Sofort waren aller Augen auf sie gerichtet. Es war unüblich, dass eine Frau ein Gespräch unter Männern einfach unterbrach. Es dauerte einen Moment, bis de Coubertin seine Mimik im Griff hatte und die Überraschung aus seinem Gesicht verschwunden war. »*Citius, altius, fortius.*«

»Ich habe nie Latein gelernt. Was heißt das?«, fragte Vivian More.

»Schneller, höher, stärker«, beeilte sich Helen, ihr zu antworten.

Diesmal starrten die Männer sie an.

»Das Motto eignet sich hervorragend für die Weltausstellung, wo doch die schnellsten Maschinen, die die höchsten und stärksten Leistungen erbringen, gezeigt werden«, meinte der kleine Mann.

»Es ist lächerlich, dass Sie behaupten, man würde Sie nicht respektvoll behandeln!« Ein weiterer Mann mischte sich ein. Er war schmächtig, hatte eine vollständige Glatze und trug eine Brille. Helen hatte sein Gesicht schon einmal gesehen.

»Wie soll ich es sonst verstehen, wenn die Spiele auf einmal einen anderen Namen erhalten? Finden Sie das nicht respektlos, Monsieur Picard?« Pierre de Coubertin wurde lauter. »Es ging um die Zusammenlegung der Olympischen Spiele mit der Weltausstellung und nicht um die Ausrichtung irgendwelcher sportlichen Wettkämpfe.«

»Haben Sie das irgendwo schriftlich fixiert?« Monsieur Picard lehnte sich zurück und verschränkte siegessicher die Arme vor der schmalen Brust. Helen wusste immer noch nicht, wer er war.

Als könnte Vivian More ihre Gedanken lesen, lehnte sie sich zu ihr und flüsterte in ihr Ohr: »Das ist Alfred Maurice Picard, Generalkommissar der geplanten Weltausstellung. Im Deutsch-Französischen Krieg war er für die Verteidigungsanlagen entlang der Grenze verantwortlich. Dass seine Arbeit wenig erfolgreich war, ist allgemein bekannt. Jetzt will er seinem Namen mit einer brillanten Weltausstellung neuen Glanz verleihen. Dazu gehört es wohl auch, die Olympischen Spiele als Teil der Weltausstellung erscheinen zu lassen.«

Ihre Worte waren leise, aber doch laut genug, dass Picard sie hörte. Er funkelte Vivian More finster an.

»Sie wissen so gut wie ich, dass wir den Großteil der Vereinbarung mündlich getroffen haben!« De Coubertin klang nun ungehalten. »Niemals hätte ich einer Zusammenlegung zugestimmt, wenn damit eine Änderung des Namens verbunden gewesen wäre. Es sind die Olympischen Spiele, und das soll jeder Besucher wissen. Die Spiele sollen auch in Zukunft ausgetragen werden. Sie sind Teil unseres kulturellen Erbes.«

Es hätte Helen nicht verwundert, wäre de Coubertin aufgesprungen, hätte Picard an den Schultern gefasst und ihn so lange kräftig geschüttelt, bis er ihm zustimmte. Die angespannte Atmosphäre am Tisch war so unangenehm, dass Helen der Appetit verging. Was traurig war, da der Fisch ganz köstlich zubereitet war.

»Ich habe neulich in einer Zeitschrift gelesen, dass man darüber nachdenkt, auch Frauen künftig an den Spielen teilnehmen zu lassen. Stimmt das?« Vivian More trank ihr Glas leer und stellte es auf den Tisch. Sofort kam ein Kellner und schenkte ihr nach.

Die Männer am Tisch schwiegen. Die Augen aller waren feindselig auf Vivian More gerichtet.

Helen verspürte das dringende Bedürfnis, die Engländerin zu unterstützen. »Ich habe den Artikel auch gelesen«, erinnerte sie sich. Dabei hob sie unschuldig den Kopf. »Der Reporter hat Sie zitiert, Monsieur de Coubertin. Sinngemäß hätten Sie gesagt: Das Wichtigste an den Olympischen Spielen sei nicht der Sieg, sondern die Teilnahme, wie auch das Wichtigste im Leben nicht der Sieg, sondern das Streben nach einem Ziel sei.«

Picard schnappte nach Luft. »Was wollen Sie uns sagen, Madame?«

Helen schnitt eine Kartoffel in kleine Stückchen. »Dieses

Motto gilt zweifelsohne für Männer wie für Frauen, oder?«
Mit unschuldiger Miene schob sie sich ein Stück Kartoffel
in den Mund.

»Ich … also …« De Coubertin räusperte sich. Der rasche
Themenwechsel schien ihn zu überfordern.

»Wer sind Sie überhaupt?«, fragte Alfred Picard grimmig.

»Helen de Pourton.«

»Und ich bin der Ehemann dieser charmanten Dame,
Hermann de Pourton.« Hermann und sein Kunde Roux
waren zum Tisch getreten. Die beiden hatten die Diskussion
mitangehört. Helen konnte an Hermanns Gesichtsausdruck
nicht erkennen, ob er stolz oder bestürzt über ihre Worte
war.

»Der de Pourton?« Coubertin betonte das Wort »der«.

»Ich produziere Wein in der Nähe von Cannes.«

»Ich weiß, ich weiß! Ihr Name ist uns allen bekannt.«
De Coubertin hob die Hand und zeigte mit dem Finger
auf Hermann. »Sie sind einer der besten Segler des Landes.
Werden Sie an den Olympischen Spielen teilnehmen?«

Helen legte ihre Gabel weg. Ignorierte er sie absichtlich?
Und warum bestand Hermann nicht darauf, dass er ihre
Frage beantwortete?

»Darüber habe ich bisher nicht nachgedacht«, sagte
Hermann. Er war sichtlich geschmeichelt.

»Das überrascht mich«, sagte de Coubertin. »Soweit ich
informiert bin, sind Sie seit Jahren ungeschlagen. Bei jeder
Regatta, an der Sie teilnehmen, gehen Sie als Sieger ins Ziel.«

»Sie haben weder Madam Mores Frage beantwortet, noch
auf meinen Kommentar reagiert«, erinnerte Helen.

»Wie bitte?«

»Madame More hat Sie gefragt, ob auch Frauen bei den Spielen zugelassen werden? Die Frage wird immer wieder in den Zeitungen diskutiert. Erst neulich habe ich im *Le Figaro* einen Artikel dazu gelesen. Der Reporter forderte die Teilnahme von Frauen, schließlich bringen sie gute und beachtenswerte Leistungen.«

»Es werden keine Frauen an den Spielen teilnehmen«, sagte Picard.

»Warum nicht?«, bohrte Helen weiter. »Die Weltausstellung wirbt mit den neuesten Errungenschaften in Technik und Wissenschaft. Wir alle wissen, dass seit Kurzem auch Frauen an den großen Erfindungen unserer Zeit mitarbeiten. Denken Sie an Marie Curie oder die italienische Ärztin Maria Montessori.«

»Was haben die beiden Damen mit dem Sport am Hut?«

»Ich will damit sagen, dass Frauen langsam in allen wissenschaftlichen Disziplinen Fuß fassen. Auch in der Kunst gibt es Frauen, die Großartiges leisten. Warum dürfen sie nicht auch im Sport mitmischen?«, fuhr Helen unbeirrt fort. Die Diskussion begann ihr Spaß zu machen, daher ignorierte sie Hermanns Gesicht, das zunehmend ernster wurde.

»Weil der Sport Ihre Eingeweide verwelken lässt, werte Madame«, sagte der kleine korpulente Mann. »Sie sollten sich davon fernhalten.«

»Ich widme mich seit Jahren dem Bogenschießen, und ich kann Ihnen versichern, meine Herren, dass nichts an mir verwelkt ist.« Der Einwurf kam von Vivian More. Sie schob den vollen Teller von sich und zog das frisch gefüllte Glas zu sich heran. Abwechselnd sahen die Männer von Helen zu Vivian More und wieder zurück.

Vivian More wandte sich an den kleinen Mann. »Oder sehen Sie etwas an mir verschrumpeln?« Sie zeigte mit der freien Hand entlang ihres makellosen Körpers.

»Ich, also ...« Er räusperte sich verlegen und fügte ein leises »Nein, natürlich nicht« hinzu. Helen stellte schadenfroh fest, dass ihm die Schamesröte in die Wangen schoss.

»Na, bitte. Also nun erklären Sie uns noch einmal, warum Frauen nicht an den Spielen teilnehmen dürfen.« Vivian More nahm einen weiteren Schluck von ihrem Champagner. Sie schien Unmengen von dem sprudelnden Getränk zu vertragen. Ihre Augen glänzten, aber mehr Wirkung zeigte der Alkohol nicht.

»Es wurde noch kein entsprechender Antrag eingebracht«, entschuldigte sich de Coubertin. »Aber ich muss gestehen, dass auch ich der Meinung bin, dass die Olympischen Spiele den Männern vorbehalten bleiben sollen.«

»Wieso?«, schoss es zeitgleich aus Vivians und Helens Mund. Die beiden sahen sich an und schmunzelten.

»Nun, auch wenn an Ihnen nichts verwelkt ist, werte Madame ...?« Picard mischte sich wieder ins Gespräch ein.

»Mademoiselle More.«

»Sie sind eine unverheiratete Engländerin?«

»Ja.«

»Nun ...« Er hüstelte amüsiert.

»Wie soll ich Ihre Reaktion verstehen?«, fragte Vivian More scharf.

»Sie sind hier wohl auf Urlaub. Da trinkt man gerne ein Gläschen mehr als sonst und verirrt sich in wirre Gedanken. Gewiss wäre Ihr Vater nicht erfreut, würde er wissen, worüber Sie sich gerade unterhalten.« Er hatte den Ton eines strengen Lehrers angenommen.

»Mein Vater ist tot. Aber ich kann Ihnen versichern, dass er mir zustimmen und ebenfalls erfahren wollen würde, warum Frauen bei den Spielen nicht zugelassen werden sollen. Schließlich sind wir auch zu allen anderen Leistungen imstande.«

»Ach ja. Was ist denn Ihre Leistung?«, fragte der kleine dicke Mann boshaft.

»Ich kaufe Olivenöl und Essig in großen Mengen und exportiere beides nach England und in die Vereinigten Staaten. Jedes Jahr expandiere ich und habe vor, in Zukunft auch französische Delikatessen ins Sortiment aufzunehmen. Bei der Weltausstellung werde ich im englischen Pavillon ausstellen.«

»More's Vinegar und Oil?«

»Das bin ich.«

Wieder verstummten alle am Tisch. Diesmal vor Ehrfurcht. Vivian Mores Unternehmen zählte zu einem der erfolgreichsten in der Branche. Offenbar hatte niemand gewusst, dass es im Besitz und unter der Leitung einer Frau stand.

»Und jetzt erklären Sie mir bitte noch einmal, warum Frauen nicht Bogen schießen, Tennis oder Cricket spielen sollen.«

»Die Spiele sind die Wiederbelebung eines antiken Wettkampfs. Damals waren auch keine Frauen zugelassen, und das hatte gewiss gute Gründe.«

»Was damals gepasst hat, muss heute nicht mehr stimmig sein. Zum Glück gibt es den Fortschritt. Niemand zweifelt an den Vorteilen der Eisenbahn oder der Telegrafie. Stellen Sie sich vor, wir würden immer noch in der Antike verharren. Wir würden uns in Sänften und Kutschen fortbewegen und Pferde benötigen, um Informationen weiterzuschicken. So schön Ihr Gedanke der Wiederbelebung alter Traditionen ist, Sie können unmöglich verlangen, dass alles eins zu eins übernommen wird. Oder lassen Sie die Athleten auch halb nackt antreten, weil das im alten Griechenland so üblich war?«

Vivian More hatte offenbar doch mehr klassische Bildung, als sie zuvor behauptet hatte.

»Bienvenue! Was für ein außergewöhnlich spannendes Gesprächsthema!« Die tiefe Stimme gehörte einem gut aussehenden Mann mit elegantem Vollbart. Er trug einen perfekt sitzenden Anzug mit hellen Hosen und war unbemerkt näher gekommen.

»Monsieur Durant, wie schön, Sie endlich zu Gesicht zu bekommen! Wo haben Sie sich bisher versteckt?« Vivian More hielt ihm ihre Hand entgegen. Der Gastgeber ergriff sie und führte sie mit einem vertrauten Lächeln zum Mund. Für einen kurzen Moment hatte Helen das Gefühl, dass die beiden mehr verband als nur eine flüchtige Bekanntschaft. Doch sie kam nicht dazu, weiter darüber nachzudenken, denn der Gastgeber ging nun einen nach dem anderen durch und begrüßte jeden persönlich. Hermann und sie waren die Letzten.

»Endlich lerne ich Ihre Frau kennen, Monsieur de Pourton«, sagte Durant mit einem charmanten Lächeln und griff nach Helens Hand. »Ganz Cannes schwärmt von ihr.«

Helen schoss das Blut in die Wangen.

»Einer meiner Geschäftspartner war vor Kurzem in Cannes und hat mir von einer begnadeten Seglerin erzählt, die allein aufs Meer hinausfährt. Ich nehme an, dass Sie das sind.«

»Ich liebe das Segeln«, gab Helen zu.

»Aber allein aufs Meer? Ist das nicht gefährlich für eine Frau?«

Helen sah aus den Augenwinkeln, dass Hermann etwas sagen wollte. Sie beeilte sich, ihm zuvorzukommen. »Nicht gefährlicher als für einen Mann!« Hermann klappte den Mund zu. Es war nicht das, was er hätte antworten wollen, dessen war Helen sicher. Sie konnte es an seinem Gesichtsausdruck ablesen.

Robert Durant lachte, und zu Helens Überraschung stimmten bis auf Hermann alle am Tisch mit ein.

»Darf ich mich zu Ihnen setzen?« Der reiche Unternehmer schnappte sich einen leeren Stuhl vom Nebentisch und zog ihn zwischen Helen und Vivian More. »Sie sprachen gerade über die Olympischen Spiele und die Frage, ob auch Frauen daran teilnehmen sollen?«

»Eigentlich ging es ursprünglich darum, dass die Wettkämpfe ihren Namen behalten sollten: nämlich Olympische Spiele«, sagte Pierre de Coubertin.

Überrascht zog Robert Durant die Augenbrauen hoch. »Ich dachte, dass das längst eine abgemachte Sache sei. Die

Spiele werden Teil der Ausstellung sein. Soweit ich weiß, laufen gerade die Verhandlungen bezüglich der Austragungsorte. Oder habe ich wichtige Informationen verschlafen?« Er blickte in die Runde.

»Nein, keinesfalls«, beruhigte ihn Alfred Picard. »Die Spiele werden die Weltausstellung begleiten und eine Art Unterhaltungsprogramm bieten.«

De Coubertin wollte protestieren, aber Durant war schneller. »Ich war vom ersten Tag von diesem Konzept begeistert«, sagte er. »Die Zusammenlegung von Technik und Sport hat mich auf der Stelle überzeugt. Den Besuchern wird herausragendes menschliches Können in unterschiedlichen Facetten präsentiert werden. Großartig, einfach nur großartig.« Er applaudierte. »Monsieur Picard, ich habe gehört, dass man im Zuge der Weltausstellung die gesamte Pariser Infrastruktur modernisieren will. Wie weit ist man denn mit dem Bau der Métro?«

»Oh, man baut eine Métro? Etwa nach Londoner Vorbild?«, fragte Vivian More. Das Frauenthema war nun endgültig vom Tisch.

»Ich denke, dass man mit den Engländern mithalten will«, lachte Robert Durant.

Alfred Picard machte ein ernstes Gesicht, als er antwortete: »Die Métro in Paris wird deutlich moderner und komfortabler werden. Die erste Linie wird die Stationen Porte Maillot und Porte Vincennes verbinden. Außerdem ist die Eröffnung von drei neuen Bahnhöfen geplant: Gare d'Orsay, Gare des Invalides und Gare de Lyon. Paris wird in Zukunft bestens gerüstet sein für den Nah- und Fernverkehr.«

»Das klingt wirklich sehr ambitioniert«, meinte Hermann beeindruckt. Vom Nebentisch kamen zwei Männer, die das Gespräch mitgehört hatten. Einer von ihnen war Ingenieur, der andere Stahllieferant, beide konnten Interessantes beitragen. Es ging um noch offene Ausschreibungen, geplante Bauzeiten, technische Besonderheiten und internationale Vergleiche.

Helen stieg gedanklich aus dem Gespräch aus. Sie verstand nichts von Hoch- und Tiefbau, von Aktien und riskanten Geschäften. Ihr Teller war leer, und ihr Magen knurrte immer noch. Als sie zu Vivian More schaute, bemerkte sie, dass auch sie das Interesse an der Unterhaltung verloren hatte.

»Ich denke, dass ich jetzt eine Portion Fleisch vertragen könnte«, meinte die Engländerin. »Sonst steigt mir der Champagner wirklich noch zu Kopf, und das will ich auf alle Fälle verhindern. Kommen Sie mit mir zum Buffet? Allein wartet es sich so einsam?«

Nur zu gerne nahm Helen das Angebot an. »Ich bin gleich wieder da«, sagte sie zu Hermann.

Er war mit seiner Aufmerksamkeit ganz beim Bau der Métro und nickte Helen nur flüchtig zu. »Bis später, Schatz.« Dann sah er wieder zu dem jungen Ingenieur, dessen Namen Helen sich nicht gemerkt hatte. Erleichtert, diesem Gespräch zu entfliehen, folgte sie Vivian More.

Kurz darauf standen die beiden wieder in der Warteschlange.

»Schade, dass die Unterhaltung über die Teilnahme von Frauen an den Olympischen Spielen so schnell beendet wurde«, sagte Helen.

»Ja, stimmt. Ich hätte gerne noch weiterdiskutiert. Ist es nicht völlig absurd, dass die Männer glauben, Sport würde Frauen körperlich schaden?« Vivian More schüttelte entrüstet den Kopf. »Es zeigt nur, dass sie keinerlei Ahnung von uns Frauen und unserem Körper haben. Sie wollen, dass wir rank und schlank sind, und verbieten uns gleichzeitig die Bewegung.« Sie sprach so laut, dass zwei Frauen, die etwas abseits standen, beschämt und empört wegschauten.

»Was denn? Stimmt es etwa nicht, was ich sage? Hat das Segeln Ihren Körper verwelken lassen? So einen Unsinn habe ich ja noch nie gehört.«

Die beiden Frauen drehten sich jetzt empört um und gingen weg, so als hätten Helen und Vivian More ansteckende Krankheiten.

Helen kicherte. Sie mochte die ungezwungene, ehrliche Art der Engländerin. »Alles, was Sie sagen, ist richtig«, stimmte sie ihr zu. »Das Segeln beflügelt mich. Es macht meinen Körper geschmeidig und kräftig. Es fördert meine Konzentration und hebt meine Stimmung. Es ist einfach ...« Sie machte eine Pause. »Sobald ich auf dem Meer bin, fühle ich mich frei.«

Vivian More kniff die grünen Augen zusammen und musterte Helen neugierig. »Wenn ich wieder in Cannes bin, müssen Sie mir ein paar Unterrichtsstunden geben. Dieses Gefühl von Freiheit will ich auch spüren.«

»Ich dachte, Sie würden sich bereits frei fühlen.«

Die Engländerin lachte: »Machen Sie Scherze?«

Helen war erstaunt. So wie Vivian More bislang gesprochen hatte, dachte Helen, es gäbe für diese Frau keine gesellschaftlichen Normen, an die sie sich hielt. Es hatte den Anschein gehabt, als würde sie ihre eigenen Regeln aufstellen.

»Ich bin übrigens Viv.« Die Unternehmerin hielt ihr die Hand entgegen.

»Helen!« Sie ergriff sie. Der Druck war fest und entschlossen. Er verhieß eine Freundschaft, auf die Helen schon seit Jahren gewartet hatte.

»Und jetzt stelle ich Ihnen noch jemanden vor, der Sie interessieren könnte und der uns auf andere Gedanken bringt«, meinte Vivian und zeigte auf einen älteren Herrn, der abseits der Gruppe stand und sich mit zwei Damen unterhielt. Als er Vivian sah, lächelte er ihr freundlich zu und winkte sie zu sich.

»Das ist Sir Walton. Er ist einer der einflussreichsten Männer der Vereinigten Staaten. Ihm gehört dort das halbe Eisenbahnnetz. Soviel ich weiß, sind seine Töchter begeisterte Sportlerinnen. Er ist über alle Geheimnisse der Weltausstellung informiert, und außerdem ist er ein unterhaltsamer Erzähler und kein langweiliger Angeber. Bestimmt werden wir ausreichend Gesprächsstoff finden. Komm mit.«

Vivian zog Helen mit sich, und das gebratene Fleisch war vergessen. Der Unternehmer begrüßte Vivian mit so viel Wärme, dass Helen den Eindruck nicht loswurde, er wünschte, mehr als bloß eine Bekanntschaft würde ihn mit Vivian verbinden. Galant küsste er ihre Hand und stellte sich Helen höflich vor. Genau wie Vivian vorhergesagt hatte, entspann sich sofort ein interessantes Gespräch. Sir Walton wusste alles über die geplante Weltausstellung und fütterte die beiden mit unterhaltsamen Informationen. »Die

Gebrüder Lumière werden Großprojektionen auf riesigen Leinwänden zeigen, und es wird ein Riesenrad aufgebaut, von dem aus die Zuschauer, sobald sie am höchsten Punkt sind, einen Gesamtüberblick über das Gelände bekommen«, erzählte er. Helen versuchte, sich all das vorzustellen. Doch es wollte ihr nicht recht gelingen. Sie musste immer noch an den Sport und die Frauen denken, die ihn nicht ausüben sollten. Die Argumente der Männer erschienen ihr absurd und lächerlich. Vivian hatte mit allem recht, was sie zuvor gesagt hatte. Es bedurfte mehr mutiger Frauen wie Viv. Auch Helen sollte ihre Stimme erheben, sobald sich die Gelegenheit dazu ergab. Hermann war gewiss auf ihrer Seite. Davon war Helen überzeugt.

## Cannes, Spätsommer 1899

»Heute Nacht ist es zum ersten Mal richtig frisch gewesen. Der Herbst kündigt sich an«, meinte Hermann beim Frühstück. »Ich habe eine zweite Decke aus dem Schrank geholt. Du hast es gar nicht bemerkt.«

Klang seine Stimme etwa vorwurfsvoll? Helen hob den Kopf, doch sie konnte nur Belustigung im Gesicht ihres Ehemanns erkennen. Hermann konnte immer noch nicht verstehen, dass Helen auch bei kühlen Temperaturen nicht fror. Sie war eben den Schweizer Winter gewöhnt.

»Aber jetzt ist es wieder angenehm warm. Bestimmt ist es in ein paar Stunden so heiß, dass man über ein schattiges Plätzchen froh ist«, meinte Helen mit Blick in den strahlend blauen Himmel. Es versprach ein weiterer herrlicher Spätsommertag zu werden. »Ich werde am Nachmittag eine Runde segeln. Kommst du mit?«

»Nichts würde ich lieber tun«, sagte Hermann. »Aber ein paar der Kontakte, die ich bei Durants kleiner Feier geknüpft habe, scheinen sehr vielversprechend zu sein. Ich werde nach dem Frühstück nach Nizza aufbrechen. Zum Abendessen bin ich wieder da.«

»Dann werde ich ohne dich aufs Meer segeln.« Helen verzog leidend das Gesicht, auch wenn es ihr in Wirklichkeit nichts ausmachte. Meist fand sie es befriedigender, allein mit dem Segelboot über die Wellen zu fliegen. Niemand bremste sie oder machte ihr Vorschriften. Hermann, der selbst ein begnadeter Segler war, neigte dazu, sie auszubessern. Er fand Helens Segelstil zu waghalsig und tollkühn. Helen wiederum liebte die Geschwindigkeit. Sie geriet jedes Mal in einen wahren Rausch, aus dem sie erst wieder erwachte, wenn sie in den Hafen zurückkehrte.

»Bitte fahr nicht allein.« Hermann wurde ernst. »Ich weiß, dass du mir widersprechen wirst, aber das Wetter wird von Tag zu Tag unberechenbarer.«

»Was bitte soll heute nicht vorhersehbar sein?« Helen hob beide Hände und wies auf den wolkenlosen Himmel.

»Die Herbstwinde kommen auf. Sie kündigen sich meist erst kurzfristig an und können sehr heimtückisch sein.«

»Für mich klingt das eher nach einer sportlichen Herausforderung«, meinte Helen.

»Ich meine es ernst, Liebling. Du wärst nicht die Erste, die das Wetter unterschätzt. Ich will nicht, dass dir etwas passiert.« Hermann legte die Zeitung zur Seite.

»Das will ich auch nicht, glaube mir. Wenn du abends nach Hause kommst, sitze ich frisch gebadet und unglaublich glücklich mit dir am Tisch.«

»Glücklich, weil ich nach Hause komme?« Er beugte sich zu ihr, langte über den Tisch und ergriff ihre Hand. Er küsste jede ihrer Fingerspitzen.

»Das auch«, sagte Helen. »Und weil ich dem kleinen

Segelboot eine neue Rekordzeit abringen konnte. Letzte Woche habe ich die Strecke, für die ich normalerweise eine Stunde benötige, in nur fünfzig Minuten zurückgelegt.« Ihre Augen glänzten. Hermann wollte etwas erwidern, doch sie strich ihm zärtlich mit dem Zeigefinger über die Lippen. »Pssst!«

Hermann hielt seine Einwände tatsächlich zurück. »Bitte sei vorsichtig!«

»Das bin ich immer.«

»Und versprich mir, aufzupassen.«

»Auch das tu ich immer.«

»Und frag François, ob er mit dir mitsegelt.«

Helen verzog den Mund. Sie hatte befürchtet, dass Hermann sie nicht einfach so lossegeln lassen wollte. François war ein alter Fischer, der den ganzen Tag am Kai hockte und den Möwen beim Fliegen zusah. Er war nicht mehr ganz klar im Kopf. Wie er ihr beim Segeln hilfreich sein sollte, ohne ihr im Weg zu sitzen, war Helen ein Rätsel.

»Wirst du François fragen?«

»Vielleicht«, log Helen.

»Niemand kennt sich mit dem Wetter besser aus als er.«

»Ich werde ihn wegen des Wetters befragen«, sagte Helen. In Gedanken fügte sie hinzu, dass ihr ohnehin nichts anderes übrig bleiben würde. Der Alte gab jedem, der aus dem Hafen lief, gute Ratschläge, egal ob man danach fragte oder nicht.

»Gut, das beruhigt mich«, meinte Hermann.

»Eigentlich müsste ich jetzt beleidigt sein«, sagte Helen. »Nach all den Stunden, die wir gemeinsam auf dem Meer und dem See verbracht haben, glaubst du immer noch nicht an meine Fähigkeiten als Seglerin.«

Nun lachte Hermann. »Das stimmt nicht«, widersprach er. »Ich kenne dich ganz genau und weiß, wie wagemutig du mit dem Segelboot hantierst. Niemand schafft es, härter am Wind zu segeln als du. Aber genau weil du so risikofreudig bist, mache ich mir Sorgen.«

»Die sind unbegründet, Schatz.« Zur Besiegelung ihres Versprechens küsste sie Hermann. Rasch wurde die sanfte Berührung leidenschaftlich. Er zog sie zu sich auf den Schoß, was sie nur zu gerne geschehen ließ. Sie verloren sich in einem langen, zärtlichen Kuss und schreckten gleichzeitig auf, als sie ein dezentes Hüsteln vernahmen.

Ferdinand, Hermanns persönlicher Diener, der schon bei ihm gewesen war, bevor er geheiratet hatte, stand hinter ihnen. »Ich störe Sie beide nur ungern«, meinte er mit emotionsloser Miene. »Aber wenn der gnädige Herr nicht bald aufbricht, wird er den Neun-Uhr-Zug nicht erreichen.«

Helen stand auf, zupfte ihren Morgenmantel zurecht und fuhr sich hastig durchs Haar. Obwohl Ferdinand nun auch ihr Diener war, fühlte sie sich in seiner Gegenwart immer wie ein kleines Mädchen, das erst lernen musste, sich ordentlich zu benehmen.

Hermann belächelte ihre Bedenken stets. »Das ist Unsinn«, sagte er dann. »Ferdinand ist begeistert von dir. Er mag dich und könnte sich keine bessere Frau für mich vorstellen.« Dann machte er eine Pause. »Weil es die auch nicht gibt.«

Jetzt bedachte er Helen mit einem Blick, der eine prickelnde Wärme in ihr auslöste. Sie wünschte, dass es bereits Abend wäre. Dann könnten sie und Hermann dort weitermachen, wo sie eben aufhören mussten.

Helen verplemperte den Vormittag mit dem Aussortieren alter Vorhangstoffe. Sie hatte keine Ahnung, warum so viele davon auf dem Dachboden lagerten. Auch Hermann wusste nicht, woher sie stammten. Als er das Anwesen vor ein paar Jahren gekauft hatte, hatte er den Dachboden nicht durchsucht. Möglich, dass der Vorbesitzer sie absichtlich vergessen hatte, um sie nicht selbst zu entsorgen. Helen hatte es sich zur Aufgabe gemacht, den Raum von Stoffen, Geschirr, Kisten und anderen Gegenständen, die schon lange nicht mehr in Gebrauch waren, zu befreien. Elisa half ihr dabei. In einer alten Kleiderkiste entdeckten sie Kleidungsstücke, die längst aus der Mode gekommen waren, Kleider, die über und über mit Rüschen, Spitze und Schleifen beladen waren.

»Sie wollen diese schönen Kleider weggeben?«, fragte Elisa und hob ein besonders hässliches Exemplar verträumt in die Höhe. Es hatte ausladende Puffärmel und bestand aus mehreren Schichten Stoff. Bestimmt hatte die Frau, die das Monster hatte tragen müssen, einen Reifrock aus Metall mitgeschleppt, damit all die Stoffbahnen halbwegs in Form gehalten wurden. Elisa schien in Gedanken damit über das Parkett eines hell erleuchteten Tanzsaals zu schweben.

»Ja«, sagte Helen schnell.

»Aber sehen Sie sich doch den Stoff an. Er ist wunderschön und so weich wie das Fell der kleinen Nachbarskatzen.« Sie schloss schnell den Mund wieder. Elisa hatte sich eben verraten. Offenbar war sie es, die die Jungtiere regelmäßig fütterte, weshalb sie jeden Morgen maunzend auf der Terrasse standen. Aber Helen schimpfte nicht, sie fand die kleinen Wollknäuel auch niedlich. Ferdinand dagegen drohte damit, sie eines Tages zu erschlagen. Elisa strich vorsichtig mit der Hand über einen hellen Baumwollstoff, der tatsächlich weich und leicht war. Es war bloß eine der vielen Schichten, aus denen der Rock des Kleides bestand.

»Wenn man daraus einen Rock nähen würde, den man rasch aufknöpfen und ablegen könnte, hätte ich Verwendung dafür«, sagte Helen.

»Sie wollen einen Rock, den man rasch ausziehen kann?« Elisa sah ihre Herrin mit weit aufgerissenen Augen an. Das Mädchen war noch keine zwanzig. Sie stammte aus einer kinderreichen Familie vom Land. Ihre Eltern hatten sie weggeschickt, weil sie keine Mitgift für sie erübrigen konnten. Helen mochte Elisa, die ehrlich und fleißig, aber auch unglaublich naiv war.

»Ja, ich will ihn ganz schnell ausziehen und dann wieder anziehen können.«

»Aber warum denn?«, fragte Elisa.

»Kannst du dir vorstellen, wie unpraktisch es ist, mit einem knöchellangen Kleid schnell von einer Seite des Segelboots auf die andere zu klettern, um eine Wende oder eine Halse durchzuführen?«

Elisa war mit der Frage überfordert.

»Wünschst du dir denn nie, bei deiner Arbeit praktische Kleidung zu tragen?«

»Was für praktische Kleidung?«

»Hosen zum Beispiel.«

Elisa entfuhr ein kleiner Schreckensschrei. Sie schlug sich die Hand vor den Mund und schüttelte entsetzt den Kopf. »Nein, nie«, murmelte sie.

»Aber es wäre doch viel praktikabler, in Hosen auf Leitern zu klettern und Vorhänge abzunehmen oder in Hosen den Boden zu schrubben.«

»Aber das gehört sich nicht«, sagte Elisa beschämt. »Frauen dürfen keine Hosen tragen, das schickt sich nicht.«

»Wer sagt das?«, fragte Helen. »Wer stellt diese unsinnigen Regeln auf?«

Elisa schien sich immer unwohler in ihrer Haut zu fühlen. Sie faltete das Kleid sorgsam zusammen und legte es schweigend zurück in die Kiste.

»Ich wünschte, ich dürfte ohne Bedenken in Hosen segeln und müsste es nicht heimlich tun.«

»Sie segeln in Hosen?« Elisas Weltbild schien gerade völlig aus den Fugen zu geraten.

»Früher habe ich es getan!«, gab Helen zu. Seit sie Hermanns Ehefrau war, wagte sie es nicht mehr. Es hatte Monate gedauert, bis man akzeptiert hatte, dass sie als Frau überhaupt segelte. Würde sie es nun in Hosen tun, würde die Stimmung schnell kippen. Das wäre, als würde sie Anstand und Moral mit den Füßen treten. Eine Ausländerin, die freizügig geschnittene Kleider trug – ein solches Verhalten duldete man bei Fremden wie Vivian More, aber nicht bei Frauen, die dauerhaft hier wohnten und dazugehören wollten.

»Das dürfen Sie nicht«, meinte Elisa leise. »Erst letzte Woche hat der Herr Pfarrer darüber geschimpft, dass die Moral verkomme und wir alle im Fegefeuer landen werden, wenn wir uns nicht an Gottes Gesetze halten.«

»Wo steht in der Bibel geschrieben, dass Frauen keine Hosen tragen dürfen?«

Helen erkannte an Elisas Gesichtsausdruck, dass sie zu weit gegangen war. Das Mädchen wirkte verängstigt. Sie ruderte zurück. »Keine Sorge, Elisa. Ich würde die Hosen nur beim Segeln tragen und auch nur, weil mir die vielen Stoffbahnen auf dem Schiff im Weg sind. Das Segeln wäre sonst zu gefährlich.«

Elisa entspannte sich wieder.

»Und was soll ich nun mit dem schönen Kleid machen?«

Helen richtete sich auf. Ihr Rücken schmerzte und ihre Hände waren dunkel vom Staub des Dachbodens. Für heute hatte sie genug altes Zeug angegriffen. Höchste Zeit, etwas Erfreulicheres zu tun.

»Leg es in die Kiste. Wir entscheiden beim nächsten Mal darüber.«

Vorsichtig, so als handelte es sich um einen wertvollen Schatz, legte Elisa das Kleid zurück. Dann schloss sie die Kiste. »Soll ich noch den Boden fegen?«

Helen schüttelte den Kopf. Es erschien ihr sinnlos, eine Fläche zu säubern, die niemand benutzte.

»Nein. Unternimm lieber einen Spaziergang. Du hast frei bis zum Abendessen. Das Wetter ist herrlich, und wir zwei haben lang genug im Staub gewühlt.«

Das ließ Elisa sich nicht zweimal sagen. Bevor Helen es

sich wieder anders überlegen konnte, zischte sie die Treppe hinunter und eilte in ihre winzige Kammer, um die Schürze abzulegen.

Helen lief gut gelaunt zum Hafen. Der Wind hatte zugelegt. Auf den Wellen tanzten weiße Schaumkrönchen. Segelanfänger sollten lieber an Land bleiben, aber für Helen wurde es jetzt erst so richtig spannend. Sie wollte die Îles de Lérins in einer neuen persönlichen Rekordzeit umrunden.

»Madame de Pourton! Heute sollten Sie lieber vorsichtig sein!«, rief François, der alte Fischer, der seinen Klappstuhl jeden Morgen am Pier aufstellte und mit seinen vom Rheuma verkrümmten Händen die Fischernetze seines Schwiegersohns flickte, ihr entgegen. Seine Worte klangen verwaschen, denn er öffnete den Mund beim Sprechen kaum. Er kaute an seiner Pfeife.

»Keine Sorge, François«, entgegnete Helen. »Ich habe das Segelboot gut im Griff.«

»Das weiß ich«, meinte der Alte. »Aber der Wind wird noch zulegen. In weniger als einer Stunde sind die Wolken hier, die sich über den Bergen bilden. Dann haben Sie mindestens fünfzehn Knoten, und wenn ich mich nicht täusche, kommt da hinten Regen.«

Helen sah zu den Bergen. Kleine Schönwetterwölkchen säumten den Himmel. Von Regen oder Gewitter fehlte jede Spur.

»Der Himmel ist heute heimtückisch. Glauben Sie mir, Madame«, meinte François besorgt. »Ich kenne das Meer. An Tagen wie heute ist es launisch wie eine alte Jungfer.«

Würde François ähnliche Sätze nicht jeden Tag von sich geben, würde Helen ihm Glauben schenken. Aber der Alte sah ständig Gewitter und Stürme vorher. Auch an Sommertagen, an denen kein Wölkchen den Himmel trübte.

»Wenn der Wind zu heftig wird, bin ich längst wieder zurück«, versicherte Helen. Sie konnte es nicht erwarten, den Wind im Gesicht zu spüren und so schnell über die Wellen zu flitzen, dass sie das Gefühl hatte, zu fliegen.

»Verrücktes Ding«, raunte der alte Fischer leise. Er schüttelte den Kopf und sah Helen hinterher, die geschickt und routiniert den Einhandsegler aufriggte. Der Verklicker, das kleine Fähnchen am oberen Ende des Mastes, stand waagrecht im Wind. Helen drehte das Boot in den Wind, zog zuerst die Fock, dann das Großsegel hoch. Sie setzte sich auf die Luvseite ans Heck, in einer Hand die Pinne, in der anderen die Großschot. Kaum drehte sie das Boot in den Wind, strafften sich die Segel. Helen liebte das Geräusch. Es versprach Geschwindigkeit. Souverän trimmte sie beide Segel und zischte los. Das Salzwasser spritzte in feinem Sprühregen ins Boot und benetzte ihre Wangen und Hände. Helen blinzelte die Tröpfchen von ihren Wimpern.

Der Wind zerzauste ihr Haar und löste Strähnen aus dem Knoten. Die Wellen schlugen hart gegen das Boot und spritzten jetzt auch gegen ihren Rücken. Helen spürte es kaum. Die Segel blähten sich in voller Größe. Sie lenkte das Boot so scharf an den Wind, dass sie glaubte, wie ein Pfeil über die Wellen zu schießen. Über ihr kreischten die Möwen. Ihre Schreie klangen wie begeisterte Zurufe, die sie zu noch größerer Geschwindigkeit anspornen sollten. Helen lachte übermütig. Sie fühlte sich lebendig und frei. Das Meer gehörte ihr. Sie allein bestimmte, wohin sie ihr Boot lenkte. Alle Zwänge, alle Regeln, alle Vorschriften verloren an Bedeutung. Schon kam sie der ersten Insel so nah, dass sie eine Wende vorbereiten musste, um die hohe Geschwindigkeit weiter zu halten. Dazu musste sie das Schiff durch den Wind drehen. Helen drückte die Pinne von sich weg. Als der Baum beinahe mittschiffs stand, wechselte sie auf die andere Seite. Dabei sah sie nach vorne und kletterte geschickt unter dem Baum hindurch. Sobald sie wieder saß, kontrollierte sie das Großsegel, das sich sofort wieder mit Wind füllte. Lachend zog Helen die Pinne wieder zu sich heran. Das Schiff neigte sich seitlich und schoss über die Wellen. Es war ein perfektes Wendemanöver. Helen hielt weiterhin Kurs auf die Insel, ohne an Geschwindigkeit verloren zu haben. Im Gegenteil, sie flog nun förmlich. Leider war ihr Kleid völlig durchnässt. Schwer klebte der Stoff auf ihren Oberschenkeln, wie ein Sandsack, der jede Bewegung verlangsamte.

Helen richtete den Blick in alle Himmelsrichtungen. Das einzige Fischerboot, das auf See gewesen war, fuhr gerade in den Hafen von Cannes ein. Sie konnte den lästigen Rock ablegen. Mit einem geübten Handgriff befestigte sie die Schot seitlich mit einem Achtknoten an einer Klampe. Das Boot fiel etwas vom Wind ab, verringerte das Tempo. Helen drückte die Pinne mit dem Ellbogen, öffnete ihren Rock, schob den lästigen, schweren Stoff mit den Händen nach unten und trat ihn mit den Füßen weg. Wie sie diese langen Stoffbahnen hasste! Sie musste sich bücken, und genau in dem Moment kam eine unerwartete Windböe. Sie erfasste die Fock und das Großsegel und brachte das Schiff ins Wanken. Kein Problem für Helen, sie hatte Situationen wie diese schon zig Male erlebt. Sie hielt die Ruderpinne wieder fest, zog die Schot an. Wichtig war, den Kurs zu halten, weiter vom Wind abzufallen. Doch ihre Füße waren noch im Unterrock verheddert. Fluchend bückte sie sich erneut, um sich endgültig aus dem Stoffgewirr zu befreien. Wieder erfasste genau in diesem Moment ein Windstoß den Mast. Helen wollte nach der Schot greifen, doch dabei rutschte sie aus. Verdammter Rock, fuhr es ihr durch den Kopf. Ihr lauter Fluch ging im Wind unter. Der Mast schlug herum. Das alles geschah so schnell, dass ihr keine Zeit blieb, die Gefahr abzuwenden. Fassungslos sah sie, wie der Mast auf sie zuraste. Sie war immer noch im Stoff gefesselt und somit unfähig, zu reagieren. Das Holz knallte gegen ihre Schläfe, doch Helen nahm den Schmerz gar nicht wahr. Sie schalt sich selbst eine Närrin, geriet ins Taumeln. Das Schiff schwankte und kippte nach Lee.

Helen wurde übel. Sie sah nur noch verschwommen. Nun schoss auch der Schmerz durch ihren Körper. Wie ein Blitz fuhr er ihr vom Kopf in den Rücken, breitete sich dort aus und durchdrang jede Nervenfaser. Helen taumelte, fasste sich mit einer Hand an die Schläfe. Sie spürte warmes, dickes Blut. Dann kippte sie kopfüber ins Meer. Die Wellen schlugen über ihr zusammen, Salzwasser drang in Nase und Mund. Sie versuchte, den Kopf über Wasser zu halten, schnappte verzweifelt nach Luft. Wo war das Boot? Gerade als sie den Gedanken formte, knallte der Bug gegen ihre

Schulter. Helen wurde in die Tiefe gedrückt. Sie hatte die Augen weit geöffnet. War das Dunkelrot, das sich vor ihr ausbreitete, ihr Blut? In ihren Ohren ertönte ein lautes Pfeifen. Mit einem Mal umgab sie rauschende Dunkelheit. Wo war oben, wo unten? Verzweifelt versuchte sie wegzutauchen, wieder nach Luft zu schnappen. Während sie mit Armen und Beinen strampelte, ging ihr ein Gedanke durch den Kopf: Wie hatte sie so leichtsinnig und dumm sein können? Der Druck in ihren Ohren und ihren Lungen wurde immer größer. Und dann verlor die Dunkelheit kurz an Bedrohung. Helen ging die Kraft aus, sie wollte sich fallen lassen. Gleichzeitig wusste sie, dass sie nicht aufgeben durfte. Wenn sie jetzt aufhörte zu kämpfen, war sie verloren. Solange sie ihre Arme und Beine bewegte, bestand eine winzige Chance. Solange sie versuchte zu schwimmen, war sie am Leben.

## Îles de Lérins, Spätsommer 1899

Der Geruch von Rosmarin, Lorbeer und Fisch lag in der Luft, Zwiebel, Knoblauch und frisches Weißbrot. Eine ferne Erinnerung an würzige Fischsuppe ließ Helens Magen knurren. Sie blinzelte. Verschwommen nahm sie dunkle Holzbalken wahr. Vorsichtig drehte sie den Kopf. Sie lag in einem Raum mit weiß getünchten Wänden. Der Anstrich reichte nur bis zur halben Raumhöhe. Darüber waren die Steinwände unverputzt. Auf einem niedrigen Holztisch stand eine Laterne. Darin brannte eine dicke Kerze aus gelbem Bienenwachs. Die Flamme flackerte gleichmäßig und ruhig.

Aus einem Nebenraum drang Geschirrklappern. Wo war sie nur? Helen wollte sich aufrichten, beließ es aber bei einem zaghaften ersten Versuch. Ein stechender Schmerz fuhr durch ihren Kopf und breitete sich über die Stirn und den Nacken bis in den Rücken aus. Die Wände begannen sich zu drehen und drohten, auf sie zu stürzen. Ihr Hunger wich einer Übelkeit. Helen schloss die Augen, und langsam nahm das Rauschen in ihren Ohren wieder ab. Es erinnerte sie an die Wellen, die über ihr zusammengebrochen waren. Das

Letzte, was sie im Gedächtnis hatte, war Dunkelheit. Sie hatte gedacht, sie würde sterben. Aber nun war sie lebendig. Eine Frauenstimme summte leise eine fröhliche Melodie, die Helen kannte. Es handelte sich um ein Kinderlied, das Fräulein Fornet ihr vorgesungen hatte. Später, als Helen älter gewesen war, hatte sie von ihr verlangt, die Melodie auf der Blockflöte zu spielen. Ein völlig unmögliches Vorhaben. Helen hatte nie den Ehrgeiz besessen, ein Instrument zu erlernen.

Bilder aus ihrer Kindheit mischten sich mit denen der fremden Steinwände und der Dachbalken über ihr. Sie hielt die Augen geschlossen und fiel erneut in einen Halbschlaf.

Als sie das nächste Mal zu sich kam, waren die Kopfschmerzen zu einem schier unerträglich dröhnenden Rasen angeschwollen. Schweiß stand auf ihrer Stirn. Jemand wischte ihn mit einem kühlen Tuch ab. Wieder die summende Stimme. Diesmal eine andere Melodie, die Helen ebenso bekannt war wie die des Kinderlieds. Kräftige Hände halfen ihr, sich aufzusetzen. Ein Becher wurde an ihre Lippen gesetzt.

»Trinken Sie das, Madame.« Helen versuchte, die Augen zu öffnen, doch sie war zu müde, schaffte es nicht. Die heiße Flüssigkeit schmeckte bitter, nach Kräutern und Alkohol. Sie fiel zurück in ein weiches Kissen und schlief erneut ein.

»Madame de Pourton, können Sie mich hören?«

Helen blinzelte. Die Kopfschmerzen hatten deutlich nachgelassen. Sie blickte in ein freundliches Gesicht, das ihr bekannt vorkam. Gleichzeitig wusste sie, dass sie der Frau, die vor ihr saß, noch nie zuvor begegnet war. Ein rundes Gesicht mit rosigen Wangen und sanften dunkelbraunen Augen. Das schneeweiße Haar war zu einem dicken Zopf zusammengebunden, der ihr seitlich über die Schulter fiel. Sie hielt eine Schüssel aus blau glasierter Keramik in der Hand. Dampf stieg daraus auf und ein angenehmer Duft. Helen kannte ihn. Sie hatte ihn zuvor bereits wahrgenommen. Es war eine Fischsuppe.

»Wo bin ich?«, fragte Helen. »Wie bin ich hierhergekommen?«

»Sie sind auf Saint-Honorat in der Abtei Lérins.«

»Und wie bin ich hier gelandet?«

»Eines nach dem anderen«, sagte die freundliche Frau. »Jetzt helfe ich Ihnen erst mal, sich aufzusetzen, und Sie nehmen ein paar Löffel von meiner Suppe. Dann erzähle ich Ihnen alles.«

Sie stellte die Schüssel auf dem kleinen Tischchen ab, das neben dem Bett stand, erhob sich und klopfte Helens Kissen auf. Dann half sie ihr, sich aufzurichten, und stopfte ein weiteres Kissen in Helens Rücken. Jetzt erst bemerkte Helen, dass eine dicke Bandage um ihren Kopf gewickelt war. Sie fasste sich an die Stirn und erfühlte Baumwolle.

»Abt Pius hat Ihre Wunde am Kopf behandelt und genäht. Sie war zum Glück nicht sehr tief. Wenn Sie die Haare in die Stirn frisieren, wird man nichts sehen.«

Helen griff erneut nach dem Verband.

»Nicht!« Die Frau hielt ihre Hand fest. »Besser, Sie fassen nicht hin. Der Abt versteht sich auf die Heilkunde. Er ist besser als so mancher Arzt. Sie können ihm vertrauen. Er hat seine Arbeit gut gemacht.«

»Und wer hat mich aus dem Wasser gezogen? Das Letzte, woran ich mich erinnere, war, dass ich ertrinke.«

»Das wären Sie auch beinahe. Aber Sie sind eine kräftige Schwimmerin.«

»Ich bin geschwommen? Daran fehlt mir jede Erinnerung.«

»Das hängt wohl mit dem Schlag gegen den Kopf zusammen«, meinte die Frau. »Sie sind wortwörtlich um Ihr Leben geschwommen. Mein Mann hat sie entdeckt. Er hat am Strand Muscheln gesammelt. Édouard liebt sie zum Abendessen. Ich selbst mag das schlabbrige Zeug nicht. Aber egal, auf alle Fälle hat Édouard gesehen, wie Sie ins Wasser gestürzt sind. Er hat sich auf der Stelle in sein Boot gesetzt und ist losgesegelt. Er hat Sie gerettet. Es war wirklich knapp. Ich glaube, lange hätten Sie nicht mehr durchgehalten.«

Die Frau reichte Helen erneut die Schüssel mit der duftenden Suppe und ein Stück frisches Weißbrot. Die Kruste war goldbraun und das Innere noch warm. Helen riss ein Stück ab und steckte es in den Mund. Es schmeckte himmlisch. Die Frau grinste zufrieden. »Freut mich, dass es Ihnen schmeckt. Das Backen liegt bei uns in der Familie. Meiner Schwester gehört die kleine Bäckerei hinter dem Hafen von Cannes.«

Jetzt war Helen klar, woher sie die Frau kannte. Sie war Madame Noirs Schwester. Als könnte sie ihre Gedanken lesen, sagte diese nun: »Mein Name ist Colette Moretti. Ich freue mich sehr, dass ich Sie endlich kennenlerne, auch wenn die Umstände erfreulicher hätten sein können. Meine Schwester hat mir schon viel von Ihnen erzählt.«

»Ich freue mich auch sehr«, sagte Helen. »Ich bin Ihnen, Ihrem Mann und dem Abt zu großem Dank verpflichtet. Woher wussten Sie, wer ich bin?«

Nun lachte Colette fröhlich, und genau wie bei ihrer Schwester war das Lachen ansteckend. »Glauben Sie mir, Madame, es gibt nur eine junge Frau in der Gegend, die allein mit einem Segelboot aufs Meer geht.« Sie machte eine Pause. »Noch dazu bei diesen Wetterbedingungen.«

»Das Wetter war perfekt«, widersprach Helen. »Es war bloß der verdammte Rock.«

»Wie bitte?« Colette Moretti hob die Augenbrauen.

»Ich habe mich in meinen Röcken verfangen und bin gestolpert.«

»Bei schwierigen Wetterbedingungen allein in See zu stechen, ist gefährlich. Das wurde schon so manchem Seemann zum Verhängnis.« Die Stimme war leise. Ein kleiner alter Mann mit Tonsur und Kutte stand im Raum. Es war wohl der Abt. Um seinen Hals hing ein großes goldenes Kreuz. Er hielt die Arme verschränkt. Die Hände waren in seinen Ärmeln versteckt.

Helen fühlte sich zu schwach, um mit ihm zu diskutieren. Sie war davon überzeugt, dass sie niemals in Seenot geraten wäre, hätte sie Hosen getragen.

»Wie lange liege ich schon hier?«

»Édouard hat Sie gestern Nachmittag aus dem Meer gefischt. Sie haben die ganze Nacht und den heutigen Tag geschlafen.«

»Wie spät ist es?«

»Kurz nach zehn am Abend.«

»O mein Gott!« Helen richtete sich auf. Sofort kehrte der Kopfschmerz zurück. »Jemand muss Hermann informieren! Bestimmt ist er verrückt vor Sorge um mich.«

Madame Moretti drückte sie sanft zurück in die Kissen. »Keine Angst«, sagte sie ruhig. »Édouard ist heute Morgen bereits zum Festland gesegelt und hat einen Botenjungen zu Ihrem Mann geschickt. Er weiß, dass Sie wohlauf und am Leben sind. Wegen der Wetterlage wird er wohl erst morgen kommen können. Im Moment wäre es verrückt, herzusegeln. Der Wind hat sich in den letzten Stunden zu einem wahren Sturm ausgewachsen. Édouard hatte Glück, er ist gerade noch rechtzeitig zurückgekommen.«

Jetzt erst nahm Helen den Lärm wahr, der von draußen in den Raum drang. Der Sturm rüttelte an den Fensterläden. Sie klapperten laut. Helen entspannte sich wieder. Wenn Hermann wusste, dass sie in Sicherheit war, war alles gut. Die Vorstellung, dass er sich um sie sorgte, war ihr unerträglich.

»Sie sollten jetzt schlafen«, meinte Madame Moretti.

»Und sich in Zukunft auf keine Abenteuer mit dem Segelboot einlassen«, ergänzte Abt Pius streng. »Diesmal sind Sie mit einem blauen Auge beziehungsweise einer Platzwunde am Kopf davongekommen. Es hat Gott große Anstrengungen gekostet, Sie zu retten. Er hat alle seine Schutzengel ausgesendet. Bitte fordern Sie ihn nicht erneut heraus.«

Statt zu antworten, löffelte Helen ihre Suppe aus. Dann ließ sie sich in die Kissen sinken und schloss die Augen. Hermann wusste, dass sie in Sicherheit war. Sie konnte einfach schlafen.

## *Îles de Lérins, Spätsommer 1899*

Am nächsten Morgen stand Hermann kurz vor Sonnenaufgang neben ihrem Bett. Sobald sich der Sturm gelegt und der Regen aufgehört hatte, war er ins Segelboot gesprungen und Richtung Saint-Honorat gesegelt. Jetzt ging er in die Hocke, ergriff Helens Hände und küsste sie. »Helen, bitte versprich mir, dass du nie wieder allein auf ein Segelboot steigst.« Er sah mitgenommen aus, so als hätte er zwei schlaflose Nächte hinter sich. Unter seinen Augen lagen dunkle Ringe.

Helen hatte ein schlechtes Gewissen. »Es war nicht meine Schuld«, sagte sie leise. Ihrem Kopf ging es deutlich besser. Er brummte noch ein bisschen, und die Wunde, die genäht worden war, stach, sobald sie die Stelle berührte. Aber die Übelkeit und die Erschöpfung waren weg. Helens Magen knurrte. Sie hatte Hunger. Der Duft nach frischem Brotteig schürte ihr Verlangen nach einem ordentlichen Frühstück. Das war gewiss ein gutes Zeichen.

»Natürlich war es deine Schuld. Du hättest niemals allein in See stechen dürfen«, sagte Hermann. Er klang verärgert.

»Nein, es war bloß das Kleid. Ich habe mich darin verfangen. Wäre ich in Hosen unterwegs gewesen, wäre das

niemals passiert«, versicherte Helen. »Das Wetter war großartig, der Wind perfekt. Ich hatte das Boot anstandslos unter
Kontrolle.«

Hermann verzog schmerzlich den Mund. »Deshalb hast
du jetzt auch eine genähte Wunde am Kopf und liegst in
einem Krankenzimmer.«

»Beim nächsten Mal segle ich in Hosen.«

Abt Pius, der eben in den Raum gekommen war, hatte die
letzten Worte gehört. Mit finsterem Blick trat er näher.

»Ihre Frau ist von außergewöhnlich störrischer Natur.
Selten bin ich einem Weib begegnet, das so wenig Einsicht
zeigt und Forderungen stellt, die an Unsittlichkeit und
Schamlosigkeit nicht zu überbieten sind.«

»Ich wünschte, ich könnte Euch widersprechen, Vater.«

Helen richtete sich schockiert auf. Sie musste sich eben
verhört haben. Was war mit Hermann los? Seine Worte
mussten seiner Sorge geschuldet sein. Wie sonst konnte
es sein, dass er dem Abt recht gab, statt sie zu verteidigen.
Hatte er sie tatsächlich als störrische und uneinsichtige Frau
bezeichnet?

»Achten Sie darauf, dass sie nicht mehr segelt. Es ist eine
Tätigkeit, die sich für Frauen nicht ziemt.«

Helen wartete vergebens darauf, dass Hermann dem Abt
widersprach. Aber er schwieg, weshalb sie selbst einschrei-
ten musste.

»Warum sollten Frauen nicht segeln dürfen? Es macht
Spaß, und nirgendwo in der Bibel steht geschrieben, dass
Frauen nicht auch Freude im Leben haben dürfen«, sagte
sie verärgert.

Abt Pius hob drohend seine Rechte. »Die Freude im Leben einer Frau besteht darin, ihren Mann glücklich zu machen. Sie hat ihm untertan zu sein, das ist die natürliche Ordnung in dieser Welt. Frauen sind flatterhaft, unverlässlich und unkonzentriert. Und damit nicht in der Lage, die Verantwortung über ein Schiff zu übernehmen. Abgesehen davon verfügen sie nicht über die notwendige körperliche Kraft. Ihre Rolle in dieser Welt ist klar definiert.« Der Abt machte eine Pause. »Segeln ist in diesem Plan eindeutig nicht vorgesehen.«

»Das mag vielleicht Ihre Vorstellung von der Welt sein«, entgegnete Helen scharf. »Aber es ist nicht die von meinem Mann und mir.« Sie sah hilfesuchend zu Hermann. »Mein Ehemann würde mir niemals das Segeln verbieten.«

Spätestens jetzt sollte Hermann ihr beipflichten. Aber er schwieg beharrlich.

Helen schlug die Decke zurück. Sie trug ein Nachthemd, das Madame Moretti ihr geliehen hatte. Sofort wandte der Abt sich beschämt ab.

»Ich werde mich ankleiden!«

Fast fluchtartig verließ der Abt das Krankenzimmer. Genau das war Helens Intention gewesen. Sie wollte den Kirchenmann und seine konservative, überholte Sicht auf die Welt loswerden. Kaum waren sie und Hermann allein im Zimmer, wandte sie sich ihm zu. »Warum hast du mich eben nicht verteidigt?« Sie konnte ihren Ärger und die Enttäuschung nicht länger zurückhalten.

»Weil ich wütend bin, Helen. Ich bin wütend, dass du dich selbst in Gefahr gebracht hast, obwohl ich dich gebeten habe, es nicht zu tun.« Er sah sie ernst an. »Kannst du dir eigentlich vorstellen, was ich für Ängste um dich ausgestanden habe?«

Helens Kopf brummte. Ihr war wieder schwindelig. Im Moment war sie nicht in der Lage, ein längeres Streitgespräch zu führen. Besser sie schwieg, bevor sie etwas von sich gab, das sie hinterher bereute. Hermann schien ihr Schweigen als Zustimmung zu werten. Er wirkte zufrieden.

Später nahmen sie gemeinsam ein Frühstück ein, bestehend aus frischem Brot, Butter, Käse und Milch. Die Einzige, die fröhlich plapperte, war Madame Moretti. Sie erzählte, wie sie die Milch der Schafe zu würzigem Käse verarbeitete. »Vielleicht können wir in Zukunft nicht nur Lérina, sondern auch Schafskäse verkaufen. Jedes Jahr kommen mehr Besucher vom Festland zu uns. Sie wollen auf der Insel gut essen und trinken.«

»Die Leute können gerne unseren Lérina kaufen«, brummte der Abt. »Aber ich denke nicht daran, hier ein Restaurant oder ein Kaffeehaus zu eröffnen. Saint-Honorat ist ein Ort des Glaubens, des Friedens und der Kontemplation.«

Édouard, ein freundlicher Mann, den das einsame Leben auf der Insel schweigsam gemacht hatte, kaute wortlos an seinem Brot. Wenn er eine Meinung dazu hatte, so behielt er sie für sich. Helen fragte sich, wie Madame Moretti die Abgeschiedenheit auf der Insel ertrug. Sie war gesellig und mitteilungsbedürftig. Ein Kaffeehaus, ähnlich dem Lokal ihrer Schwester in Cannes, würde ihr Dasein bereichern.

Nach dem Frühstück packte Madame Moretti drei Flaschen Lérina in einen Korb, legte Käse und Butter obendrauf und reichte alles Helen. »Würden Sie das meiner Schwester bringen? Ich komme erst in ein paar Wochen wieder aufs Festland.«

»Sehr gerne.«

Vor ihrer Abfahrt warf Abt Pius noch einen Blick auf Helens Wunde. Was er sah, stimmte ihn zufrieden. »In ein paar Tagen soll ein Arzt die Fäden ziehen«, sagte er. »Wenn Sie sich an meine Anweisungen halten, wird kaum eine Narbe bleiben.«

»Natürlich werde ich Ihre Vorgaben befolgen«, versicherte Helen.

Der Abt verzog den Mund.

Hermann steckte mehrere Geldscheine in den Spendenbeutel des Klosters.

»Haben Sie nach Ihrem schrecklichen Unfall denn gar keine Angst, wieder ein Boot zu besteigen? Sie wären beinahe ertrunken«, fragte Madame Moretti. »Ich bin als Kind einmal beim Kirschenpflücken vom Baum gefallen. Hinterher hatte ich monatelang Angst, wieder auf eine Leiter zu klettern. Ich fürchte mich immer noch ein bisschen und vergewissere mich jedes Mal, dass die Leiter gut und sicher fixiert ist.«

»Angst?«, wiederholte Helen. »Vor einem Segelboot? Niemals.« Sie lachte.

»Sie sind wirklich eine ungewöhnliche Frau«, sagte Madame Moretti. Dann umarmte sie Helen zum Abschied wie eine Tochter und sah ihr zu, wie sie geschickt auf das Boot kletterte. Hermann folgte ihr.

Zu gerne hätte Helen das Segel gehisst, aber Hermann bestand darauf, dass sie sich ausruhte und bloß am Bug saß.

»Abt Pius hat gesagt, dass du dich schonen musst. Solange du noch Nähte in der Wunde hast, ist jede Anstrengung tabu«, erinnerte er sie streng.

Verärgert verschränkte Helen die Arme vor der Brust. »Ich bin kein kleines Kind.«

»Grundsätzlich weiß ich das«, sagte Hermann versöhnlich. »Auch wenn du dich hin und wieder so benimmst.« Er lächelte sie schief an. »Sobald du wieder ganz gesund bist, werden wir gemeinsam die Segel setzen. Versprochen. Aber heute übernehme ich die Aufgabe.«

Also setzte Helen sich und sah Hermann zu, wie er gekonnt die Segel hisste. Elegant legten sie ab. Sobald Helen der Fahrtwind über die Wangen strich, besserte sich ihre Stimmung. Die Müdigkeit, die sie kurz nach dem Frühstück beschlichen hatte, verpuffte, die Schmerzen im Kopf waren vollständig verschwunden. Helen schloss die Augen, sog den Geruch des Meeres in sich ein, schmeckte die feinen Salzwassertröpfchen auf den Lippen und verspürte pure Freude. Niemals würde sie auf dieses Gefühl verzichten wollen. Nahm man ihr das Segeln, nahm man ihr den Sinn zu leben.

*Cannes, Spätsommer 1899*

Während der nächsten Tage umsorgte Hermann sie, als wäre sie eine Schwerverletzte. Er bestand darauf, dass Helen den Großteil des Tages im Schatten eines Orangenbaums im Garten saß und las. Das Argument, dass sie das Lesen mehr anstrengte als ein ausgedehnter Spaziergang, ignorierte er geflissentlich. Sobald Helen den Unfall erwähnte, nahm er eine abwehrende Haltung ein, da er darüber vollkommen anderer Ansicht war als sie.

»Helen, es war eine Schnapsidee, bei dem Wind in See zu stechen. Allein wenn ich daran denke, was hätte passieren können, wenn Édouard Moretti dich nicht gerettet hätte, werde ich nervös und wütend. Ich will nicht mehr darüber reden. Du kennst meine Meinung zu dem Thema.«

Helen beließ es vorerst dabei. Solange sie einen Verband trug, war ans Segeln nicht zu denken. Noch hatte sie die Fäden in der Stirn, aber schon nächste Woche würde Dr. Peron sie ziehen. Dann wollte Helen wieder mit dem Segelboot aufs Meer.

Sobald Hermann das Haus verließ, machte sich Helen auf und schlenderte zum Hafen. Die Geschichte von ihrem Unfall hatte sich rasch in ganz Cannes verbreitet. Auch Madame Noir hatte davon erfahren, noch bevor Helen ihr den Korb ihrer Schwester überbringen konnte.

»Was für ein großes Glück, dass Édouard Sie gerettet hat«, sagte sie und servierte Helen ein besonders knuspriges Pain au chocolat und eine große Tasse Kaffee mit Milch.

»Ich bin Ihrem Schwager zu großem Dank verpflichtet. Aber das Ganze wäre niemals passiert, wenn ich dieses schreckliche Kleid nicht angehabt hätte.«

»Was hat Ihre Kleidung denn damit zu tun?«, wollte Madame Noir wissen. Sie schenkte sich ebenfalls Kaffee ein und setzte sich zu Helen. Die zwei riesigen Oleander auf der begrünten Terrasse sorgten trotz hoch stehender Sonne für angenehmen Schatten.

»Ich habe mich in den Rüschen und Schleifen verfangen und bin gestolpert. Ein knöchellanges Kleid mit Korsett ist einfach keine passende Bekleidung für ein Segelboot.« Helen zupfte das braune Ende des Gebäcks ab und steckte es in den Mund.

»Es wäre natürlich sehr schade, aber vielleicht ist das Segeln wirklich nichts für Frauen«, überlegte Madame Noir.

»Wie können Sie das sagen!«, widersprach Helen. »Natürlich ist Segeln ein Sport für Frauen. Gefährlich ist nicht die Bewegung, sondern die unpraktische Kleidung.«

»Das kann schon stimmen. Aber wie stellen Sie sich das vor? Sie können ja nicht einfach Hosen anziehen«, meinte Madame Noir.

»Warum denn nicht?«

»Weil …« Madame Noir stockte. Sie nahm einen Schluck von ihrem Kaffee und sah nachdenklich in den Himmel, so als fände sie dort die Antwort auf Helens Frage. Sie suchte vergeblich. »Ja, warum eigentlich nicht?«, fragte sie langsam.

»Es gibt keinen Grund. Hosen sind praktisch. Männer dürfen sie tragen. Während man uns Frauen in Korsetts zwängt und mit Reifenunterröcken und Tournüren quält.«

»Nun, es gibt ein Gesetz, das Frauen das Tragen von Hosen ohne gesonderte behördliche Erlaubnis verbietet. Wenn ich mich richtig erinnere, stammt es aus der Zeit der Revolution und wurde kürzlich leicht reformiert. Aber die behördliche Erlaubnis ist nach wie vor zwingend notwendig.«

»Mein Unfall hat gezeigt, dass Hosen beim Sport eine Notwendigkeit sind.«

»Was würde Ihr Mann sagen, wenn Sie beim Segeln Hosen tragen?«, fragte Madame Noir.

»Als ich ihn in der Schweiz kennengelernt habe, hat er sich nicht daran gestört, dass ich meinen Rock unter dem Bug versteckt habe. Hier in Cannes habe ich das noch nicht getan. Ich wollte nicht, dass sein guter Ruf wegen meines unsittlichen Verhaltens leidet.«

»Das war sehr vernünftig«, meinte Madame Noir. »Wenn eine Frau in Unterhosen segelt, würde das auffallen. Rasch wäre der gute Ruf Ihres Ehemanns dahin, und niemand würde mehr seinen Wein kaufen.«

Helen steckte sich das letzte Stück vom Pain au chocolat in den Mund. Erstaunlich, wie schnell so eine Köstlichkeit vertilgt war.

»Ich will ja nicht in Unterhosen segeln«, entgegnete sie. »Das wäre skandalös. Aber was spricht gegen ordentlich geschneiderte Hosen, die ich unter einem Rock trage und die farblich zum Kleid passen? Ich habe davon in einer Zeitung gelesen. In England gibt es Frauen, die das Tragen von Hosen unter Röcken propagieren.«

»Ich fürchte, dass man das ebenfalls als unsittliches Verhalten bewerten würde.«

»Bitte erklären Sie mir, warum mein Mann keinen Wein mehr verkaufen sollte, wenn ich in Hosen segle. Das eine hat doch absolut nichts mit dem anderen zu tun.«

Madame Noir seufzte. »Da gebe ich Ihnen natürlich recht, Madame de Pourton. Aber so funktioniert das Leben in einem kleinen Ort wie Cannes nun mal.«

»Ich fürchte, in Paris ist es nicht anders«, war Helen überzeugt. Mit dem Finger tupfte sie alle Blätterteigbrösel von ihrem Teller.

»Im Moment habe ich den Eindruck, mein Mann will, dass ich gar nicht mehr allein segle.« Sie musste an Hermanns übertriebene Fürsorge denken. Es war lächerlich, wie er sie mit Samthandschuhen anfasste und so tat, als wäre sie eine zerbrechliche Porzellanpuppe. »Auch wenn ich mich an die Kleidervorschriften halte.«

»Wahrscheinlich ist er in Sorge wegen des schrecklichen Unfalls«, meinte Madame Noir. »Das ist doch ganz verständlich.«

»Der Unfall wäre niemals passiert, wenn ich …«

»Ich weiß, ich weiß. Das Rüschenkleid«, wandte Madame Noir ein. »Hat die Engländerin sich eigentlich bei Ihnen gemeldet? Sie war vor ein paar Tagen wieder hier und hat erneut nach Segelunterricht gefragt.«

»Vivian More?«

»Ja, genau, so hieß sie. Sie war also schon bei Ihnen?«

»Nein, aber ich habe sie letzten Herbst in Marseille kennengelernt. Ist sie denn wieder in Cannes?«

»Ja, sie wohnt am Ende des Boulevard de la Croisette, im Hotel La Plage.«

»Ist sie noch dort?«

»Ich nehme es an. Sie sprach von einer Woche, die sie in Cannes verbringen wird. Madame More hat sich nach Ihrer Adresse erkundigt. Als ich ihr von Ihrem schrecklichen Unfall erzählt habe, hat sie gemeint, dass sie mit einem Besuch lieber noch warten wolle.«

Helen überlegte. Wenn es stimmte und Vivian More immer noch Segelstunden bei ihr nehmen wollte, wäre das eine wundervolle Gelegenheit für sie, aufs Meer zu fahren, ohne mit Hermann in Konflikt zu geraten. Er wollte nicht, dass sie allein lossegelte. Wenn sie gemeinsam mit Vivian More unterwegs war, verloren seine Argumente an Gewicht.

»Ich finde, dass das Wetter wie geschaffen ist für einen ausgedehnten Spaziergang«, sagte sie gut gelaunt. »Was denken Sie?«

Madame Noir lachte. »Absolut!«, stimmte sie ihr zu. »Und ich habe so eine Ahnung, wo Sie hinspazieren werden.«


Das Hotel La Plage lag am Ende der Promenade. Es war eines der neuen Gebäude, die im Zuge der Errichtung des Prachtboulevards entstanden waren, moderne Hotels, die ihre Gäste mit jedem nur erdenklichen Luxus verwöhnten. Das La Plage verfügte über vier Stockwerke. Jedes Zimmer hatte einen eigenen Balkon mit weiß-gelb gestreiften Markisen, die sich fröhlich vom wolkenlosen Himmel abhoben. Fließend Wasser und Toiletten waren eine Selbstverständlichkeit. Mehrere Köche servierten täglich die Spezialitäten der Region, ein Heer an Bediensteten las den Gästen jeden Wunsch von den Augen ab. Der Garten, der das Hotel umgab, glich einem botanischen Park. Ausgefallene Blumen konkurrierten mit hohen Palmen, Granatapfel- und Feigenbäumen.

Helen betrat die Eingangshalle. Der Geruch nach gewachstem Holz und ein dezentes Parfum stiegen ihr in die Nase. Hinter einem dunklen Marmortresen stand ein Mann in grüner Uniform. Goldene Knöpfe glänzten an seiner Jacke. Als er Helen erblickte, hob er überrascht die Augenbrauen. Seine Aufmerksamkeit war auf den weißen Verband an ihrem Kopf gerichtet. Helen hatte gehofft, dass er unter dem großen Strohhut wie ein modernes Modeaccessoire aussah. Aber dem war offenbar nicht so.

»Madame de Pourton, wie geht es Ihnen? Wir haben alle von Ihrem schrecklichen Unfall gehört.«

Helen wusste, dass der Rezeptionist der Cousin des Metzgers war, der wiederum der Schwager eines Fischers war. Die Welt in Cannes war überschaubar.

»Es war alles halb so schlimm«, beruhigte Helen ihn. »Wie Sie sehen, bin ich wohlauf.«

Er schien anderer Meinung, widersprach aber nicht. »Was kann ich für Sie tun?«

»Ich wollte wissen, ob eine Madame Vivian More bei Ihnen wohnt.«

Noch bevor sie den Namen vollständig ausgesprochen hatte, hörte Helen bereits die Stimme der Engländerin, die gerade die breite Marmortreppe herunterkam. An ihrer Seite war eine außergewöhnlich attraktive Frau mit dunkler Hautfarbe. Sie hatte ein buntes Tuch in leuchtenden Farben zu einem Turban um ihren Kopf gebunden. Wie bei ihrer letzten Begegnung hielt Viv eine Zigarette an einer Spitze in einer Hand.

»Nein, was für eine Freude! Ich habe in den letzten Monaten so oft an dich gedacht und mich gefragt, ob es dir auch gut geht«, rief sie. Mit großen Schritten kam sie auf Helen zu und umarmte sie, als würden sie sich seit Jahren kennen. Als sie sie wieder losließ, musterte sie sie. Auch ihr Blick blieb am Verband hängen.

»O mein Gott, was ist passiert? Da hat es dich wohl ordentlich erwischt.«

»Halb so schlimm«, wiegelte Helen ab.

»Du musst mir alles erzählen. Hast du Zeit für einen Kaffee?«

»Den habe ich eben bei Madame Noir getrunken«, sagte Helen. »Aber ein Glas Limonade nehme ich gerne.«

»Sehr gut, dann eben so.« Sie winkte einem Kellner in dunkler Uniform zu, der eben mit einem silbernen Tablett aus der Küche kam, und orderte einen Krug Zitronenlimonade. »Wir sitzen im Garten«, rief sie ihm nach, dann wandte sie sich an ihre Begleiterin. »Darf ich dir meine Gesellschafterin vorstellen? Mayla. Sie stammt aus Algier.«

Helen reichte der schönen Frau, von der sie nur den Vornamen erfuhr, die Hand. Ihre Haut hatte einen dunklen

Bronzeton, ihre Augen waren dunkelbraun und sanft, ihre Lippen perfekt geschwungen. Selten hatte Helen ein Gesicht gesehen, das so symmetrisch war.

»Sehr erfreut«, sagte Mayla.

Viv hakte sich bei Helen unter und schlenderte mit ihr zu einem der kleinen runden Tischchen im Schatten einer riesigen Zypresse. Mayla folgte ihnen.

Als sie saßen, fragte Viv: »Also, wie kommt es, dass du mit diesem ungewöhnlichen Kopfschmuck herumläufst? Er macht dem von Mayla Konkurrenz.« Mayla lächelte. Sie zog die Aufmerksamkeit der anderen Gäste auf sich, erntete bewundernde Blicke von Männern, weniger freundliche von deren Frauen.

»Ich hatte einen kleinen Segelunfall«, erklärte Helen. »Madame Noir hat dir bestimmt davon erzählt.«

»Ja, das hat sie«, gab Vivian zu. »Hast du nicht beim letzten Mal behauptet, Segeln sei ein völlig ungefährlicher Sport, auch für Frauen?«

»Jeder Sport kann gefährlich sein, wenn man nicht geübt darin ist oder über die falsche Ausrüstung verfügt.«

»Aber du bist doch geübt. Was ist also passiert? Hast du dich übernommen?«

Helen schüttelte vehement den Kopf. Die Bewegung bereitete ihr keine Schmerzen mehr. »Es war das verdammte Kleid.«

Der Kellner, der die Limonade servierte, räusperte sich dezent, als er das derbe Schimpfwort vernahm.

»Tun Sie doch einfach so, als hätten Sie den Kraftausdruck nicht gehört«, riet ihm Viv.

»Sehr wohl!« Der junge Mann lief dunkelrot an, stellte Gläser und Kanne auf dem Tisch ab und eilte davon.

Vivian verzog säuerlich den Mund. »Ist doch wahr!«, sagte sie. »Hätte ein Mann geflucht, hätte er sich niemals erdreistet, darauf zu reagieren. Warum dürfen Männer fluchen und Frauen nicht?«

Helen gab Viv recht.

»Ich verstehe trotzdem nicht, was das Kleid mit deinem Unfall zu tun hatte.«

»Der Rock war vollkommen durchnässt. Er hatte mehrere Kilo, die mich beim Wechseln der Bootsseite behindert haben. Es ist, als würde man einen schweren Sack voll Steine mit sich herumschleppen. Ich wollte den Rock abstreifen, und dabei habe ich mich in den Rüschen verfangen.«

»O mein Gott!« Viv schlug sich mit der Hand auf den Mund. Dann lachte sie schallend. »Es tut mir leid«, japste sie. »Das ist kein Grund zum Lachen, aber ich stelle mir gerade vor, wie du mit einer Tournüre im Segelboot stehst. Denn sitzen kann man mit den unpraktischen Accessoires ja nicht.«

»Ich hatte noch nie so ein Fischbeingestell an«, sagte Helen. »Und ich werde es auch in Zukunft verweigern. Es ist eine Zumutung. Ich bin davon überzeugt, dass es ein Mann erfunden hat, der Frauen hasst. Man kann damit nichts anderes tun, als sinnlos in der Gegend herumzustehen.« Vivians Lachen war ansteckend. »Was führt dich nach Cannes? Willst du Segelstunden nehmen?«

»Ich habe einen neuen Vertrag mit einem Olivenölproduzenten abgeschlossen. Dabei wollte ich das Berufliche mit dem Privaten verbinden und mit dir ein Segelboot besteigen«, sagte Viv. »Aber wenn ich mir deine Stirn anschaue, bin ich mir nicht mehr so sicher, ob das klug ist. Vielleicht bleibe ich doch lieber beim Tennis und beim Bogenschießen. Das ist weitaus weniger gefährlich. Wenn ich mich noch ein bisschen anstrenge, kann ich Mayla bald zum Tennis überreden.«

Die schöne Gesellschafterin aus Algerien hielt sich gerade. Sie verzog den Mund.

»Tennis ist bestimmt ein schönes Spiel«, sagte Helen. »Aber es ist nicht mit dem Sportsegeln zu vergleichen. Nirgendwo anders fühlt man die Freiheit, die das Meer einem bietet. Der Wind, der einem über die Wangen streicht. Die unglaubliche Weite des Ozeans.« Helen geriet ins Schwärmen.

»So wie du vom Segeln sprichst, kann man gar nicht anders. Man muss es wohl ausprobieren«, meinte Vivian.

»Du wirst es lieben«, war Helen überzeugt.

»Was denkst du, wann du wieder in See stechen kannst? Mayla und ich sind noch eine Woche in Cannes. Dann müssen wir zurück nach Marseille.«

»Morgen kommen die Fäden aus der Wunde. Übermorgen stehe ich für dich bereit.«

Vivian lachte. »Das gefällt mir. Nichts finde ich schlimmer als reiche, jammernde Frauen, die sich beim kleinsten Wehwehchen wochenlang ins Bett legen.«

»Das würde ich niemals tun«, sagte Helen. Sie wandte sich an Mayla. »Werden Sie auch mitkommen?«

Die Gesellschafterin winkte mit beiden Händen ab. »Lieber nicht. Ich bin im Landesinneren aufgewachsen. Mit dem Meer habe ich nicht viel am Hut.«

»Das hatte ich bis vor einiger Zeit auch nicht«, gab Helen zu.

»Ich bin nicht sonderlich mutig«, sagte Mayla.

»Das stimmt nicht!«, widersprach Vivian, drängte aber nicht weiter, sondern wandte sich an Helen.

»Was soll ich denn anziehen? Rüschenkleider fallen aus, das habe ich verstanden.«

»Am besten einen einfachen Rock, den man hochstecken kann«, riet Helen. Sie kaute nachdenklich auf ihrer Unterlippe. »Oder sollen wir mutig sein und die Röcke an Bord ausziehen?«

Viv verschluckte sich an der Limonade. Maylas Gesichtsausdruck war fassungslos. Sie klopfte ihrer Herrin sanft auf den Rücken.

»Ausziehen?«, wiederholte Viv ungläubig.

»Das wäre am praktischsten. Auf dem Genfersee bin ich in langen Unterhosen gesegelt.«

»Mir war vom ersten Augenblick an klar, dass du eine moderne Frau bist. Aber dass du dermaßen mutig bist, damit habe ich nicht gerechnet«, sagte Viv. »Mich in Hosen zu zeigen, das wage ich nicht. Mein Ruf ist jetzt schon der einer extravaganten Frau. Wenn ich in Hosen gesehen werde, springen meine Geschäftspartner am Ende wieder ab. Auch wenn ich es grundsätzlich sehr reizvoll fände, Hosen zu tragen. Erst kürzlich habe ich einen Artikel über Bloomers gelesen. Das sind Pluderhosen im Stil türkischer Trachten.

Mutige Frauen in England hatten sie vor ein paar Jahren an. Aber die Hosen haben sich nie durchgesetzt, man verstand sie als Provokation.«

»Ich würde keine Pluderhosen tragen wollen«, widersprach Helen. »Da hätte ich erst recht wieder zu viel Stoff am Körper, der nass und schwer werden kann.« Sie dachte einen Moment über Vivs Worte nach. »Dein Unternehmen ist dir sehr wichtig.«

»Es ist mein Lebensinhalt, der Grund, warum ich jeden Tag aufstehe.« Mit einem Mal klang Viv sehr ernst. Ihre grünen Smaragdaugen verdunkelten sich. Sie schielte zu Mayla, die nach ihrer Hand fasste und sie drückte. Für einen kurzen Moment lag eine Vertrautheit zwischen den beiden, die Helen nicht recht einordnen konnte.

»Ich habe in meinem Leben alle verloren, die ich liebte«, sagte Vivian.

»Das tut mir sehr leid.«

»Meinen Zwillingsbruder, meinen Vater, meine Mutter. Meine große Liebe.«

»Das ist sehr traurig«, sagte Helen betroffen. Sie wusste, was es hieß, wenn ein Familienmitglied verstarb.

»Ja, das ist es. Aber das Leben geht weiter. Jetzt habe ich mein Unternehmen und Mayla.«

Die beiden Frauen sahen sich eine Spur zu lang in die Augen, als dass man den Blick als rein freundschaftlich hätte einstufen können.

Helen trank ihre Limonade aus. »Fein, dann treffen wir uns übermorgen am Hafen. In leichten Kleidern, und bitte lass die Unterröcke zu Hause. Ich freue mich.« Dann wandte sie sich an Mayla. »Sollten Sie es sich anders überlegen: Wir nehmen Sie gerne mit.«

»Nein, danke«, beharrte Mayla. »Ich werde Sie vom Ufer aus beobachten und um Hilfe rufen, sollte das notwendig sein.«

»Ich hoffe sehr, dass das nie wieder der Fall sein wird«, meinte Helen. »Das Kapitel Seenot habe ich gründlich abgearbeitet.«

## Cannes, Herbst 1899

»Helen, ich muss aufs Schärfste dagegen protestieren! Du darfst nicht segeln. Deine Wunde ist gerade erst verheilt, und die Vorstellung, dass du dich erneut verletzen könntest, ist mir unerträglich.« Hermann faltete die *Le Matin* zusammen und legte die Zeitung auf den Tisch. Sein Gesicht war ernst.

»Hermann, ich bin diesmal nicht allein unterwegs. Und ich bewege mich auch nicht weit vom Ufer weg. Ich gebe Vivian More Segelstunden. Es ist völlig harmlos.«

»Das Meer ist nie harmlos, das solltest du jetzt endlich gelernt haben!«

Er sprach mit ihr wie mit einem kleinen Kind. Sein Tonfall forderte Helen heraus. Sie war diese Diskussion leid. In den letzten Tagen hatten sie immer wieder über den Unfall gesprochen, und jedes Mal war das Gespräch im Streit geendet.

»Es war das Kleid«, sagte Helen zum gefühlt hundertsten Mal.

»Egal, was es war. Als dein Ehemann bitte ich dich, nicht allein zu segeln. Am Wochenende können wir gemeinsam einen Ausflug unternehmen. So lange wirst du dich doch gedulden können. Du bist schließlich keine Dreijährige, die nicht darauf warten kann, dass ihre Bedürfnisse auf der Stelle befriedigt werden.«

Er wollte nach Helens Hand greifen, aber sie zog sie vom Tisch weg. »Nein, Hermann, ich bin keine Dreijährige, und darum werde ich mich nicht derart von dir bevormunden lassen. Du weißt, wie wichtig mir das Segeln ist. Ich werde es mir nicht verbieten lassen.«

Helen konnte nicht fassen, wie Hermann mit ihr sprach. Er schien völlig vergessen zu haben, dass sie seine Ehefrau war.

»Ich werde dir nichts verbieten«, lenkte Hermann beschwichtigend ein. »Ich appelliere nur an deinen Verstand.«

»Mein Verstand funktioniert einwandfrei.«

»Das bezweifle ich im Moment.«

Hatte er das eben wirklich gesagt? Helen starrte ihn geschockt an. Hermann schien zu bemerken, dass er den Bogen überspannt hatte. Er beugte sich über den Tisch zu ihr und griff nach ihrer Hand, die sie ihm entzog. Verärgert stand sie auf und machte ein paar Schritte weg vom Tisch.

»Helen, du verstehst mich völlig falsch«, sagte er einlenkend. »Ich habe Angst um dich, das ist alles. Die Vorstellung, dass du erneut kenterst, ist mir unerträglich.«

Er machte eine Pause, stand auf, nahm wieder ihre Hand und machte einen Schritt auf sie zu. Er senkte den Kopf und drückte einen zärtlichen Kuss auf ihre Stirn. Helen wehrte sich nicht. Trotz des Streits fühlte sich seine körperliche Nähe gut an. »Ich liebe dich«, hauchte er leise.

»Wenn du mich liebst, dann verbietest du mir das Segeln nicht.«

Hermann ließ wieder von ihr ab. »Wann willst du mit Vivian More segeln?«

»Wir treffen uns um zehn im Hafen.«

»Ich habe einen Termin in Nizza. Den kann ich nicht absagen.«

»Du sollst auch keinen Termin absagen«, beharrte Helen. »Ich bin eine erwachsene Frau. Ich kann auf mich selbst aufpassen.«

Hermann verdrehte die Augen. »Das kannst du eben nicht.«

»Es war ein dummer Unfall. Ein Missgeschick, das mir nicht mehr passieren wird. Du kannst mich deshalb nicht unter einen Glassturz setzen.«

»Weißt du eigentlich, was man hinter meinem Rücken über mich redet? Man sagt, dass ich meine Frau nicht im Griff hätte. Dass ich dir niemals hätte erlauben dürfen, allein zu segeln. Sie sagen, dass indirekt ich an deinem Unfall die Schuld trage.«

Hermann ließ sich wieder auf seinen Sessel plumpsen. Er fuhr sich mit beiden Händen durchs Haar.

»Seit wann interessierst du dich dafür, was andere sagen?«

»Wenn die Männer die Köpfe zusammenstecken, sobald ich einen Salon betrete, und darüber tuscheln, dass du lieber segeln gehst, als mir Kinder zu schenken, dann lässt mich das nicht kalt.«

Hermanns Worte berührten Helen. Sie kam wieder zu ihm, legte ihm versöhnlich die Hand auf die Schulter und ließ sich auf seinen Schoß sinken.

»Vergiss die anderen und was sie sagen«, riet sie. »Wichtig ist doch, was wir zwei denken und empfinden. Wenn der Zeitpunkt gekommen ist, werden wir Kinder bekommen. Bei manchen Paaren dauert es eben länger.«

Hermann antwortete nicht.

»Als du um meine Hand angehalten hast, hast du mir versprochen, dass wir gemeinsam segeln werden. Das ist für mich das größte Glück auf Erden. Du und ich gemeinsam auf einem Segelboot. Aber ich will auch allein segeln oder mit anderen Sportlern. Genau wie du es tust, wenn du mit Geschäftspartnern in Nizza oder Marseille in See stichst. Vivian More ist eine kräftige, gesunde Frau. Sie wird die Grundzüge des Segelns rasch erlernen. Du musst dir absolut keine Sorgen machen.«

»Das hast du vor deinem Ausflug nach Saint-Honorat auch gesagt.«

»Hermann, das Leben an sich ist gefährlich. Mein Bruder ist in der Blüte seines Lebens gestorben, und niemand hat etwas dagegen tun können. Bitte hör auf, Angst zu haben. Ich werde vorsichtig sein, das verspreche ich dir. Aber bitte …« Sie machte eine Pause und sah ihn eindringlich an. Das Blau seiner Augen verursachte ein warmes Gefühl in ihrer Magengegend. »Bitte, versuch nie wieder, mir etwas zu verbieten.«

Eine Weile schwieg Hermann. Er rang sichtlich mit der Antwort. Schließlich lenkte er ein. »Ich bitte dich inständig, pass auf dich auf.« Zärtlich strich er mit dem Zeigefinger über ihre Narbe. Sie war gut verheilt, aber immer noch rot. »Ich könnte es nicht ertragen, dich zu verlieren.«

»Das wirst du nicht«, versprach Helen ihm.

Als Hermann das Haus verlassen hatte und der Frühstückstisch abgeräumt war, lief Helen ins Schlafzimmer, um sich umzuziehen. Kaum hatte sie die Tür hinter sich geschlossen, vernahm sie ein leises Klopfen. Überrascht öffnete sie. Elisa stand auf dem Flur. Verlegen trat das Dienstmädchen von einem Fuß auf den anderen. Die Hände hatte es hinter dem Rücken versteckt.

»Elisa, was kann ich für dich tun?« Erst letzte Woche hatte Helen dem Mädchen einen zusätzlichen freien Tag gewährt. War es möglich, dass sie ihre Gutmütigkeit ausnutzte und nun wieder danach fragte? Hermann hatte sie davor gewarnt: »Wenn du zu großzügig zum Personal bist, tanzen sie dir auf der Nase herum.«

Helen wartete, denn Elisa schwieg immer noch. Schließlich gab Elisa sich einen Ruck. Sie blies die Haarsträhne, die sich unter ihrer Haube gelöst hatte, aus dem Gesicht und holte etwas hinter ihrem Rücken hervor. Mit roten Wangen streckte sie es Helen entgegen. Es war der helle Stoff, den sie neulich auf dem Dachboden gefunden hatten.

»Was ist das?«

Nervös kaute Elisa auf ihrer Unterlippe. »Bitte verstehen Sie mich nicht falsch. Wenn Sie es nicht haben wollen, dann werfen wir es einfach weg. Aber Sie haben immer wieder gesagt, dass das Kleid schuld an Ihrem Unfall war, und ich will nicht, dass Ihnen so etwas noch mal passiert. Sie sind so eine nette Herrin! Die Sophie und die Marie, die bei den Nachbarn arbeiten, die jammern, dass sie nie frei haben, kein gutes Essen bekommen und in feuchten Löchern wohnen müssen. Mir geht es bei Ihnen so gut!«

Helen unterbrach den Redeschwall des Mädchens und nahm den Stoff entgegen. Sie entfaltete das Päckchen und stellte fest, dass es sich um zwei Teile handelte. Das eine war ein knöchellanger Rock, der vollständig durchgeknöpft werden konnte. Das andere Teil war eine Hose aus demselben Material. Es war der helle, weiche Stoff, den Helen und Elisa so hübsch gefunden hatten.

Es dauerte einen Moment, bis Helen begriff, was Elisa ihr da schenkte. Es war die perfekte Kleidung zum Segeln. Mit ein paar Handgriffen konnten die Knöpfe geöffnet und wieder verschlossen werden. Die Hosen darunter würden vom Ufer aussehen, als hätte sie immer noch den Rock an, da beides aus demselben Stoff war.

»Ich habe die Hosen eng geschnitten«, erklärte Elisa. »So können Sie sie unter dem Rock tragen, ohne dass jemand sie sieht. Sie sehen aus wie ein zusätzlicher Unterrock.«

Helen war sprachlos.

Elisa interpretierte ihr Schweigen falsch. »Sind Sie jetzt böse auf mich? Wenn es Ihnen nicht gefällt, dann werfen Sie beides einfach weg. Bitte vergessen Sie, was ich getan habe. Es war nicht recht, eine Hose zu nähen. Sie müssen glauben, dass ich eine Person ohne Moral bin.«

Helen riss den Kopf nach oben. »So ein Unsinn, ich finde beides großartig! Komm rein. Ich muss die Stücke auf der

Stelle anprobieren.« Helen zog Elisa ins Schlafzimmer, umarmte sie überschwänglich und drückte ihr einen Kuss auf beide Wangen.

Elisa war sichtlich gerührt. Die Verlegenheit ließ ihr das Blut ins Gesicht schießen.

»Wo hast du so gut nähen gelernt?«

Elisa zuckte mit den Schultern. »Meine Mutter hat es mir beigebracht.«

Helen schlüpfte aus ihrem Kleid, streifte eine Bluse über und zog die Hosen an. Sie passten perfekt, so als hätte Elisa ihre Maße genommen. Das Dienstmädchen schien ihre Fragen zu erraten. »Ich habe mir eines Ihrer Kleider geholt und die Maße übernommen.«

»Du bist eine Künstlerin!«, rief Helen begeistert. Dann griff sie nach dem Rock und knöpfte ihn vorne zu. Nichts deutete darauf hin, dass sie darunter Hosen trug.

»Wenn Sie gehen und der Rock sich vorne etwas öffnet, glaubt man, dass die Hosen ein Unterrock sind«, erklärte Elisa mit wachsendem Stolz.

Noch einmal wandte sich Helen an die junge Frau und umarmte sie erneut. »Diese Kleidung ist einfach nur großartig!«, wiederholte sie. »Wenn ich sie vor zwei Wochen gehabt hätte, wäre der Unfall nie passiert.«

»Das heißt, Sie werden Hose und Rock nicht wegwerfen?«, fragte Elisa.

»Machst du Scherze? Ich werde beides gleich anbehalten.«

Elisas Gesicht hellte sich auf. Sie streckte die Schultern durch.

»Und natürlich bekommst du eine Zusatzzahlung und einen freien Nachmittag, damit du das Geld auch ausgeben kannst.«

Elisas Augen wurden kugelrund, und sie lächelte breit. »Ich hab Sophie und Marie gesagt, dass meine Herrin anders ist.«

Elisa war sich der Doppeldeutigkeit ihrer Worte nicht bewusst. Aber es war völlig egal. Sie hatte Helen eben das beste Geschenk gemacht, das sie seit Jahren erhalten hatte.


Eine Stunde später stand Helen am Pier des Hafens und hielt Ausschau nach Vivian More und ihrer Gesellschafterin. Schon nach wenigen Minuten sah sie die zwei Frauen die Promenade entlangkommen. Helen fragte sich, warum Mayla bei der Abendveranstaltung in Marseille nicht dabei gewesen war. Wahrscheinlich hatte sie anderen Verpflichtungen nachgehen müssen.

»Wie schön, dass ihr da seid«, sagte Helen überschwänglich. Schon bei ihrer letzten Begegnung waren Mayla und sie ebenfalls zum Du übergegangen.

»Wir wollen gleich mit einer Ausfahrt beginnen«, schlug Helen vor.

»Mayla wird uns vom Hafen aus zuschauen«, sagte Vivian. Die Gesellschafterin nickte und ließ sich auf einen der großen Steine nieder, die am Pier lagen. Elegant schlug sie die Beine unter ihren bunten Röcken übereinander, klappte ihren Sonnenschirm auf und strich den Stoff ihres Kleides glatt.

»Wir sind in einer Stunde wieder da«, versprach Helen. Sie überlegte. »Oder spätestens in zwei. Willst du nicht lieber bei Madame Noir auf uns warten?« In allen anderen Kaffeehäusern der Stadt war eine Frau, die sich allein an einen Tisch setzte, undenkbar.

»Ich werde euer Segelschiff nicht aus den Augen lassen«, erklärte Mayla ernst.

»Wie schade, dass mein Mann dich nicht hören kann!« Helen lachte. »Er wäre begeistert, wenn er wüsste, dass wir unter Beobachtung segeln.«

Helen führte Vivian zu dem kleinen Segelboot, mit dem sie vor Kurzem gekentert war.

»Bevor wir an Bord gehen, muss ich dir ein paar Grundbegriffe erklären. Die Sprache der Segler ist ein bisschen wie eine Fremdsprache.«

»Noch eine?«, sagte Vivian. »Ich habe schon Schwierigkeiten mit Französisch. Und sieh nur: Ich habe das leichteste Sommerkleid angezogen, das mein Kleiderschrank hergegeben hat.«

»Sehr gut«, lobte Helen. Dann fing sie mit ihren Erklärungen an. »Die linke Seite des Bootes ist die Backbordseite, die rechte die Steuerbordseite. Luv und Lee ändert sich je nach Windrichtung. Luv bedeutet dem Wind zugewandt, Lee vom Wind abgewandt. Der hintere Teil des Boots ist das Heck, der vordere der Bug. Mit der Großschot kontrolliert man das …«

Weiter kam sie nicht. Viv hielt ihr abwehrend die Hand entgegen. »Um Himmels willen«, sagte sie, »hör auf! Mir schwirrt jetzt schon der Kopf. Lass uns doch einfach lossegeln.«

Helen blieb stehen und sah Vivian ernst an. »So einfach ist das nicht«, entgegnete sie. »Um sicher und gut zu segeln, bedarf es wirklich einer Menge Theorie.«

Vivian verdrehte gelangweilt die Augen. »Na, dann schnattere weiter. Ich bin ganz Ohr.«

Helen fuhr in ihren Ausführungen fort, fürchtete aber, dass Vivian, wenn überhaupt, nur die Hälfte mitbekam. Nachdem sie die wichtigsten Grundlagen erläutert hatte, half sie der Engländerin aufs Boot. Vivian hob ihre Röcke und kletterte etwas ungelenk hinein. »O mein Gott, wie das wackelt und schwankt!« Vivian setzte sich an den Bug und hielt sich mit beiden Händen fest. »Ich bewege mich keinen Zentimeter weiter. Hier bleibe ich sitzen.«

»In Ordnung!« Helen erkannte, dass Vivian ihr keine große Hilfe sein würde. Sie hoffte, dass die Engländerin die Ausfahrt genießen würde und dann mehr übers Segeln lernen wollte. Geschickt machte sie die Leinen los, bevor sie die Segel setzte. Sie steuerte das Boot aus dem Hafen. Es herrschte eine angenehme Brise, kein heftiger Wind und auch keine Flaute – das ideale Wetter für eine gemütliche Ausfahrt mit einer Anfängerin. Sobald sie den Hafen verlassen hatten und Vivian den Fahrtwind auf den Wangen spürte, streckte sie ihr Gesicht dem Wind entgegen. Das Boot schaukelte und tanzte auf den sanften Wellen. Helen knöpfte ihren Rock auf und ließ ihn einfach fallen. Mit dem Fuß schob sie den Stoff unter die Abdeckung am Heck.

Vivian sah ihr fasziniert zu. »Ich fass es einfach nicht«, rief sie. »Du bist unglaublich!«

»Ich habe dazugelernt«, entgegnete Helen. »Ich bin vernünftig, das ist alles.«

Vivian schüttelte lachend den Kopf. Dann wandte sie das Gesicht wieder in Fahrtrichtung und genoss die Ausfahrt in vollen Zügen.

Sie nahmen Kurs auf Sainte-Marguerite. Das Salzwasser spritzte in feinen Tröpfchen über den Bug. Es roch nach Meer, Tang und Freiheit. Die Sonne stand hoch über ihnen, doch der Fahrtwind machte die Temperaturen erträglich. Die Insel vor ihnen rückte näher. »Unglaublich, wie klein das Festland auf einmal wirkt«, sagte Viv. Mit geröteten Wangen sah sie zurück. Das türkisblaue Meer lag zwischen ihnen und den roten Felsformationen. »Alle Geräusche sind weg. Nur noch der Wind, das Meer und die Möwen über uns. Ich habe mich noch nie so lebendig gefühlt.« Viv streckte beide Arme aus und lachte ausgelassen.

Helen mahnte die übermütige Freundin: »Bitte halte dich wieder fest.«

Viv kam ihrer Aufforderung nach. »Und dieser Geruch«, schwärmte sie weiter. »Er ist einzigartig. Man sollte ihn in ein Glasfläschchen füllen und als Parfum verkaufen.«

Helen wusste ganz genau, was Viv meinte. Gleichzeitig bezweifelte sie, dass das leichte Fischaroma sich im Flacon gut machen würde.

Noch bevor sie die Insel erreichten, wendete Helen das Boot und lenkte es mit viel Fingerspitzengefühl zurück Richtung Hafen.

»Was denn, wir segeln schon wieder zurück?«, fragte Viv enttäuscht. »Wir sind doch eben erst aufgebrochen.«

»Die Uhren auf dem Meer ticken anders«, versicherte Helen. »Es ist, als würden sie hier stehen bleiben, während sie am Festland doppelt so schnell weiterlaufen. Bestimmt macht sich Mayla schon Sorgen.«

Und tatsächlich stand Mayla bereits im Hafen und hielt nach ihnen Ausschau. Helen schlüpfte rasch wieder in den Rock. Sichtlich erleichtert lief Mayla ihnen entgegen.

»Fang auf«, bat Helen und warf ihr eine Leine zu. Die Gesellschafterin musste ihren Sonnenschirm fallen lassen, um das Tau zu erwischen. Überraschend geschickt schnappte sie danach und band es fachmännisch mit einem Webeleinstek an einem der Holzpfosten fest.

»Wo hast du das gelernt?«, wollte Helen wissen.

»Der Großvater meiner Freundin war Fischer. In den Sommermonaten war ich regelmäßig bei ihr zu Besuch.«

»Und trotzdem magst du das Meer und die Schiffe nicht?«

»Gerade deshalb«, entgegnete Mayla.

»Wie das?«, wollte Helen wissen.

»Das Meer wurde meiner Freundin zum Verhängnis. Sie ertrank.«

Mit einem Mal war die gute Stimmung dahin. Vivian hatte nichts von dem kurzen Wortwechsel mitbekommen. Bestens gelaunt kletterte sie ungelenk an Land. »Ich habe das Gefühl, der Boden unter mir schwankt immer noch.« Sie bewegte sich hin und her und lachte dabei. Eine Strähne hatte sich aus ihrem orangeroten Haarknoten gelöst, und ihre Wangen glühten. »Es war wundervoll! Beim nächsten Mal musst du mitkommen, Mayla.«

Die Gesellschafterin brummte eine unverständliche Antwort. Während Helen die Segel wieder einholte und das Boot festmachte, plapperte Vivian auf Mayla ein. Sie schwärmte von der Ausfahrt und schwor, dass sie seit Jahren nichts Besseres erlebt hatte. Helen fragte sich, ob Vivian von Maylas Verlust nichts wusste oder ob sie diese tragische Geschichte im Leben ihrer Gesellschafterin vergessen hatte.

»Gleich morgen möchte ich wieder aufs Meer«, sagte sie zu Helen.

»Gerne«, meinte die. »Aber zuvor müssen wir uns ein bisschen mit der Theorie beschäftigen. Zumindest die Grundbegriffe des Segelns musst du kennenlernen und ein paar der wichtigsten Knoten erlernen.«

»Knoten?«

»Ja, wie den Palstek, sieh her!« Sie führte Vivian den Knoten vor, mit dem man eine stabile Schlaufe knüpfen konnte.

Vivian beobachtete Helens Handgriffe aufmerksam und versuchte sich dann selbst an einem Knoten.

»Sehr gut«, lobte Helen. »Du bist ein Naturtalent.«

»Und jetzt lade ich uns alle auf einen gepflegten Nachmittagstee ein. Wo bekommt man die besten Gurkensandwiches der Stadt?«

»Gurkensandwiches?«, fragte Helen entgeistert.

Vivian lachte. »Ich vergesse immer, dass es die an der Côte d'Azur nicht gibt. Nun, wir werden ein Omelett bekommen oder etwas anderes Nahrhaftes.«

»Angeblich serviert man im Hotel La Maison de la Ballue die beste Fischsuppe der Stadt«, schlug Helen vor. Sie und Hermann hatten schon länger vorgehabt, dort zu essen.

»Sehr schön, dann lasst uns das Etablissement aufsuchen.«

Vivian lief voraus. Mayla spannte erneut ihren Sonnenschirm auf und folgte ihr. Helen kontrollierte noch einmal alle Leinen, dann eilte sie den beiden hinterher. Schon nach wenigen Gehminuten hatten sie das Hotel erreicht. Im La Maison de la Ballue verkehrten ausschließlich reiche Gäste aus dem Ausland. Im Sommer sorgten Palmen in riesigen Kübeln, Sonnenschirme und Markisen für ausreichend Schatten im Garten. Jetzt waren die Pflanzen in einen hübschen Wintergarten gebracht worden. Die Tische darin waren mit weißen Tischtüchern, kostbarem Porzellan und silbernem Besteck gedeckt. Beim Empfang erwartete sie ein Ober in dunklem Frack. Er begrüßte sie mit überheblichem Blick.

»Was kann ich für die Damen tun?«

»Wir hätten gerne einen Tisch im Wintergarten mit Blick aufs Meer«, sagte Vivian in gebrochenem Französisch.

»Dort hinten ist noch ein Tischchen frei.« Er zeigte auf einen winzigen Tisch mit zwei Stühlen im hintersten Teil des Salons.

»Wir benötigen einen Tisch für drei«, mischte sich Helen ein. »Und wir bevorzugen es, im Wintergarten zu sitzen.«

»Bedaure, dann haben wir nichts für Sie.«

»Aber der Wintergarten ist fast leer.« Helen sah sich irritiert um. Bis auf zwei Tische waren alle unbesetzt. »Wir wollen nicht lange bleiben. Bevor die Gäste zum Abendessen kommen, sind wir wieder weg.«

»Bedaure, wir haben keinen Tisch für drei«, wiederholte der Ober hartnäckig.

Gerade als Helen erneut zum Protest ansetzen wollte, kamen zwei Paare von der Promenade und traten auf den Ober zu.

»Wir hätten gerne einen Tisch für vier«, sagte einer der Männer in hartem Französisch. »Den dort!« Er zeigte mit dem goldenen Knauf seines Gehstocks auf einen der Tische mit direktem Blick aufs Meer.

»Sehr wohl, der Herr!« Der Ober verneigte sich und führte die vier in angemessenem Schritt zum gewünschten Tisch. Dann kehrte er zu Helen, Vivian und Mayla zurück.

»Wie kann es sein, dass die Herrschaften einen Tisch für vier bekommen und Sie uns bloß einen mit zwei Stühlen anbieten?«, fragte Helen fassungslos.

»Muss ich das wirklich erklären?« Der Ober warf Mayla einen vielsagenden Blick zu. Die Gesellschafterin versuchte Haltung zu bewahren.

»Ja, bitte«, verlangte Helen. »Ich verstehe die Situation nicht.«

»Wir bedienen kein Hauspersonal.«

»Wie bitte?« Vivian hob erbost die Stimme. »Madame Saidi ist meine Gesellschafterin. Sie stammt aus einer wohlhabenden Familie in Algier.«

Der Ober räusperte sich. »Möglich, dass das so ist. Aber bei uns arbeiten Menschen wie … Ihre Gesellschafterin«, er betonte das Wort wie eine Beleidigung und zeigte auf Mayla. »… in der Küche. Sie sitzen definitiv nicht an unseren Tischen.«

»Das ist unerhört!«, schimpfte Helen. Auch sie wurde lauter. »Madame Saidi ist Französin. Sie hat ein Recht darauf, hier bedient zu werden. Ebenso wie Mrs. More und ich.«

»Ich muss Sie bitten, sich zu mäßigen«, forderte der Ober. Flink drehte er den Kopf nach allen Seiten. Schon waren die ersten Gäste neugierig geworden.

»Einen Dreck werden wir«, empörte sich Vivian. »Wo kommen wir denn hin, wenn brave Französinnen behandelt werden wie Menschen zweiter Klasse?«

»Madame, ich muss mich wiederholen. Sie sind zu laut und Sie vergreifen sich in Ihrer Wortwahl. Wenn Sie sich nicht an die Regeln des Hauses halten, muss ich meine Kollegen um Hilfe bitten.«

»Und dann lassen Sie uns in Handschellen abführen?«, fragte Helen. »Mein Mann ist Hermann de Pourton. Wenn er davon erfährt, wie Sie hier mit mir umgehen, wird das ein äußerst schlechtes Licht auf Ihr Hotel werfen.«

Der Name de Pourton schien tatsächlich ein Umdenken zu bewirken. Der Mann bemühte sich um einen freundlicheren Ton. Er senkte die Stimme noch weiter. »Madame de Pourton, es ist mir eine Freude, dass Sie bei uns zu Gast sind. Aber Sie müssen verstehen, dass wir Regeln haben, die wir aus Rücksicht auf unsere anderen Gäste nicht brechen können.«

Helen stemmte nun die Hände in die Hüften und sah sich im Garten um. »Sollen wir die anderen Gäste fragen? Ich kann mir nicht vorstellen, dass irgendjemand der Herrschaften sich daran stören würde, wenn Madame Saidi mit uns speist.«

Sie spürte eine sanfte Berührung am Ellbogen. Es war Mayla, die sie zur Seite zog. »Bitte nicht. Nehmt ihr zwei den Tisch. Ich werde in der Zwischenzeit einen Spaziergang machen und euch anschließend wieder abholen.«

»Das wirst du gewiss nicht«, widersprach Helen. »Wir essen zu dritt. Oder wir suchen uns ein anderes, freundlicheres Etablissement.« Grimmig starrte sie den Ober an, doch der machte keine Anstalten, seine Meinung zu ändern.

»Gut, dann lasst uns woanders hingehen. Die Bedienung hier ist miserabel und das Baguette soll auch zäh sein«, sagte Helen so laut, dass alle im Garten es hören konnten. Aus den Augenwinkeln konnte sie sehen, wie eine der Damen das Baguette mit spitzen Fingern wieder zurück in den Brotkorb legte.

»Sie hören noch von mir«, drohte Helen und fügte etwas leiser hinzu: »Oder von meinem Mann.«

Dann hakte sie sich bei Vivian und Mayla unter und stapfte verärgert davon.

Als sie wieder auf der Prachtpromenade waren, hielt Vivian an. »Das war ein Auftritt, alle Achtung! Für gewöhnlich übernehme ich diese Rolle.«

Auch Mayla schien beeindruckt. Sie neigte ihren Kopf. »Das hättest du nicht zu tun brauchen.« Helen starrte sie fassungslos an, und Mayla zuckte verlegen mit den Schultern. »Aber es hat sich gut angefühlt. Vielen Dank!«

»Es ist eine Schande, dass man Mayla den Zutritt in ein Lokal verweigert«, sagte Vivian. »Ihre Familie hat sich für die französische Staatsbürgerschaft entschieden. Dabei hätten sie allen Grund, die Franzosen zu hassen.«

»Warum?«, fragte Helen.

»Meine Familie wurde vor fünfzig Jahren enteignet, damit

französische Siedler aus dem Elsass ihr fruchtbares Land bekamen. Die Idee war, die französische und die algerische Bevölkerung zu durchmischen. Niemand hat uns gesagt, dass sie uns einfach unsere Olivenhaine wegnehmen. Die Siedler wohnen jetzt in hübschen kleinen Häusern auf unserem Land.«

Helen schüttelte entsetzt den Kopf. »Das kann nicht rechtens gewesen sein. Oder etwa doch?«

Vivian und Mayla lachten beide bitter.

»Wenn eine Nation das Land einer anderen besetzt und sich zum Kolonialherrscher erklärt, fragt niemand, ob das rechtens ist«, sagte Vivian. »Es herrscht das Recht des Stärkeren. Wir Briten sind übrigens um kein Haar besser. Und die Niederländer, Spanier und Portugiesen, neuerdings auch die Deutschen.«

»Was ist aus deiner Familie geworden?«, fragte Helen.

»Mein Großvater, mein Vater und mein Bruder haben sich gegen die Besatzer gewehrt. Alle drei haben mit ihrem Leben bezahlt.«

»Das ist ja schrecklich«, entfuhr es Helen betroffen.

»Meine zwei Schwestern, meine Mutter und ich sind zu guten Freunden geflohen.«

»Ans Meer?«, fragte Helen. Sie dachte an die schreckliche Geschichte mit der ertrunkenen Freundin. Es war unfassbar, wie viel Leid Mayla in ihrem Leben schon hatte ertragen müssen.

Die Algerierin nickte bloß. Ein klares Zeichen dafür, dass sie nicht weiter darüber reden wollte. Helen akzeptierte ihren Wunsch und schwieg.

Stattdessen überlegte sie, wo sie ohne Probleme bedient werden würden. Der einzige Ort, der ihr auf Anhieb einfiel, war Madame Noirs Bäckerei.

»Habt ihr Lust auf Pain au chocolat und Kaffee?«

»Immer!«, waren Vivian und Mayla sich einig.

## Cannes, Herbst 1899

»Du kannst dir nicht vorstellen, was mir heute passiert ist!«
Helen faltete ihre Stoffserviette auf und legte sie auf ihre
Oberschenkel.

Elisa hatte den Tisch auf der Terrasse gedeckt. Es war ein
lauer, freundlicher Sommerabend.

»François hat mir erzählt, dass du segeln warst.«

»Ja, gemeinsam mit Vivian. So wie ich es dir gesagt habe.«
Hermann brummte etwas Unverständliches.

»Willst du denn gar nicht hören, was mir Schreckliches
widerfahren ist?«

»Doch, doch! Bitte erzähl mir davon.«

»Viv, ihre Gesellschafterin Mayla und ich wollten im Hotel La Maison de la Ballue eine Fischsuppe essen, aber wir
wurden von einem unglaublich überheblichen Ober abge-
wimmelt und verscheucht. Er wollte uns keinen Tisch geben.«

»Was habt ihr denn getan, um den Mann so zu vergrä-
men?«

»Gar nichts. Vivians Gesellschafterin stammt aus Algerien.«

»Das erklärt seine Reaktion.«

»Wie bitte?« Helen glaubte, sich verhört zu haben.

»Das heißt nicht, dass ich dieses Vorgehen gutheiße, bitte versteh mich nicht falsch!« Hermann hob abwehrend beide Hände. »Ich habe gelesen, dass man mit den Menschen in Algerien nicht korrekt umgeht. Ich fürchte, dass das fixer Bestandteil der Kolonisierung ist. Man kann kein fremdes Land einnehmen, ohne dabei die Rechte der Einheimischen zu beschneiden.«

»Ist es denn überhaupt rechtens, sich einfach ein anderes Land einzuverleiben?«

»Das ist eine grundsätzliche Frage, die wir beide bestimmt nicht lösen werden«, sagte Hermann. »Die Franzosen behaupten, dass sie den Ländern Bildung, Wohlstand und Frieden bringen.«

Helen dachte über Maylas Worte nach. Sie würde diese Argumentation nicht teilen. Ihrer Familie wurde der Wohlstand genommen, und mit dem Frieden war es für Maylas Bruder, Vater und Großvater auch nicht weit her gewesen.

»Kolonialpolitik hin oder her«, sagte Helen. »Ich finde es nicht rechtens, dass man eine Frau wie Mayla nicht bedienen will.«

»Da stimme ich dir vollkommen zu«, sagte Hermann. »Jeder, der es sich leisten kann, sollte im Hotel bestellen dürfen. Es war das einzig Richtige, das Lokal zu verlassen.«

Helen war froh über diese Antwort. Es gab also auch Themen, in denen sie und Hermann völlig einer Meinung waren. Das war schön. »Und ich werde nie wieder einen Fuß ins Maison de la Ballue setzen.«

»Eine gute Entscheidung, mein Schatz.« Hermann nahm eine Portion vom gebratenen Tintenfisch und beträufelte die goldbraunen Ringe mit Zitronensaft. »Wirst du Vivian More weitere Unterrichtsstunden geben?« Er kehrte zum ursprünglichen Thema zurück, wo zwischen den beiden mehr Unstimmigkeiten herrschten.

»Wenn sie das möchte, ja.«

»Ich muss wohl nicht wiederholen, was ich davon halte.« Und schon war sie wieder da, die Uneinigkeit.

Hermann verzog säuerlich die Lippen. Neben ihm auf dem Tisch lag die aufgeschlagene Abendzeitung. Er hatte eben einen Artikel über die Weltausstellung und die Olympischen Spiele gelesen. Helen nutzte die Gelegenheit, vom Segelunterricht abzulenken.

»Die Entscheidung ist jetzt also auch offiziell«, sagte sie. »Die Olympischen Spiele finden zeitgleich mit der Weltausstellung statt.«

»Ja, das war schon lange geplant und abzusehen. Hinter dem Vorhang wusste man es längst. Jetzt wurde es endlich der Öffentlichkeit bekannt gegeben. Ich finde es sehr vernünftig und begrüßenswert. Das wird dem Sport Aufwind geben. Einundzwanzig Sportarten sind zugelassen«, sagte Hermann.

»Einundzwanzig«, wiederholte Helen. »Das sind zehn mehr als beim letzten Mal.«

»Woher weißt du das?«, fragte Hermann beeindruckt.

»Ich lese auch die Zeitung.«

»Meine kluge Frau«, Hermann lächelte breit. »Und stell dir vor, wer mir heute telegrafiert hat.«

Helen wartete darauf, dass er weitersprach.

»Pierre de Coubertin. Er will, dass ich Frankreich bei den Spielen im Segeln vertrete, und zwar in der Kategorie der Boote von ein bis zwei Tonnen. Es sollen eine lange und zwei kurze Bahnen mit einer Gesamtlänge von neunzehn Kilometern zurückgelegt werden.«

»Hermann, das ist ja großartig!« Helen sprang auf, und die Serviette rutschte von ihrem Schoß. Sie trat zu ihm, schlang die Arme um seinen Hals und küsste ihn auf die Stirn. »Ich freue mich. Wirst du mich mitnehmen?«

Er sah sie irritiert an, so als hätte sie ihn eben gefragt, ob er mit ihr zum Mond fliegen wollte. »Wie meinst du das?«

»Als wir in Marseille bei Robert Durant waren, wurde doch darüber diskutiert, ob auch Frauen an den Olympischen Spielen teilnehmen dürfen. Wenn du sagst, dass du nur in Begleitung deiner Frau antrittst, hilfst du damit allen Athletinnen und ebnest ihnen den Weg.«

»Damit noch mehr Frauen auf die irrwitzige Idee kommen, allein mit Segelbooten in See zu stechen? Nur über meine Leiche.«

Helen nahm ihre Hände von seinen Schultern. Sie blickte ihm direkt in die Augen. Sie waren immer noch von dem Blau, in das sie sich verliebt hatte. »Hermann, ich verstehe dich nicht. Als du um meine Hand angehalten hast, warst du davon begeistert, dass ich allein auf dem Genfersee gesegelt bin. Was ist passiert?«

»Mein Beschützerinstinkt ist erwacht«, sagte Hermann. »Die Vorstellung, dass dir etwas passieren könnte, ist mir unerträglich. Ich will nie wieder Angst um dich haben müssen.« Er zog sie erneut zu sich heran und wollte sie auf seinen Schoß drängen, aber Helen sträubte sich.

»Aber wenn ich gemeinsam mit dir an den Start gehe, musst du um mich keine Angst haben«, entgegnete sie ernst.

»Noch ist überhaupt nicht klar, ob Frauen an den Spielen teilnehmen dürfen. Es werden bloß Diskussionen darüber geführt.«

»Es wäre die logische Konsequenz«, sagte Helen. »Frauen erobern die Wissenschaft und die Kunst. Warum also nicht auch den Sport?«

»Weil es dabei um körperliche Leistungen geht. Der weibliche Körper ist dem männlichen unterlegen.«

»Ach ja?«

»Wenn es um Kraft und Ausdauer geht.«

»Was die Kraft angeht, gebe ich dir recht«, sagte Helen. »Aber bei der Ausdauer wäre ich nicht so sicher.«

»Stell dir nur mal vor, Frauen würden an Schwimmwettbewerben teilnehmen«, sagte Hermann. »Was sollen sie denn tragen? Lange Kleider?«

»Wie wäre es mit Schwimmanzügen, so wie die Männer.«

Hermanns Augenbrauen hoben sich. »Die Frauen wären halb nackt.«

»Ja und? Sie sehen ja auch die Körper von Männern, wenn die bloß einen Schwimmanzug anhaben. Was ist an weiblichen Körpern denn anstößig?« Sie rang sich ein Lächeln ab. »Wenn du mich fragst, sind die meisten weiblichen Körper deutlich reizvoller als die der Männer.«

»Das ist etwas völlig anderes«, brummte Hermann.

»Warum?«, beharrte Helen.

»Weil …« Hermann machte eine Pause. Er wirkte verlegen. »Als dein Mann würde ich es nicht gut finden, wenn auch andere Männer dich so sehen, wie ich es Nacht für Nacht darf.«

»Hermann, ich bin nicht dein Eigentum. Ich bin deine Frau.«

»Du sagst es, du bist meine Frau, und deshalb will ich nicht, dass du dich in aller Öffentlichkeit nackt präsentierst.«

»Erstens ist man in einem Schwimmanzug nicht nackt«, widersprach Helen. »Und ich käme niemals auf die Idee, eifersüchtig zu sein, weil andere Frauen dich im Schwimmanzug sehen. Im Gegenteil, ich wäre stolz und würde mir denken: Seht her, meine Lieben, ich habe den hübschesten Mann von ganz Frankreich.« Sie strich ihm nun doch zärtlich über die Stirn und küsste ihn am Haaransatz. Erst beim dritten Kuss lenkte er ein. »Vielleicht hast du recht.«

»Ich habe ganz bestimmt recht!«

»Hm.«

»Was müsste passieren, damit Frauen an den Olympischen Spielen teilnehmen dürfen?«, fragte Helen.

»Keine Ahnung«, sagte Hermann. »Ich nehme mal an, dass die unterschiedlichen Sportverbände Anträge stellen müssten.«

»Hat der französische Segelverband einen Antrag eingebracht?«

»Helen, wie soll ich das wissen?«

»Deine Frau will an den Spielen teilnehmen. Wäre es da nicht naheliegend, dass dich die Frage beschäftigt?«

»Bis vor zehn Minuten wusste ich nicht, dass du teilnehmen willst«, verteidigte sich Hermann.

»Du weißt, wie sehr ich den Segelsport liebe, natürlich will ich mitsegeln!«

»Du hast noch nie an einer Regatta teilgenommen.«

»Das stimmt nicht«, widersprach Helen ihm. »Ich erinnere dich an den Segelwettbewerb auf dem Genfersee. Ich habe gewonnen.«

Hermann lachte. »Du bist süß. Das war ein kleiner Spaßwettbewerb.«

»Was meinst du mit Spaßwettbewerb?«, fragte Helen beleidigt. Zwanzig Teilnehmer waren an den Start gegangen. Ausschließlich junge Männer und Helen. Sie hatte sie alle besiegt. Noch vor ein paar Jahren war Hermann davon begeistert gewesen. Was war aus dieser Bewunderung geworden?

»Es ist ein Unterschied, ob man an einem privaten Wettsegeln teilnimmt oder an einer offiziellen Regatta. Die Regeln sind kompliziert.«

»So schwierig kann das nicht sein«, widersprach Helen. »Auch bei einer Regatta werden die Regeln gelten, die mir längst in Fleisch und Blut übergegangen sind. Lee vor Luv, Backbordbug vor Steuerbordbug.«

»Das klingt so einfach, aber bei einer Regatta sind bis zu siebzig Boote gleichzeitig unterwegs. Es heißt, schnell zu sein und dabei die Regeln zu befolgen. Außerdem ist der Start viel komplizierter, als du dir das vorstellst.«

»Was soll daran kompliziert sein?«

»Du darfst die Startlinie auf keinen Fall vor dem Start queren, und gleichzeitig musst du das Segelboot möglichst entlang der Linie halten.«

Helen verdrehte die Augen. Glaubte Hermann wirklich, dass sie das nicht wusste?

»Es bedarf viel Übung«, sagte Hermann.

Die Katze biss sich in den Schwanz. Wie sollten Frauen Übung in der Teilnahme an Wettbewerben bekommen, wenn sie nicht zugelassen wurden? Sie probierte es anders.

»Wenn Frauen segelnd an den Olympischen Spielen teilnehmen dürfen, gehst du dann mit mir an den Start?«

Hermann lachte. »Helen, wie willst du auf so eine Entscheidung Einfluss nehmen?«

»Lass das nur meine Sorge sein.«

»Helen, du überschätzt dich.«

Sein überhebliches Grinsen schürte Helens Entschiedenheit.

Er strich ihr eine Strähne aus der Stirn. »Habe ich dir schon mal gesagt, wie entzückend du bist, wenn du dir etwas in den Kopf gesetzt hast?«

Helen wollte nicht entzückend sein, aber das sagte sie nicht. Sie wollte von Hermann ein Versprechen. Da war es klüger, nicht über weitere Reizthemen zu diskutieren.

»Gehst du dann mit mir an den Start?«, wiederholte sie ihre Frage.

»Wenn tatsächlich Frauen zugelassen werden, dann können wir darüber reden«, meinte er versöhnlich.

»Versprochen?«

Hermann besiegelte Helens Forderung mit einem Kuss. Aber Helen spürte, dass er nicht überzeugt war, tief in seinem Inneren wollte er nicht, dass Frauen an den Spielen teilnahmen, und schon gar nicht seine eigene. Der Kuss schmeckte nach Zitrone, eine Spur sauer.

## Cannes, Herbst 1899

Am nächsten Morgen machte Helen sich gleich nach dem Frühstück auf den Weg in die Stadt. Hausfrauen und Dienstmädchen mit vollen Einkaufskörben kamen ihr entgegen. Es war Markttag, und am Marche Forville, im Zentrum von Cannes, wurden Köstlichkeiten aus allen Teilen des Landes angeboten: Käse aus Avignon, Wein aus Cassis und betörende Düfte aus Grasse. Es gab Pläne, die Markthalle in einigen Jahren umzubauen, was zu großen Diskussionen in der Stadt führte. Die Einwohner liebten ihren Markt, wie er war, und hielten nichts von Modernisierung – auch wenn diese dringend notwendig war, vor allem, was die sanitären Einrichtungen betraf. Von Jahr zu Jahr strömten mehr Händler und Käufer zum Marche Forville. Hier wurde um Preise gefeilscht, es wurden Neuigkeiten ausgetauscht und Köstlichkeiten probiert. Für gewöhnlich gönnte sich Helen eine Pause an einem der vielen Stände, doch heute hatte sie ein anderes Ziel. Sie lief schnurstracks zum Postamt weiter.

Vor dem schlichten Gebäude, über dessen Eingang die französische Tricolore im Wind wehte, hielt sie an. Sie öffnete ihre Handtasche, um sich zu versichern, dass sie ausreichend Bargeld eingesteckt hatte, dann betrat sie das Postamt. Die Eingangshalle war für ein kleines Städtchen wie Cannes viel zu groß dimensioniert. Durch die hohen Fenster fiel überraschend wenig Sonnenlicht in den quadratischen Raum, weshalb der Kronleuchter, der von der Decke hing, trotz der frühen Stunde für ausreichend Helligkeit sorgen musste. Hinter einer auf Hochglanz polierten hölzernen Theke saßen zwei Postbeamte in Uniform. Beide Männer hatten eine Mütze auf und schützten ihre Jacke mit dunklen Ärmelschonern.

Helen ging auf einen von ihnen zu. Er schaufelte gerade Zucker aus einer Dose in seinen Morgenkaffee und rührte dann sorgfältig um.

»Bonjour!«

Es dauerte einen Moment, bis er den Kopf hob. Über den Rand einer kleinen Brille hinweg sah er sie finster an. Seine Augen waren klein und hatten die Form von Knöpfen. Er vermittelte den Eindruck, als hätte sie ihn eben bei einer wichtigen Aufgabe gestört.

»Ja, bitte?«

»Ich nehme an, dass Sie nicht über Telefone verfügen. Oder etwa doch?« Helen sah sich suchend um.

In der Schweiz waren die modernen Kommunikationsmittel bereits seit Jahren fixer Bestandteil des Kundenangebots. Hier in Cannes schien es etwas länger zu dauern, bis die Technik ankam.

»Worüber sollen wir verfügen?«, fragte der Beamte unhöflich.

Helen machte eine wegwerfende Handbewegung. »Egal«,

sagte sie. »Ich will ein Telegramm aufgeben und hier auf die Antwort warten.«

Der Mann seufzte so laut, als hätte Helen von ihm verlangt, einen schweren Koffer von einem Ort zum anderen zu schleppen.

»Was wollen Sie telegrafieren?«

Helen zog ein Blatt Papier aus ihrer Handtasche und legte es vor den Beamten auf den Tresen. »Hier bitte!«

Der Mann überflog den Text mit dem Zeigefinger.

»Das sind sechsundzwanzig Wörter.«

»Ja!«

»Das kostet eine Menge Geld.«

»Ich habe genug dabei, keine Sorge.«

»Schreiben Sie den Text lieber auf Briefpapier, stecken Sie ihn in ein Kuvert und verschicken Sie ihn als Brief.« Er schob das Blatt zu Helen zurück. »Schließlich ist die Antwort ja nicht lebensnotwendig.«

Helen richtete sich auf. »Ich denke nicht, dass es Ihnen zusteht, darüber zu entscheiden, welche Wichtigkeit eine Antwort für mich hat. Sie werden dafür bezahlt, zu telegrafieren.«

»Derartige Nachrichten sollten per Brief versendet werden.« Er griff nach seiner Tasse und trank einen Schluck. Helen war fassungslos.

»Wenn Sie nicht augenblicklich zum Apparat greifen und meine Nachricht telegrafieren, wird das Konsequenzen für Sie haben, Monsieur!«

»Hören Sie Madame, ein Telegraf ist kein Spielzeug für verwöhnte junge Damen. Er dient dazu, wichtige Informationen zu übermitteln.«

Helens Geduld wurde auf eine harte Probe gestellt. Es war einfach unerhört, was dieser Mann sich herausnahm. Bevor sie zu einer Schimpftirade ansetzen konnte, winkte der andere Beamte sie zu sich.

»Kommen Sie zu mir, Madame. Wenn es denn sein muss, telegrafiere ich Ihre Nachricht.«

Helen wandte dem Kaffeetrinker den Rücken zu und machte zwei Schritte zum anderen Schalter. Der Beamte war deutlich jünger als sein Kollege. Auch vor ihm stand eine Tasse Kaffee. Helen reichte ihm ihren Zettel.

»Das ist wirklich eine lange Nachricht«, sagte der Mann.

»Und wenn ich fünf Seiten telegrafieren würde, es geht Sie nichts an.«

»Schon gut, beruhigen Sie sich, Madame.« Er drehte sich zum Telegrafenapparat. »An wen geht die Nachricht?«

»Das steht doch auf dem Zettel«, erwiderte Helen. »An den französischen Segelverband.«

»Und Sie wollen wirklich wissen, ob der Verband darum angesucht hat, Frauen an den Olympischen Spielen teilnehmen zu lassen?«

»Ja!« Helen stieß ihre Antwort hinter zusammengepressten Zähnen hervor. Ihre Augen funkelten vor Zorn. Der Beamte schien zu spüren, dass jedes weitere Wort zu einer bösen Auseinandersetzung führen könnte, die er am Ende verlieren würde. Der Name de Pourton tat sein Übriges.

»Ich werde Ihre Nachricht telegrafieren. Weiß Ihr Mann davon, Madame de Pourton?«

Diese Frage brachte das Fass zum Überlaufen. Helen stemmte die Hände in die Hüften. »Es kann Ihnen einerlei sein, ob mein Mann von der Nachricht weiß oder nicht. Sie werden dafür bezahlt, dass Sie telegrafieren. Ich werde für das Telegramm zahlen. Also bitte gehen Sie Ihrer Arbeit nach und bedienen Sie den verdammten Apparat!«

Der alte Mann, der jetzt das Postamt betrat, räusperte sich: »Madame, ich muss schon sehr bitten. Solche Kraftausdrücke schicken sich nicht für junge Damen.«

Helen fuhr auf dem Absatz herum. »Und für Männer schon?«

Der Mann zuckte mit den Schultern. Er trat zum anderen Schalter und gab einen Brief auf. Aus dem Augenwinkel sah sie, wie die beiden Männer sich kopfschüttelnd ansahen. Der Postbeamte tippte sich gegen die Stirn. Verärgert sog Helen die Luft ein und zählte im Stillen bis zehn. Unterdessen hatte der andere Beamte endlich damit begonnen, ihre Nachricht zu versenden. Das Klackern des Apparats erfüllte den Raum, und Helen beruhigte sich wieder. Sie holte ihr Portemonnaie aus ihrer Handtasche und legte mehrere Geldscheine auf den Tresen. Dann setzte sie sich auf eine der beiden Holzbänke, die an der Wand standen.

»Wollen Sie etwa auf eine Antwort warten?«, fragte der Postbeamte irritiert.

»Ja, natürlich. Das habe ich doch bereits gesagt.«

»Das kann mehrere Stunden dauern.«

»Ich habe die Zeitung dabei.« Helen faltete die Morgenausgabe der *Le Temps* auf und vertiefte sich in einen Artikel über die bevorstehende Weltausstellung. Die empörten Blicke der Männer ignorierte sie geflissentlich.

Anders als erwartet kam schon nach einer halben Stunde eine Antwort. Überrascht zog der Beamte den langen schmalen Streifen aus dem Telegrafenapparat und las Helen laut vor: »Es wurde kein Antrag gestellt.«

Man hatte sich mit keinerlei Höflichkeitsfloskeln aufgehalten. Die Kürze der Rückmeldung ließ darauf schließen, dass der Verband auch kein Interesse an einer Teilnahme von Frauen an den Olympischen Spielen hatte. Helen hatte diese Antwort befürchtet, aber so schnell wollte sie nicht aufgeben.

»Bitte schicken Sie dieselbe Anfrage an den Schweizer Segelverband.«

Der Postbeamte beugte sich vertraulich über den Tresen. »Weiß Ihr Ehemann, wofür Sie sein Geld ausgeben?«

»Es ist *mein* Geld, das ich ausgebe«, korrigierte sie ihn.

»Also schreiben Sie die Nachricht.«

Der Postbeamte zögerte. »Das ist eine sehr lange Nachricht. Ich will nicht, dass heute Abend Ihr Ehemann hier steht und sich darüber beschwert, dass wir zwei so lange Telegramme für Sie verschickt haben.« Er räusperte sich: »Noch dazu mit so einem Inhalt.«

»Haben Sie schon einmal vom Postgeheimnis gehört?«

Das Wort schien den Beamten nicht zu beeindrucken.

»Schreiben Sie!«, befahl Helen ungehalten.

Nun widmete der Beamte sich leidend dem Telegrafen, und Helen schwor sich, bei der ersten sich bietenden Gelegenheit ein Telefon installieren zu lassen.

»Sie müssen ja wissen, was Sie mit Ihrem Geld anstellen«, sagte der Mann und fing an zu tippen. Helens Nachricht lag neben ihm auf dem Tresen. Sobald er anfing zu telegrafieren, setzte Helen sich wieder auf die Bank. Statt den Mann zu beobachten, starrte sie finster auf die große Uhr hinter ihm. Sie erinnerte an eine Bahnhofshalle.

»Ich glaube nicht, dass Sie heute noch eine Antwort bekommen werden«, erklärte der Postbeamte. Er wiederholte sich. »Es war reiner Zufall, dass Ihnen der französische Segelverband so schnell zurückgeschrieben hat. Soviel ich weiß, liegen dessen Büros neben einem großen Postamt in Paris.«

Helen musste dem Mann recht geben. In Genf würde man sich über ein Telegramm wundern. Wichtige Informationen wurden dort längst per Telefon übermittelt. Auch ihr Vater besaß eines in seinem Büro.

Enttäuscht stand sie auf, legte dem Mann erneut Geldscheine auf den Schalter und wandte sich zum Gehen. »Ich erwarte, dass Sie sich umgehend melden, wenn eine Antwort eintrifft.«

»Selbstverständlich!«, sagte der Mann, doch sein Tonfall konnte Helen nicht überzeugen.

»Auf jeder Nachricht sind Datum und Uhrzeit abzulesen«, erinnerte sie den Beamten.

»Sie müssen mich nicht über meine Pflichten belehren, Madame.«

Helen lag eine weitere böse Bemerkung über das Postgeheimnis auf der Zunge. Sie verkniff sich den Kommentar und verließ grußlos das Postamt.

## Cannes, Herbst 1899

Zwei Tage später saß Helen auf der Terrasse eines kleinen Bungalows, den Vivian statt des Hotels für die restliche Zeit in Cannes gemietet hatte. Es war inzwischen November, trotzdem waren die Temperaturen noch spätsommerlich. Vivian betonte immer wieder, wie sehr sie das Wetter an der Côte d'Azur schätzte. In ihrer Heimat würde sie jetzt mit Wintermantel und Regenschirm herumlaufen. Mayla nahm dem Dienstmädchen ein Tablett mit gekühlter Lavendellimonade ab. Mit fließenden Bewegungen schenkte sie die zartlila Flüssigkeit in elegante schmale Gläser und versah jedes davon mit einer Scheibe Zitrone.

»Ich brauche deine Hilfe«, sagte Helen zu Vivian.

»Wobei? Dein Mann verkauft seinen Wein auch ohne meine Unterstützung.«

»Es hat nichts mit dem Weingut zu tun.«

»Womit dann?« Vivian schlug ein Bein über das andere. Wie immer hielt sie ihre Zigarette in der Hand und nahm einen genussvollen Zug. Sie schien ohne Tabak nicht leben zu können.

»Als erfolgreiche Geschäftsfrau kennst du doch alle möglichen Menschen. Männer in wichtigen Funktionen. Politiker, Unternehmer, Adelige«, fuhr Helen fort.

»Ein paar gehören zu meinem Bekanntenkreis«, sagte Vivian. Helen wusste, dass das eine glatte Untertreibung war.

»Ich will, dass Frauen an den Olympischen Spielen teilnehmen dürfen«, platzte sie heraus. »Dafür brauche ich einflussreiche Fürsprecher.«

Vivian lachte. Dann wurde sie mit einem Mal ernst. »Ich fürchte, da brauchst du eine ganze Schar an Unterstützern und noch ein Wunder dazu.« Sie griff nach ihrem Glas und nippte daran.

»Ich will selbst an den Spielen teilnehmen«, fuhr Helen leidenschaftlich fort. »Ich habe den Schweizer Segelverband angeschrieben und nachgefragt, ob man sich dort für die Teilnahme von Frauen einsetzt. Man hat mir bestätigt, dass man bereits eine entsprechende Petition eingereicht hat. Und der Schweizer Verband war nicht der einzige. Auch die Amerikaner und die Engländer wollen, dass Frauen an den Start gehen können.«

»Sind das denn nicht schon genug wichtige Stimmen?«, fragte Mayla.

»Leider nein«, antwortete Helen. »Bis jetzt werden Frauen abgelehnt.«

»Das ist unerhört«, meinte Mayla.

»Der Schweizer Segelverband hat mir versichert, dass man mich an den Start gehen lassen würde, sollten Frauen zugelassen werden.«

»Hast du denn schon mal an einer Regatta teilgenommen?«, wollte Vivian wissen.

»Ja, vor einiger Zeit auf dem Genfersee. Ich wurde damals disqualifiziert, aber hinterher trotzdem geehrt. Im Vorstand des Segelverbands weiß man, was ich kann. Ich habe die Regatta mit deutlichem Abstand gewonnen.«

»Warum wurdest du disqualifiziert?«, wollte Vivian wissen.

»Offiziell hat mein Bruder teilgenommen. Er kann gar nicht segeln.« Helen dachte an die Gesichter der männlichen Jurymitglieder. Sie waren zu gleichen Teilen entsetzt und erstaunt gewesen. Helen war damals neunzehn Jahre alt gewesen und an Philipps Stelle gesegelt. Es war niemandem aufgefallen, dass eine junge Frau auf dem Segelboot gesessen hatte. Erst als sie ins Ziel eingefahren war, hatte man gesehen, dass sie Röcke trug.

Auch Vivian und Mayla schienen sich die Reaktionen der Männer vorzustellen, als diese herausgefunden hatten, dass eine Frau gewonnen hatte. Sie schmunzelten.

»Das Gute an dem Sieg war, dass man seither meinen Namen kennt. Die Männer wissen, dass ich eine gute Seglerin bin. Mein Vater war unglaublich stolz auf mich. Er hat dafür gesorgt, dass ich die Mitgliedschaft meines Bruders übernehmen durfte.«

»Man hat deinen Bruder bestraft und dich dafür belohnt, dass ihr beide geschwindelt habt?«, fragte Vivian.

»Philipp hat es nie als Strafe empfunden, und für mich war es ein großes Geschenk. Mein Vater ist ein gewiefter Geschäftsmann, niemand kann besser verhandeln als er. Vater hatte gehofft, dass Philipp sich endlich für einen Sport interessieren würde. Aber was den Sport betrifft, ist mein Bruder ein hoffnungsloser Fall. Er liebt die Literatur. Mit Sport hat er nichts am Hut.«

»Und der Schweizer Segelverband hat einfach seine Mitgliedschaft in deine umgewandelt? Obwohl du eine Frau bist? Das klingt abenteuerlich.«

»Man wollte auf ein zahlendes Mitglied nicht verzichten. Mein Vater ist ein großzügiger Sponsor. Und wie gesagt, er kann den härtesten Geschäftspartner weichkochen. Vater hat es geschafft, die Männer davon zu überzeugen, dass eine talentierte Seglerin frischen Wind in den Verband bringen und ihn verjüngen würde.«

»Es wundert mich, dass eine Verjüngung gewünscht wurde«, sagte Vivian. »Ich denke, dass das Geld das wichtigere Argument geliefert hat.« Erneut nahm Vivian einen Schluck von ihrem Getränk.

»Deshalb brauche ich deine Hilfe«, wiederholte Helen. »Du kennst so viele einflussreiche und wohlhabende Geschäftsleute, die mich unterstützen können.«

»Was ist mit deinem Ehemann und deinem Vater?«, fragte Mayla.

Helens Gesicht verfinsterte sich. Ihr Vater würde sich niemals in Angelegenheiten einmischen, die Helens Ehe betreffen könnten. Und so modern Hermann auch dachte, er würde sich nicht aktiv für die Teilnahme von Frauen an den Olympischen Spielen einsetzen, so viel hatte Helen inzwischen verstanden. Lieber investierte er seine Energie in geschäftliche Projekte.

»Ich verstehe«, sagte Mayla, ohne weiter nachzufragen.

Vivian stieß nachdenklich eine Rauchwolke aus. »Wir könnten die Herren mit Geld überzeugen«, meinte sie.

»Willst du etwa das Olympische Komitee bestechen?«, fragte Helen. »Ich fürchte, so viel Geld werden wir nicht auftreiben können.«

Vivian machte eine wegwerfende Handbewegung. »Lass mich meinen Gedanken fertig aussprechen«, forderte sie. »Das Olympische Komitee ist vom guten Willen der Weltausstellungsveranstalter abhängig. Ohne die Logistik der Weltausstellung gäbe es nie genug finanzielle Mittel, um den Spielen den entsprechenden Rahmen zu geben. Also müssen wir einen der großen Sponsoren von dem Vorhaben überzeugen.«

»Du meinst, wenn ein Geldgeber sich für die Zulassung von Frauen einsetzen würde, könnte man das Olympische Komitee überzeugen?« Mayla klang weniger optimistisch. »Ich habe erst gestern in der Zeitung gelesen, dass Pierre de Coubertin beim Anblick schwitzender Frauen übel wird. Er ist der Präsident des Komitees.«

»Soll er doch nicht hinschauen, wenn Frauen sich anstrengen«, sagte Helen patzig. »Als würden schwitzende Männer appetitlicher riechen.«

»Gut, dass ich das nicht gelesen habe«, sagte Vivian. »Diese Aussage ist unerhört.«

Sie wandte sich an Mayla. »Erinnerst du dich an Sir Walton?«

Die Gesellschafterin verdrehte die Augen. »Wie könnte ich diesen Mann vergessen. Er hat dir monatelang langstielige Rosen geschenkt.«

Auch Helen hatte den Mann, mit dem Vivian sich bei Durants Gartenparty unterhalten hatte, noch im Gedächtnis.

»Sir Walton ist ein enger Freund von David Francis, dem Gouverneur von Missouri«, erklärte Vivian.

Der Name sagte Helen nichts.

»Pierre de Coubertin hat schon bei den ersten Olympischen Spielen verlautbart, dass er die dritten Spiele in vier Jahren in den Vereinigten Staaten stattfinden lassen will, um erneut die Weltausstellung mit den Spielen zusammenzulegen. David Francis und James Sullivan setzen sich dafür ein, dass die Ausstellung in Missouri veranstaltet wird. Sie haben die Hand quasi schon auf der Ausstellung und den Spielen – vorausgesetzt, sie finden die richtigen Sponsoren.«

»Und Sir Walton ist einer der Geldgeber?«, riet Helen.

Vivian nickte. »Er ist das Zünglein an der Waage. Ohne sein Geld keine Ausstellung in Missouri.«

»Und er hat noch keine fixe Zusage gemacht?«, wollte Helen wissen.

»Soweit ich weiß, nein.«

»Könnte er denn Bedingungen stellen? Wenn ja, dann doch wohl erst für die Spiele in den Staaten, oder?«

Vivian wiegte den Kopf. »Das kann ich nicht sagen«, gab sie zu. »Aber es wäre doch möglich, dass er auch Einfluss auf die Entscheidungen zu den Spielen in Paris hat. Würde er seine Geldzusage daran knüpfen, dass Frauen teilnehmen dürfen, würde das de Coubertin gewiss interessieren. Ich lege meine Hand dafür ins Feuer, dass ihn der Anblick schwitzender Frauen weit weniger stört, wenn er ohne ihn kein Geld bekommt.«

Mayla schüttelte den Kopf. »Du wirst dich doch deshalb dem Mann nicht an den Hals werfen.«

Beruhigend legte Vivian ihre freie Hand auf Maylas.

»Natürlich nicht«, beruhigte sie sie. »Aber wir werden alle drei versuchen, ihn mit Argumenten zu überzeugen.« Sie zwinkerte Mayla und Helen zu. »Charmant und hübsch zu sein, ist dabei sehr hilfreich.«

Helen fand die Vorstellung, einen Mann mithilfe ihres Aussehens von etwas zu überzeugen, ebenso verwerflich wie Mayla.

»Nun habt euch nicht so«, sagte Vivian. »Sir Walton hat zwei erwachsene Töchter, die beide Sport treiben. Die werden uns hoffentlich unterstützen.«

»Es wäre naheliegend, dass Frauen, die Freude am Sport haben, die Teilnahme weiblicher Athletinnen befürworten«, sagte Helen. Die Idee, die Töchter des Geldgebers auf ihre Seite zu ziehen, gefiel ihr deutlich besser.

»Welche Sportarten betreiben seine Töchter?«, fragte Helen.

»Soviel ich weiß, spielt die eine Tennis, die andere soll gut im Fechten sein.«

»Und seine Frau?«, fragte Helen.

»Die ist tot.«

»Selbst wenn es uns gelingt, Sir Walton ins Boot zu holen, kann ich mir nicht vorstellen, dass Pierre de Coubertin von seinen Ansichten abrückt. Der Mann hat ganz konkrete Vorstellungen davon, wie die Spiele ablaufen sollen«, meinte Mayla.

»Er braucht Sir Waltons Geld und die Unterstützung der Amerikaner.«

»Und wie kommen wir an Sir Walton und seine Töchter heran?«, fragte Helen. »Ich nehme an, dass er Amerikaner ist.«

»Er ist ein Engländer, der in den Staaten lebt«, erklärte Vivian. »Ich werde eine Dinnerparty veranstalten und ihn und seine Töchter einladen. Er ist seit ein paar Wochen an der Côte d'Azur.«

»Woher weißt du das?«, wollte Mayla wissen.

»Er hat mich wiederholt zum Essen eingeladen.« Vivian sah Mayla ernst an. »Ich habe alle Angebote abgelehnt. Und jetzt drehe ich den Spieß um und lade ihn zu mir ein.« Sie rieb sich die Hände voller Vorfreude. »Es ist Monate her, dass ich eine richtig schöne Dinnerparty ausgerichtet habe.«

»Hier in Cannes?«, wollte Helen wissen.

Vivian verneinte. »Ich bin lieber in meinen eigenen vier Wänden Gastgeberin.«

Sie prostete Helen mit der Lavendellimonade zu. »Du wirst noch einmal nach Marseille kommen müssen.«

»Das mache ich sehr gerne. Es wäre einfach großartig, wenn Sir Walton sich für die Teilnahme von Frauen einsetzen würde!«

»Ich denke, dass das ganz von uns abhängen wird.« Vivian räusperte sich und ergänzte: »Und von unseren Argumenten, selbstverständlich!« Sie lachte. »Wer hätte gedacht, dass ich mich einmal für die Anliegen von Sportlerinnen einsetzen würde. Mich hast du bereits überzeugt. Ich bin sicher, dass dir das auch mit Sir Walton gelingen wird.«

Vivians Zuversicht war ansteckend. In Gedanken sah Helen sich schon mit Hermann für die Schweiz starten. Das Bild verursachte ein warmes, wohliges Gefühl in ihrer Körpermitte.

## Marseille, Winter 1899

Helen hatte nicht damit gerechnet, dass Hermann sie nach Marseille begleiten wollte.

»Natürlich komme ich mit«, hatte er gesagt. »Wie kannst du annehmen, dass ich dich nicht zu einer Dinnerparty begleiten möchte? Bestimmt treffen wir dort viele interessante Menschen.«

Erst vor einer Woche hatte er gemeint, dass er bis zum Jahresende an keiner gesellschaftlichen Veranstaltung mehr teilnehmen wollte, bei der es ums Geschäftliche ging. Helen freute sich über seine Begleitung.

Genau wie bei ihrem letzten Besuch nahmen sie ein Zimmer im Hotel Bellevue. Vivian hatte ihnen angeboten, bei ihr zu übernachten. »Mein Bungalow ist groß genug, ich verfüge über drei Gästezimmer.« Aber Hermann hatte auf dem Bellevue bestanden. Er wollte nicht bei den beiden Frauen wohnen. Helen war beides recht.

Einen Tag vor der Party hatte Vivian eine ganz besondere Überraschung zu verkünden. »Pierre de Coubertin hat zugesagt.«

»Wie ist dir das gelungen?«, hatte Helen gefragt.

Vivian hatte bloß mit den Schultern gezuckt. »Ich habe dir doch gesagt, dass er auf Sir Waltons Geld angewiesen ist. Eine Abendveranstaltung mit ihm kann er sich nicht entgehen lassen.«

»Das ist großartig!«, war Helen überzeugt.

Mit einer gemieteten offenen Kutsche fuhren Hermann und sie zu Vivians Bungalow, der sich auf einem der Hügel mit Blick aufs Meer befand. Der warme Sommerwind strich sanft über Helens Wangen. Sie waren die ersten Gäste. Hermann und Vivian kannten sich vom Abend bei Durant. Mayla stellte sich ihm vor. Hermann war zuvorkommend wie immer und verwickelte Mayla in ein angeregtes Gespräch über Algier, das er vor einigen Jahren besucht hatte. Nur zu gerne unterhielt sich Mayla mit ihm über ihre alte Heimat. Helen lauschte nur mit halber Aufmerksamkeit. Sie wollte die Ankunft von Sir Walton und Pierre de Coubertin nicht verpassen. Kurz bevor das Essen serviert wurde, erschienen die beiden gemeinsam mit Sir Waltons Töchtern, Maeve Walton und Cynthia Thompson. Letztere war in Begleitung ihres Ehemanns Richard Thompson, eines Tabakgroßhändlers, den Helen von ihrem Vater kannte. Sie war ihm bei einer der Soireen ihrer Mutter begegnet, hatte aber noch nie mit ihm gesprochen.

»Ich freue mich riesig, dass ich Sie alle in meinem bescheidenen Zuhause an der Côte d'Azur begrüßen darf.« Vivian war die perfekte Gastgeberin. Mit dem »bescheidenen Zuhause« hatte sie schamlos untertrieben. Vivians Bungalow war in Wahrheit eine riesige moderne Villa. Sie erinnerte Helen an ihr Elternhaus am Genfersee, nur dass Vivians

Garten exotischer aussah. Im Sommer zierten riesige Palmen, Feigen- und Zitronenbäume die große Terrasse, von der man auf den Jachthafen von Marseille schauen konnte. Jetzt ließ der Blick aus einem überdimensionalen Fenster das Sommergefühl erahnen.

Vivian trug ein schwarzes Samtkleid mit atemberaubendem Ausschnitt. Eine schlichte Perlenkette setzte einen hübschen Kontrast, ihre helle Haut und ihr rotes Haar taten das Übrige. Die Aufmerksamkeit aller Besucher gehörte ihr. Ganz besonders Sir Waltons. Der Unternehmer war ein Mann um die sechzig. Er hatte ausschließlich Augen für Vivian, was Mayla ganz und gar zu missfallen schien. Immer wieder schielte sie eifersüchtig zu den beiden. Die Gesellschafterin trug eine farbenfrohe Tracht aus ihrer Heimat. Nach kurzem oberflächlichem Gespräch bat Vivian alle zu Tisch. Helen und Hermann saßen neben Pierre de Coubertin, ihnen gegenüber hatten Sir Walton und seine Töchter Platz genommen. Vivian saß zu Sir Waltons Linker.

Schon bei der Vorspeise sprach man über die bevorstehende Weltausstellung und die Olympischen Spiele.

»Es ist unglaublich, mit welchen Superlativen die Ausstellung wirbt. Noch nie hat es eine Schau gegeben, bei der so viel technischer Fortschritt präsentiert wird«, schwärmte de Coubertin.

Helen ließ das Gespräch über Motoren und Maschinen über sich ergehen und erfasste dann die erste sich bietende Gelegenheit, um de Coubertin auf ihr eigentliches Anliegen anzusprechen.

»Bitte erklären Sie uns doch noch einmal, warum Frauen bei den Olympischen Spielen nicht zugelassen werden«, forderte sie ihn auf. »Erst letzte Woche hat mir der Schweizer Segelverband versichert, dass er Frauen an den Start gehen lassen würde, gäbe es das Einverständnis des Olympischen Komitees.«

Sir Walton interessierte das Thema offenbar nicht. Er verwickelte Vivian in eine Unterhaltung über den Geschmack reifer Tomaten. »Neulich habe ich eingelegte grüne Tomaten gegessen. Abscheulich, kann ich Ihnen sagen. So etwas würde man in Frankreich niemals servieren.«

»Ja, da haben Sie recht. Grüne Tomaten, das klingt nicht gut«, pflichtete Vivian ihm bei. »Das kann nur uns Engländern einfallen. Was sagen Sie denn zur Teilnahme von Frauen bei den Olympischen Spielen?«

»Wie bitte?« Sir Walton wirkte irritiert. Er fasste sich ans Ohr.

»Papa ist leider sehr konservativ«, antwortete Maeve Walton an Stelle ihres Vaters. »Wir haben schon so oft darüber diskutiert, aber es will einfach nicht in seinen Kopf, dass es höchste Zeit wäre, dass auch Frauen ihre sportlichen Leistungen öffentlich zur Schau stellen.«

Helens Zuversicht stieg. Genau wie Vivian vorhergesagt hatte, unterstützten Sir Waltons Töchter ihr Anliegen.

»Das kann ich mir gar nicht vorstellen«, sagte Vivian mit gespielter Verwunderung. »Sie sind doch ein fortschrittlicher und moderner Mann.« Ihr Augenaufschlag war bühnenreif, Helen hätte ihr am liebsten dafür applaudiert. »Ihre Töchter sind sportlich aktiv.« Sie ließ ihren Blick von einer zur anderen gleiten. »Und gewiss bewegen auch Sie sich regelmäßig. Bei so einem athletischen Körper.«

Helen verschluckte sich. Hatte Vivian das eben wirklich gesagt? Sir Walton war klein, mit dünnen Armen und Beinen. Unter seiner Jacke wölbte sich ein Kugelbauch. Doch niemand am Tisch schien sich an Vivians Kompliment zu stören. Sir Walton am allerwenigsten. Er sonnte sich in Vivians Worten.

»Sport wurde in unserer Familie immer sehr hochgehalten«, bestätigte Maeve Walton. »Ich spiele Tennis, und Cynthia hat früher gefochten.«

»Jetzt nicht mehr?«, erkundigte sich Vivian.

»Ich bin Mutter von zwei Kindern. Da bleibt nicht viel Zeit für Sport«, bedauerte die junge Frau neben Maeve. Die Schwestern sahen einander sehr ähnlich. Beide hatten die markanten Wangenknochen und die klassisch geschnittene Nase ihres Vaters.

»Das ist ja auch die eigentliche Aufgabe von Frauen«, meinte Pierre de Coubertin. Er wandte sich an Hermann. »Was denken Sie, Monsieur de Pourton?«

Hermann neigte vorsichtig den Kopf. Das konnte Ja, aber auch Nein bedeuten. Er fühlte sich sichtlich unwohl.

»Niemand hier kann abstreiten, dass auch Frauen sich körperlich ertüchtigen sollten, um gesund zu bleiben«, sagte Helen in die Runde. »Erst neulich bin ich auf der Fahrt nach Marseille im Zug einem jungen Arzt begegnet, der mir das bestätigte.«

»Solange die Bewegung mit Maß und Ziel betrieben wird, stimme ich Ihnen zu«, sagte de Coubertin. »Aber niemand will Frauenkörper sehen, die muskelbepackt sind. Das ist abstoßend und gegen die Natur.«

»Da gebe ich Ihnen vollkommen recht«, meinten Sir Walton und sein Schwiegersohn im Chor.

Helen überging die Bemerkung und kehrte zum Aspekt der Gesundheit zurück. »Wer sich nicht regelmäßig bewegt, ist anfälliger für Haltungsschäden und Unfälle. Außerdem steigt das Risiko für Übergewicht, was bekanntlich sehr ungesund ist.«

»Und ebenfalls nicht ästhetisch«, fügte Vivian hinzu.

Cynthia Thompson hüstelte dezent. Ihr Ehemann hatte deutlich zu viele Kilos auf den Rippen. Er trug einen riesigen Bauch vor sich her.

Vivian zuckte mit den Schultern. »Stimmt doch«, meinte sie. »Wie oft habe ich von Männern schon gehört, dass sie über weibliche Körper hergezogen sind, weil sie zu dick seien. Gleichzeitig will man uns den Sport verbieten. Das macht doch alles keinen Sinn.«

»Niemand verbietet Frauen den Sport«, widersprach de Coubertin. »Solange er in Maßen praktiziert wird.«

»Das gilt doch ebenso für Männer«, sagte Helen. »Auch ihnen tut ein Zuviel nicht gut. Sie können sich ebenso verletzen oder ihrem Körper Schaden zufügen, wenn sie sich übermäßig bewegen.«

»Aber Frauen sind Männern physisch wie psychisch deutlich unterlegen. Sie neigen zur Hysterie, und ihre Körper sind zum Gebären von Kindern vorgesehen«, sagte Richard Thompson.

»Wir sind weit davon entfernt, hysterisch zu sein«, widersprach seine Frau ihm scharf. »Eine hysterische Frau würde kein Kind gebären können. Unsere Körper sind ausdauernd und zäh.« Ihre Stimme duldete keinen Widerspruch.

»Wie bitte?« De Coubertin schüttelte ratlos den Kopf.

»Ich nehme an, dass Sie noch nie bei der Geburt eines Kindes anwesend waren«, fuhr Cynthia fort. »Denn hätten Sie das selbst miterlebt, wüssten Sie, wovon ich spreche.« Sie sah zu ihrem Ehemann. »Eine Geburt ist wie die Besteigung eines hohen Berges: anstrengend, kräftezehrend und schmerzvoll. Niemand soll mir einreden, dass Frauen keine körperlichen Höchstleistungen erbringen können.«

Das Gespräch nahm eine Wendung, die den Männern am Tisch sichtlich unangenehm war. De Coubertin entgegnete nichts. Er schien darauf zu warten, dass Sir Walton oder Richard Thompson widersprachen. Doch beide schwiegen betroffen, so als wäre ein Gespräch über Geburten unsittlich und unappetitlich.

»Was meinen Sie denn zu der Frage, ob Frauen an den Olympischen Spielen teilnehmen sollen?« Er richtete sich hilfesuchend an Hermann. »Als Athlet, der für Frankreich starten wird, werden Sie zu den Argumenten der Damen am Tisch doch gewiss eine Meinung haben. «

Helen hob den Kopf. »Ich dachte, du denkst noch darüber nach?«

»Man hat eine Entscheidung von mir erwartet.« Er sprach sehr leise. Es war ihm sichtlich unangenehm, dass de Coubertin ihn auf seine Teilnahme ansprach.

Der wartete immer noch auf eine Antwort. Hermann wand sich. »Grundsätzlich stimme ich den Damen am Tisch zu«, sagte er vorsichtig. »Frauen sollten Sport treiben.« Es klang so, als würde er noch etwas hinzufügen wollen. Helen wartete gespannt. »Die Olympischen Spiele erscheinen mir aber nicht als der richtige Rahmen dafür.« Er sah Helen ernst an, und sie spürte, wie etwas in ihr zerbrach. Hatte er diese Worte eben wirklich gesagt? Noch vor ein paar Wochen hatte er ihr versichert, er würde mit ihr antreten, sollte das möglich sein. Entschuldigend hob er die Schultern. Er schien sie mit Blicken um Vergebung bitten zu wollen. Helen war erschüttert.

»Das müssen Sie uns näher erklären«, forderte Vivian. »Warum eignen sich die Olympischen Spiele nicht für Frauen?«

»Die Spiele waren von jeher Männern vorbehalten. Mit ihnen will man eine Tradition nach antikem Vorbild wieder aufleben lassen. Wenn ich das richtig verstanden habe, sollen die alten Werte fortgeführt und weitergelebt werden.« Nach Unterstützung suchend wandte er sich an de Coubertin.

»Nur weil etwas immer so war, heißt das nicht, dass es gut war«, sagte Vivian.

»Ich bin erleichtert, dass Monsieur de Pourton meine Meinung teilt«, sagte de Coubertin. »Ich stimme ihm voll und ganz zu. Frauen sollten nicht an den Wettkämpfen teilnehmen. Es wäre in jeder Hinsicht unverantwortlich.« Hermann hatte dem Sportler und Leiter des Komitees genau die Antwort geliefert, die er hatte hören wollen. Helen war sprachlos. Hermann wusste, wie wichtig ihr die Angelegenheit war und wie sehr sie sich wünschte, bei den Spielen dabei zu sein. Wie konnte er ihr so in den Rücken fallen und all ihre Hoffnungen zerstören?

»Bestimmt haben mehrere Sportverbände um die Teilnahme von Frauen angesucht«, sagte Vivian. »Mit welchen Argumenten haben Sie ihre Anträge abgelehnt? Etwa damit, dass etwas, das immer so war, nicht geändert werden darf?«

»Liebe Madame More ...«

»Mademoiselle More.«

»Liebe Mademoiselle More«, verbesserte de Coubertin sich. »Ich muss keine Erklärungen abgeben, wenn ich Anträge ablehne. Sie haben keine Vorstellung davon, wie viele unsinnige Ansinnen ich Tag für Tag zugesendet bekomme. Würde ich jedes Schreiben beantworten, käme ich nicht mehr zum Arbeiten.«

»Das heißt, Sie ignorieren die Anliegen der Sportverbände, die bereitwillig dafür bezahlen, dass sie an Ihren Spielen teilnehmen dürfen?« Vivian klang aufgebracht.

»Viele Frauen bringen Höchstleistungen, genau wie Männer«, mischte sich nun Maeve Walton leidenschaftlich ein. »Ich spiele seit vielen Jahren Tennis, und ich wage zu behaupten, dass ich jeden der hier anwesenden Männer schlagen würde.« Sie sah in die Runde. »Und trotzdem hätte ich nicht die geringste Chance gegen Marion Jones oder Charlotte Cooper. Die beiden sind großartig! Es ist eine Schande, dass die Frauen ihre Leistungen nicht vor Publikum zeigen dürfen.«

Sie wandte sich an ihren Vater. »Papa, so sag doch etwas.«

Der Unternehmer räusperte sich. Er schielte zu Vivian, bei der er offenbar Eindruck hinterlassen wollte. Viv reagierte sofort. »Ich bin der Meinung, dass es höchste Zeit ist, dass auch Frauen an Wettkämpfen teilnehmen dürfen«, sagte sie. »Wo könnte man ein besseres Signal setzen als bei den Olympischen Spielen?«

»Man würde zwei Fliegen mit einer Klappe schlagen«, sagte Maeve Walton. »Auf der einen Seite würde die Welt sehen, wozu Frauen imstande sind, und auf der anderen würden noch mehr Frauen dazu animiert werden, sich sportlich zu betätigten.«

»Aber wollen wir das denn?«, fragte Richard Thompson.

»Ja, natürlich wollen wir das!«, sagte seine Frau schnell. »Frauen sollen Tennis spielen, fechten, segeln.« Sie klopfte ihrem Mann liebevoll auf den Bauch. »Und Männer übrigens auch.«

Thompsons Wangen färbten sich dunkelrot. Er räusperte sich verlegen.

»Sir Walton, wie sehen Sie die Sache?«

Sir Walton schaute zu Vivian. Trotz seines Alters hatte er den Blick eines verliebten jungen Burschen, der alles tun würde, um seiner Angebeteten zu imponieren.

»Wenn so viele Sportverbände wollen, dass Frauen an den Spielen teilnehmen, dann wird das einen Grund haben«, sagte er vorsichtig. »Es ist wohl nur eine Frage der Zeit, bis man diesem Drängen nachgeben muss. Warum also nicht gleich?«

De Coubertin schnappte nach Luft. »Ich habe es bereits wiederholt gesagt.« Er streckte die Schultern durch, um größer zu erscheinen. »Weil der Anblick schwitzender Frauen niemandem zumutbar ist.«

Nun lachte Sir Walton. »Jetzt machen Sie sich lächerlich, Coubertin.«

»Die teilnehmenden Frauen werden im Rampenlicht stehen und dem Spott der Öffentlichkeit preisgegeben sein«, mischte sich Hermann ungefragt ein. Helen konnte schon wieder nicht glauben, was er da sagte. War das wirklich ihr Ehemann, der da sprach? Das vertraute Gesicht kam ihr mit einem Mal fremd vor.

»Unsinn«, widersprach Maeve Walton. »Genau das Gegenteil wird der Fall sein. Sie werden die Heldinnen unserer Zeit sein.«

»Schwimmende oder laufende Frauen?«, fragte de Coubertin. »Nur über meine Leiche!« Er schüttelte den Kopf.

»Welche Verbände außer dem Schweizer Segelverband haben noch einen Antrag gestellt?«, wollte Helen wissen.

»Glauben Sie, ich merke mir, wer mir alles Briefe schreibt?« De Coubertin klang genervt.

»Versuchen Sie doch bitte, sich zu erinnern«, bat Maeve Walton. »Mich interessiert es auch, welche Verbände sich eine Teilnahme von Frauen wünschen.«

Schließlich zählte de Coubertin mehrere Sportverbände aus unterschiedlichen Ländern auf. Besonders aus den Vereinigten Staaten waren viele dabei. Offenbar dachte man auf der anderen Seite des Atlantiks moderner, zumindest was den Frauensport betraf.

»Warum sollen Frauen denn nicht im Tennis, im Golf, im Krocket oder im Reiten bei den Olympischen Spielen antreten? Wir alle haben uns doch längst an die Bilder gewöhnt. Bei jeder gehobenen Teeparty in England spielen Frauen Tennis. Seit Jahrhunderten besitzen Frauen Pferde, die sie auch reiten. Krocket ist eine beliebte Freizeitbeschäftigung, und Golf hält Männer wie Frauen gesund«, fuhr Maeve Walton fort.

»Das gilt auch für den Segelsport«, ergänzte Helen. »Ich bin bereits als kleines Mädchen mit Julie von Rothschild und der österreichischen Kaiserin auf dem Genfersee unterwegs gewesen.« Sie behielt für sich, dass es auf einem Dampfer gewesen war. Die beiden Namen sorgten für den gewünschten Effekt. Sir Walton sog beeindruckt die Luft ein.

»Und auch fürs Fechten trifft es zu«, ergänzte Cynthia Thompson. »Es gibt viele hervorragende Fechterinnen.«

»Die Teilnahme von Frauen an den Spielen hätte einen großen Vorteil«, erklärte Vivian. Sie machte eine dramatische Pause und stieß genüsslich den Rauch ihrer Zigarette aus. Erst als sie sich der Aufmerksamkeit aller sicher war, sprach sie weiter. »Man würde die Olympischen Spiele in Paris als moderne Sportveranstaltung wahrnehmen. Ein gesellschaftliches Ereignis, das ebenso bahnbrechend ist wie die Weltausstellung selbst. Und wenn sich die Frauen bewähren, kann man das Angebot bei den nächsten Spielen ausweiten.«

Die Wörter *modern* und *bahnbrechend* wirkten wie Magie in Sir Waltons Ohren. Sein Interesse war nun endgültig geweckt, unabhängig davon, dass er Vivian anhimmelte. Er war ein Geschäftsmann, der sein Geld in Projekte investieren wollte, die möglichst viel Gewinn versprachen. Die Vorstellung, dass man in Paris etwas testen konnte, das man bei Erfolg in den Staaten noch ausbaute, gefiel ihm. Sollten die Frauen sich in Paris nicht bewähren, konnte man sie kurzerhand wieder an der Teilnahme hindern, und in Missouri würden keine Athletinnen an den Start gehen.

»Ich denke, dass man den Damen eine Chance geben sollte«, sagte er.

De Coubertin war blass geworden. Er sah seine Felle davonschwimmen. »Sir Walton, bitte überdenken Sie alles noch einmal gründlich. Es hätte fatale Folgen für die Ausstellung in den Staaten.«

»Das sehe ich anders«, meinte Sir Walton. »Ich finde die Idee großartig. Wir könnten in Paris die Damen an ein paar Wettbewerben teilnehmen lassen. Genau wie Mademoiselle More gesagt hat: Was spricht gegen Tennis, Golf, Krocket, Reiten und meinetwegen auch Segeln?«

»Ich glaube nicht, dass wir die Herren vom Weltausstellungskomitee davon überzeugen können«, sagte de Coubertin steif.

»Unsinn«, meinte Sir Walton. »Im Grunde sind den Männern die Spiele doch völlig gleichgültig. Die Olympiade ist nur eine Art Zusatzprogramm. Jede Besonderheit, die für Aufsehen sorgt, kann Ihnen und Ihren Kollegen recht sein.«

»Frauen als Attraktion?«, fragte Helen. Sie überlegte, ob sie diese Idee gut fand.

»In gewisser Hinsicht, ja«, sagte Sir Walton.

»Der Sport braucht keine weitere Attraktion«, widersprach de Coubertin. »Er ist an sich attraktiv genug. Die Menschen werden erkennen, dass ein gesunder Geist nur in einem gesunden Körper existieren kann, und dazu gehört ausreichend Bewegung. Die außergewöhnlichen Leistungen unserer Athleten sollen die Menschen dazu beflügeln, selbst aktiv zu werden.«

»Umso weniger kann ich verstehen, dass Sie Frauen diesen gesundheitsfördernden Aspekt vorenthalten wollen.«

»Jeder weiß, dass das Gehirn einer Frau anders funktioniert als das eines Mannes«, sagte nun Richard Thompson. »Was für einen Mann gut ist, muss noch lange nicht auch einer Frau guttun.«

»Das ist doch völliger Unsinn«, verwehrte sich Helen. »Wenn man den Schädel einer Frau und den eines Mannes aufschneidet, bin ich davon überzeugt, dass man dieselbe Gehirnmasse findet.«

Für einen Moment waren alle still. Betreten richtete man die Blicke auf Helen.

»O mein Gott, Madame de Pourton, was für ein entsetzliches Bild! Wollen Sie uns allen den Appetit auf das köstliche Beef Tatar verderben?« De Coubertin fasste nach einer seiner Bartschnecken und zwirbelte die Spitze. Er wandte sich vorwurfsvoll an Hermann, so als wäre es dessen Aufgabe, seine Frau in Zaum zu halten.

Vivian winkte mit einem Fingerschnippen ihrem Dienstmädchen, das augenblicklich herbeieilte und die Gläser mit Champagner auffüllte. Das sprudelnde Getränk half, die Laune bei allen wieder zu heben.

»Ich bin davon überzeugt, dass sich die Veränderung ohnehin nicht aufhalten lässt«, sagte Vivian. »Irgendwann werden Frauen bei den Spielen dabei sein. Wer klug ist und sich einen Platz in der Geschichtsschreibung sichern will, sorgt dafür, dass Frauen schon in Paris zeigen dürfen, was sie können.«

Noch bevor de Coubertin erneut widersprechen konnte, servierte ein anderes Dienstmädchen die Hauptspeise: einen köstlichen Braten in heller Soße.

Sir Walton nahm sich als Erster. Er wandte sich an de Coubertin: »Sie sollten den Vorschlag unserer charmanten Gastgeberin ernst nehmen, in sich gehen und darüber nachdenken.«

»Was soll ich?«, fragte de Coubertin irritiert. Er entfaltete seine weiße Serviette und breitete sie auf seinen Oberschenkeln aus.

»Ich finde, Mademoiselle More hat recht. Frauen sollten schon in Paris an den Spielen teilnehmen dürfen.« Sir Walton erhob sein Glas. »Darauf trinken wir.«

»Auf die Teilnahme der ersten Frauen bei den Olympischen Spielen in Paris 1900!« Vivian lachte.

»Es ist ein magisches Datum. Eine Zeitenwende, in jeder Hinsicht!«, stimmten Sir Waltons Töchter zu.

»Das geht alles eine Spur zu schnell«, wandte de Coubertin ein. »Ich habe weder darüber nachgedacht noch eine Entscheidung dazu getroffen. Es gibt keinen Grund zum Feiern.« Sein Gesicht war finster, seine Hände lagen zu Fäusten geballt neben dem Teller.

»Ich kann Ihnen versichern, dass die Veranstalter in vier Jahren begeistert über diese Entscheidung sein werden«, sagte Sir Walton und fügte leise hinzu: »Und die Sponsoren auch.« Der kurze Satz klang wie eine Drohung.

De Coubertin stieß lautstark die Luft aus. Alle am Tisch wussten, dass er auf Sir Waltons Unterstützung und vor allem auf sein Geld angewiesen war.

»Auf die Olympischen Spiele!«, sagte Sir Walton. Er hatte immer noch nicht getrunken. Erneut erhob er das Glas.

»Und auf die Frauen!«, ergänzte Vivian.

War das nun der Startschuss für eine Zeitenwende? Würden Frauen wirklich an den Spielen teilnehmen dürfen? Helen konnte es nicht so recht glauben. Aber sie hatte eben einen kleinen Teilsieg errungen. Eigentlich sollte sie ein Triumphgefühl verspüren. Aber das Glücksgefühl wollte sich nicht einstellen. Sie schaffte es nicht, Hermann anzusehen, der neben ihr saß. Trotz der Nähe zwischen ihren Stühlen hatte sie das Gefühl, als hätte er sich eben kilometerweit von ihr entfernt.

## Marseille, Winter 1899

Der restliche Abend verging ohne heikle Diskussionen. Man lachte und plauderte, unterhielt sich übers Theater, Sarah Bernhardt, die Diva, die seit Jahren in aller Munde war, und über den Konsum von Absinth, jenem grünen Alkohol, der zum Modegetränk avanciert war. Helen bekam kaum etwas davon mit. Sie fühlte sich wie in Watte gepackt. Hin und wieder drang ein Gesprächsfetzen zu ihr durch. Doch sie lächelte nur, statt sich an der Unterhaltung zu beteiligen. Immer wieder musste sie über Hermanns Worte nachdenken. Wie hatte er ihr so in den Rücken fallen können? Er wusste doch, wie sehr sie sich wünschte, an den Spielen teilnehmen zu dürfen.

Als Hermann nach dem Dessert vorschlug, sich zu verabschieden, war sie zwiegespalten. Einerseits verspürte sie Erleichterung, die Gesellschaft endlich verlassen zu können. Andererseits ängstigte sie die Konfrontation, die unweigerlich folgen würde. Denn eines war klar: Sie musste Hermann auf die enttäuschende Diskussion ansprechen.

Vivian wirkte überrascht. »Wollt ihr wirklich schon gehen? Jetzt wird es doch erst richtig gemütlich. Ich habe

Zitronensorbet als Nachspeise vorbereitet. Mit hauchdünnen Mandelwaffeln.«

»Ich habe etwas Kopfschmerzen«, log Helen. Vivians besorgter Gesichtsausdruck ließ vermuten, dass die Engländerin den wahren Grund für ihre Flucht erahnte.

Helen legte ihren dünnen Baumwollschal um ihre Schultern und lief schweigend neben Hermann zum Hotel. Da die Nacht für Dezember ungewöhnlich lau war, verzichteten sie auf eine Kutsche. Der Himmel war sternenklar, es roch nach Pinien und Meer. Noch vor ein paar Stunden hätte Helen sich nichts Romantischeres vorstellen können, als Arm in Arm mit ihrem Mann den schmalen Steinpfad den Hügel hinab zum Meer und dann wieder hinauf zu ihrem Hotel zu schlendern, begleitet vom leisen Rauschen der Blätter in den Bäumen und der Brandung des Meeres in weiter Ferne. Aber jetzt fühlte sie sich enttäuscht und zutiefst verletzt. Hermanns Versuch, sich ihr zu nähern, wich sie geschickt aus. In ihrer Kehle saßen Tränen der Wut und der Enttäuschung. Sobald Hermann sie ansprach, würde sie sie nicht mehr zurückhalten können. Hermann schien zu spüren, wie ihr zumute war, denn auch er schwieg.

Wortlos betraten sie das Hotel. Der Rezeptionist wirkte irritiert, wohl weil er das verliebte Ehepaar noch nie so distanziert erlebt hatte. An jedem anderen Abend hatte Helen Hermanns Hand gehalten, sich an seine Schulter oder seinen Oberarm geschmiegt und der ganzen Welt mit ihrer Körperhaltung signalisiert, dass sie sich nichts sehnlicher wünschte, als so schnell wie nur möglich mit ihrem Mann allein im Zimmer zu sein. Heute hielt sie den Kopf gesenkt, ihre Lippen waren fest aufeinandergepresst und ihre Augen traurig. Betroffen übergab der Rezeptionist Hermann den Zimmerschlüssel. Mit dem ratternden Lift fuhren sie in den zweiten Stock. Der rote Teppich im Flur schluckte ihre Schritte. Erst als Hermann die Tür aufgeschlossen hatte und sie beide eingetreten waren, drehte er sich zu Helen um.

»Was hast du von mir erwartet?«, platzte er heraus. »Dass ich begeistert sage: Ja, natürlich will ich, dass Frauen an den Olympischen Spielen teilnehmen, denn meine eigene Frau will die Allererste sein. Sie segelt übrigens in Hosen. Sie ist das Enfant terrible von Cannes. Aber das macht mir alles nichts. Ich werde gerne überall auf die Eskapaden meiner Frau angesprochen. Es macht mir nichts aus, dass ich ihr Verhalten ständig entschuldigen und mich für sie rechtfertigen muss. Auch dann, wenn ich nicht mal ihrer Meinung bin, weil ich es verantwortungslos gefährlich finde, dass sie bei abenteuerlichen Windverhältnissen segelt, sodass arme Fischer ihr Leben aufs Spiel setzen müssen, um sie aus dem Wasser zu ziehen.«

Hermann starrte Helen an. Was er eben gesagt hatte, schien ihn schon seit Wochen zu beschäftigen. Müde ließ er sich in den Lehnsessel beim Fenster fallen und wirkte mit einem Mal erschöpft. Die Wut war verpufft. Er wirkte nur noch traurig.

Es dauerte, bis Helen reagieren konnte. Fassungslos stand sie vor ihm. »Das siehst du in mir?«, fragte sie verletzt. »Ein Enfant terrible?«

»Du hörst mir nicht zu.« Hermann stützte die Ellbogen auf den Oberschenkeln auf und ließ das Kinn in die Hände sinken. »Das ist, was die Menschen in Cannes über dich erzählen. Die letzte Neuigkeit ist, dass du den Monatslohn eines Postbeamten für ein Telegramm ausgegeben hast.«

»Wofür ich mein Geld ausgebe, geht niemanden etwas an«, sagte Helen leise. Sie konnte nicht glauben, dass Hermann sich darum kümmerte, was zwei distanzlose Postbeamte tratschten. »In der Schweiz gibt es ein Postgeheimnis. Ich wusste nicht, dass man sich in Frankreich nicht darum schert.«

»Es geht nicht um die Telegramme.«

»Worum dann? Erklär mir, worum es geht. Ich kenne mich gerade nicht aus. Genierst du dich etwa für mich?«

»Natürlich tu ich das nicht«, widersprach Hermann. »Aber ich bin es leid, ständig erklären zu müssen, warum meine Frau anders ist als alle anderen.«

»Das hast du mir bisher nie gesagt.« Helen senkte die Stimme. Sie hatte immer gedacht, dass Hermann stolz auf sie ist. Wie sehr hatte sie sich getäuscht.

»Ich habe geschwiegen, weil ich dich nicht verletzen wollte«, sagte Hermann versöhnlich.

Helen biss sich auf die Unterlippe, um den Tränen keine Chance zu geben. »Du hast immer behauptet, du fändest es gut, dass ich segle.«

»Ich bewundere dich für dein Können und deinen Wagemut. Aber ich will mir keine Sorgen um dein Leben machen müssen. Wir haben so oft darüber gesprochen, dass du das Boot nicht allein besteigen sollst, und trotzdem tust du es immer wieder.«

»Wir haben zwar oft darüber gesprochen, aber wir sind

zu keiner Einigung gekommen. Du weißt, dass ich nur gekentert bin, weil das Kleid im Weg war. Das wird mir mit Elisas Hosen nicht mehr passieren.«

Hermann raufte sich das Haar. »Hörst du mir eigentlich zu, Helen?« Seine Stimme wurde wieder lauter. »Ich will nicht, dass du in Hosen segelst. Das ist unpassend.«

»Warum?«

»Muss ich dir das wirklich erklären?«

»Auf dem Genfersee hat es dich nicht gestört«, sagte Helen leise.

»Damals warst du ein junger Wildfang. Heute bist du eine verheiratete Frau. Das macht einen großen Unterschied.«

Helen schüttelte den Kopf. Wie passte das zusammen? Hermann fand es gut, dass sie segelte, wollte aber nicht, dass sie dabei auffiel. Er wollte ihr verbieten, allein aufs Meer zu fahren, aus Angst, ihr könnte etwas passieren. Das war lächerlich. Ein Unfall war überall möglich. Erst vor ein paar Wochen war eine junge Frau von einer Kutsche erfasst worden und dabei tödlich verunglückt. Helen konnte auch erkranken oder sich eine Lebensmittelvergiftung zuziehen. Es gab tausend Möglichkeiten zu sterben. »Du genierst dich für mich«, sagte sie betroffen.

Hermann hob den Kopf. Sein Schweigen war schlimmer, als jede Erklärung es hätte sein können.

»Du willst eine angepasste Frau, die hübsch herzuzeigen ist.« Helen schluckte die Tränen hinunter. »Ich darf segeln, solange ich es mit dir tue. Aber auch das besser nur heimlich und ohne großes Aufsehen. Du willst nicht mit mir bei einem Wettkampf antreten.«

Helen kämpfte tapfer gegen die Tränen an. Ihre Traurigkeit verwandelte sich in Wut. Sie stemmte die Hände in die Hüften und kniff die Augen zusammen. »Warum?«, fragte sie. »Hast du Angst, ich könnte dir den Ruhm stehlen?«

Mit einem Mal fühlte Helen sich betrogen. Hermann hatte ihr etwas vorgespielt. Er hatte so getan, als wäre er stolz auf sie. In Wahrheit hatte er sie kleinhalten wollen. Ihr wurde schlecht.

»Helen, was du sagst, stimmt nicht. Und das weißt du«, sagte er. »Ich bin stolz auf dich. Alles, worum ich dich bitte, ist, dass du dich ein bisschen zurücknimmst und auf meinen guten Ruf achtest.«

Helen drehte sich auf dem Absatz um und ging ins Badezimmer. Sie packte ihre Kulturtasche ein und stopfte sie in ihren kleinen Handkoffer. Hastig holte sie ihre Kleidung aus dem Schrank, faltete sie zusammen und legte sie dazu.

»Was hast du vor?«, fragte Hermann.

»Ich gehe zu Vivian.«

»Du kannst jetzt nirgendwohin gehen«, entgegnete Hermann. Er richtete sich auf. »Es ist spät. De Coubertin und Sir Walton sind noch bei Mademoiselle More. Was sollen sie denken, wenn du nachts mit deinem Koffer dort vor der Tür stehst?«

»Das ist deine einzige Sorge?«, fragte Helen. »Was die anderen denken?« Hermanns Worte kränkten sie, doch sie überraschten sie nicht mehr.

»Lass uns schlafen gehen und morgen in Ruhe über alles reden«, schlug Hermann vor. »Wir sind beide aufgebracht, verwirrt und stehen unter der Wirkung von Alkohol. Ausgeschlafen wird alles anders aussehen.«

»Ich werde nicht mit dir in einem Bett schlafen«, sagte Helen.

»Dann werde ich das Sofa nehmen, wenn du das willst.« Hermann stand auf und wollte auf Helen zukommen, aber sie machte einen Schritt rückwärts.

»Ich nehme das Sofa«, sagte sie entschieden.

»Wie du willst.« Hermann hob beide Hände. »Lass uns bitte schlafen und morgen weiterreden.«

Helen nickte. Sie holte ein Kissen und die Decke vom Bett, zog sich das Kleid aus und legte sich im Unterrock aufs Sofa.

»Willst du noch ins Bad?«, fragte Hermann.

Helen schüttelte schweigend den Kopf. Sie schlüpfte unter die Decke. Auch Hermann war schnell mit seiner Abendtoilette. Schon wenige Minuten später lag er im Bett. »Bist du sicher, dass nicht ich mich aufs Sofa legen soll?«

»Ja, ich bin sicher.«

Kurz darauf konnte Helen seinen regelmäßigen Atem hören. Er mischte sich mit dem nächtlichen Rauschen des Windes, dem Ruf einer Eule und dem beständigen Ticken der Standuhr in der Ecke des Hotelzimmers. Der Mond warf ein gestreiftes Muster durch die Holzfensterläden auf die weiße Zimmerdecke. Helen hatte das Gefühl zu ersticken. Sie stand auf und öffnete beide Fensterläden. Kühle Nachtluft wehte ins Zimmer. Rasch lief sie zurück zum Sofa. Hermann lag nur wenige Armlängen von ihr entfernt, und Helen hatte sich trotzdem noch nie so einsam gefühlt. Wie konnte er nach diesem schrecklichen Streit einfach so ruhig einschlafen? Mit einem beklemmenden Gefühl in der Brust kletterte sie noch einmal unter die Decke. Das gestreifte Muster war dem hellen Kreis des Mondes gewichen. Sosehr Helen sich auch bemühte, sie fand keinen erlösenden Schlaf. Immer wieder gingen ihr Hermanns Worte durch den Kopf. Eine Frau in Hosen war für ihn undenkbar, er schämte sich für sie. Dabei trug Helen die Hosen nicht, um eine politische Aussage zu treffen. Sie trug Hosen, um beim Segeln nicht zu stolpern. Und warum war es Hermann so unerträglich, dass sie an den Spielen teilnehmen wollte? Er selbst würde für Frankreich an den Start gehen, um zu gewinnen. Den Ruhm, der ihm winkte, war er nicht bereit zu teilen. Er wollte ihn ganz für sich allein beanspruchen.

Mit jeder Stunde, die verging, wurde Helens Entschluss klarer. Sie würde Hermann verlassen müssen. Nichts hielt sie noch bei ihm. Er hatte sie verraten, verletzt und enttäuscht.

Sobald das Dunkel der Nacht einem milchigen Graublau wich, stand Helen leise auf. Geräuschlos schlüpfte sie in ihr Kleid, schnappte nach ihrem gepackten Koffer und verließ auf Zehenspitzen das Zimmer. Sie blickte sich nicht um, und sie schrieb Hermann keinen Abschiedsbrief. Er würde auch so wissen, wo sie war. Vorsichtig zog sie die Tür hinter sich zu. Die Schuhe zog sie erst auf dem Flur an. Mit Tränen in den Augen rannte sie die Treppe hinunter und sauste aus dem Hotel. Dem müden, fragenden Blick des Nachtportiers schenkte sie keine Beachtung. Die Morgenluft kühlte ihre erhitzten Wangen.

Als sie Vivians Bungalow erreichte, ging die Sonne über den Dächern von Marseille auf.

Mayla war bereits munter. Sie saß mit einem dicken Wollumhang über den Schultern im Garten. In einer Hand hielt sie eine Tasse schwarzen Kaffee, in der anderen eine Zigarette. »Helen?«, fragte sie erstaunt.

Als die schöne Algerierin aufstand, um sie in den Arm zu nehmen, konnte Helen es nicht mehr länger zurückhalten. Hemmungslos strömten die Tränen aus ihr heraus. Sie lehnte sich an Maylas Schulter und roch Rosenöl und Hibiskus. Die Mischung erinnerte Helen an das Parfum ihrer Mutter.

»Abschied ist immer schrecklich und tut weh«, sagte Mayla leise. »Aber manchmal ist es der einzig vernünftige Weg.«

Helen fühlte sich gerade alles andere als vernünftig. Im Gegenteil, sie hatte noch nie zuvor so unüberlegt gehandelt. Sie hatte ihren Ehemann verlassen. Ein skandalöses Vorgehen. Eine Schande. Wenn ihre Eltern davon erfuhren, würden sie entsetzt sein.

»Komm, setz dich«, schlug Mayla vor. »Willst du eine Tasse Kaffee?«

Ohne Helens Antwort abzuwarten, schenkte sie schwarze dampfende Flüssigkeit aus einer Kanne in einen henkellosen Becher.

Helen nahm den Kaffee dankbar entgegen.

»Ich denke, dass ich verstehen kann, wie du dich gerade fühlst«, sagte Mayla. »Du glaubst, dass du alles auf der Welt verloren hast. Aber das stimmt nicht. Sobald sich eine Tür schließt, öffnet sich eine andere. Ich weiß, wovon ich rede.«

Mit einem Mal kam Helen sich lächerlich vor. Was war ihre Beziehungskrise im Vergleich zu den Tragödien, die Mayla in ihrem Leben bereits hatte durchmachen müssen. »Woher hast du die Kraft genommen, deine Heimat hinter dir zu lassen und völlig neu anzufangen?«, fragte sie.

Mayla zuckte mit den Schultern. »Mein Großvater hat immer gesagt, Krisen sind dazu da, überwunden zu werden. Und wenn du sie hinter dir lassen kannst, dann bist du stärker als zuvor.«

»Und hatte er recht, dein Großvater. Bist du jetzt stärker?«

Mayla lachte. »Schau mich an. Ich bin nicht gebrochen, ich erfreue mich meines Lebens und kann jeden Tag genießen. Was will ich mehr?«

»Dein Großvater muss ein kluger Mann gewesen sein.«

»Ja, das war er«, stimmte Mayla zu. »Im Moment glaubst du, dass du alles verloren hast, was dir wichtig im Leben war. Aber das stimmt so nicht. Wer verliert, gewinnt gleichzeitig auch. Ich habe Vivian gewonnen. Sie ist eine großzügige Frau. Sie wird auch dich bei sich aufnehmen, solange du willst.«

Helen nickte dankbar.

»Und jetzt schauen wir, ob eines der Gästezimmer fertig ist.« Mayla stand auf, klopfte ihre bunten Röcke aus und nahm Helens Koffer. »Du siehst aus, als würden dir ein paar Stunden Schlaf guttun.«

Helen trank ihren Kaffee aus und stand auf. Bereitwillig ließ sie sich von Mayla in ein schlichtes, sauberes Zimmer führen, in dem es außer einem Bett, einem Schrank und einer Frisierkommode nichts gab. Es roch nach Seife und Blüten.

»Das Bett ist frisch bezogen«, stellte Mayla zufrieden fest. »Glaub mir, ausgeschlafen sieht die Welt immer freundlicher aus.«

Helen wünschte, dass Mayla recht hatte. Kaum dass die Gesellschafterin das Zimmer verlassen hatte, ließ sie sich aufs Bett plumpsen. Noch während sie in die nach Lavendel duftenden Polster sank, fielen ihr die Augenlider zu. Nichts war gut, aber sie fühlte sich getröstet.

## Marseille, Frühjahr 1900

»Bist du sicher, dass du nach Genf fahren willst?« Vivian und Mayla sahen Helen erwartungsvoll an. Seit drei Monaten wohnte Helen nun in Vivians Gästezimmer in Marseille. Nicht ein einziges Mal hatte Vivian gefragt, wie lange sie ihre Gastfreundschaft noch in Anspruch nehmen würde. Es war eine Selbstverständlichkeit, dass sie blieb, solange es vonnöten war.

Seit der Dinnerparty mit Sir Walton waren wichtige Entscheidungen getroffen worden. Schon eine Woche nach dem Abendessen hatte de Coubertin vor der Presse bekannt gegeben, dass bei den Olympischen Spielen 1900 erstmals auch Frauen teilnehmen würden, und zwar in den Disziplinen Golf, Tennis, Krocket, Reiten und Segeln. Der Ausnahmeathlet hatte sich einigen Forderungen seines Geldgebers gebeugt. Fechtende Frauen würde es bei den Spielen aber weiterhin nicht zu sehen geben. Trotz aller Anstrengungen der Verbände hatte sich de Coubertin nicht dazu erweichen lassen, Frauen im Fechten zuzulassen. Es war daher ein Hohn, dass ausgerechnet eine fechtende Frau das Plakat zierte, das die Olympischen Spiele ankündigte. Das Plakat hing an allen Litfaßsäulen großer Städte in ganz Frankreich. »Concours internationaux d'escrime« stand in roten Lettern auf einem gelben Plakat, und daneben war eine brünette Frau in Pluderhosen zu sehen, so als würden Frauen bei den Fechtwettkämpfen dabei sein. Nichts an dem Plakat war anstößig. Helen hoffte inständig, dass Hermann die Frau in Hosen sehen würde.

Seit dem schrecklichen Streit hatte sie ihn nicht gesehen. Hermann war nicht gekommen, um Helen zurückzuholen. Er hatte ihr bloß einen Brief geschrieben. Ein Botenjunge hatte das Schreiben einen Tag nach Helens Flucht vorbeigebracht. Darin hatte Hermann beteuert, dass er Helen liebe, ihr aber nicht nachlaufen und sich nicht wie ein »verweichlichter Junge« benehmen werde. Sie sei seine Frau, und er hoffe, dass sie zur Vernunft kommen und einsehen werde, dass sie Grenzen überschritten hatte, die sie einhalten müsse. Er werde ihr Verhalten nicht dulden. Er gebe ihr alle Freiheiten, die sie sich wünschte, aber das Tragen von Hosen und die Teilnahme bei den Olympischen Spielen sprengten selbst seine Vorstellungen einer liberalen Lebensweise. Er wolle nicht, dass seine Frau eine Pionierin im Kampf für Frauenrechte wurde.

Helen hatte den Brief wütend zerknüllt und in den Papierkorb gepfeffert. Seither hatte sie nur ein Ziel: Sie wollte als erste Frau für die Schweiz bei der Olympiade segeln. Sie wollte Hermann beweisen, dass Frauen ernstzunehmende Athletinnen waren, und sie wollte von ihrem Schmerz abgelenkt werden. Solange sie einen Traum hatte, war das möglich.

Als klar geworden war, dass Frauen bei den Spielen antreten durften, hatte der Schweizer Segelverband sein Angebot wiederholt. Man wünschte sich ausdrücklich, dass Helen in Paris für die Schweiz an den Start ging. Zuvor musste Helen jedoch eine wichtige Hürde überwinden. Sie musste sich für die Teilnahme an den Spielen qualifizieren und einen passenden Partner beziehungsweise eine passende Partnerin für ihr Vorhaben finden.

»Ich werde die Qualifikationsrennen gewinnen«, erklärte Helen mit einer Entschlossenheit, die wie eine Kampfansage klang. »Aber zuvor muss ich regattatauglich werden.« Sie bestrich ihr Croissant mit Erdbeermarmelade und biss davon ab.

»Was heißt das?«, wollte Vivian wissen.

»Segeln ist eine Sache«, erklärte Helen. »Die Teilnahme an einer Regatta eine völlig andere.«

»Gelten denn bei einer Regatta andere Regeln?«, fragte Vivian.

»Grundsätzlich sind es die gleichen wie auf See, aber es ist natürlich komplizierter. Jeder will gewinnen. Man muss genug Abstand zu den anderen und gleichzeitig einen klaren Kurs halten. Und darauf schauen, dass man vor den anderen im Ziel ist.«

»Klingt wie ein Widerspruch in sich. Abstand halten und andere Boote überholen.«

»Um darin Übung zu bekommen, fahre ich nach Genf.«

»Und du denkst, dass eine Woche Übung reicht?«

Helen zuckte mit den Schultern. »Mehr Zeit habe ich nicht«, sagte sie. »Loris Etienne ist ein erfahrener Segler. Er hat schon zahlreiche Regatten gewonnen. Der Mann wird mich unterrichten.«

»Wie hast du es geschafft, dass er sich Zeit für dich nimmt?«, fragte Mayla.

»Der Segelverband hat es organisiert.«

»Es scheint, als würden die dich wirklich dabeihaben wollen«, sagte Vivian beeindruckt.

»Die beiden Athleten, die für die Schweiz an den Start gehen sollten, haben sich bei einem Bergunfall schwer verletzt. Moritz Rütli hat sich den Oberschenkel gebrochen und Franz Schober beide Arme. Die beiden fallen für diese Saison aus. Alle Medaillenhoffnungen sind damit aus dem Spiel. Jetzt setzt man auf einen Schweizer Sieg durch eine Frau.«

»O mein Gott! Warum gehen Segler aber auch in die Berge. Sie sollten auf dem Wasser bleiben«, meinte Vivian. Sie goss sich Milch in ihren Tee.

»Das Unglück der beiden Männer entpuppt sich für mich als großes Glück«, sagte Helen. »Natürlich wünsche ich beiden Sportlern eine rasche Genesung, aber ohne ihre Verletzungen würde man niemals so darauf drängen, dass ich an den Qualifikationen teilnehme.«

»Du zerstörst mir gerade die Illusion von einer fortschrittlichen Schweiz, die vor allen anderen Nationen Frauen beim Segeln an den Start gehen lassen will«, lachte Vivian.

»Das hat weniger mit der Schweiz zu tun als mit dem Segelverband«, sagte Helen. »Dort will man eine Goldmedaille. Wer sie gewinnt, ist völlig egal.«

Mayla lachte. »Aber auch das ist fortschrittlich. Ich kenne

eine Menge Männer, die lieber auf eine Medaille verzichten würden, als dass sie von einer Frau gewonnen wird.«

»Da hast du recht«, stimmte Helen ihr zu.

»Hast du etwas von Hermann gehört?« Vivian nahm einen Schluck von ihrem Tee. Trotz ihres beiläufigen Tonfalls war es augenblicklich still am Tisch. Die fröhliche Stimmung war verpufft. Helens Mundwinkel sackten nach unten, und sie schüttelte den Kopf.

»Willst du nicht über deinen Schatten springen und dich bei ihm melden?«, fragte Mayla vorsichtig.

»Nein, auf keinen Fall. Wenn jemand den ersten Schritt machen muss, dann ist er es.«

Mayla hob entschuldigend beide Hände. »Schon gut«, sagte sie versöhnlich.

»Hermann hat mir unrecht getan«, sagte Helen. »Und er hat mich belogen. Als er mich geheiratet hat, hat er behauptet, er fände es großartig, dass ich so eine gute Seglerin bin. Und jetzt findet er es verwerflich, dass ich an den Olympischen Spielen teilnehmen will. Das ist doch völlig verrückt!«

»Menschen verändern sich«, meinte Mayla.

»Aber so schnell?«

Mayla hob ratlos die Schultern.

»Ich denke, dass Hermann gerade selbst nicht weiß, was er eigentlich will«, sagte Vivian. »Er ist bestimmt stolz auf dich als Sportlerin. Gleichzeitig will er nicht auffallen. Und möglicherweise hat er Angst davor, dass du ihn besiegen könntest. Stell dir das mal vor: Du trittst bei den Spielen gegen ihn an und gewinnst.«

»Ihr verteidigt ihn?«, fragte Helen.

»Wir sehen, wie sehr du unter der Trennung leidest«, sagte Vivian vorsichtig.

Helen streckte das Kinn nach vorne. Sie ging nicht auf Vivians Bemerkung ein, stattdessen zeigte sie sich kämpferisch: »Ich werde Hermann im Segeln besiegen und ihm ein für alle Mal beweisen, dass Frauen ebenso gute Seglerinnen sind wie Männer.«

»Ein starker Plan!«, meinte Vivian. »Ich wünsche für dich, dass er aufgeht. Aber ich bin nicht sicher, ob er dich glücklich machen wird.«

»Natürlich würde ein Sieg mich glücklich machen!«, war Helen überzeugt.

Vivian und Mayla warfen sich vielsagende Blicke zu, sagten aber nichts mehr. Alle drei Frauen widmeten sich ihren Croissants.

## Genfersee, Frühjahr 1900

Es fühlte sich seltsam an, wieder im elterlichen Haus zu wohnen. Helen hatte ihr Zimmer bezogen, das sich seit ihrer Heirat und ihrem Fortgehen nicht verändert hatte. Sogar die Parfumflaschen standen noch in derselben Ordnung aufgereiht auf ihrem Toilettentischchen, und auf ihrem Bett lag die Patchworkdecke, die Fräulein Fornet in langen Wintermonaten für sie gehäkelt hatte. Ein abgegriffenes Kuscheltier saß darauf.

Weder Helens Mutter noch ihr Vater stellten unangenehme Fragen. Sie schienen zwar zu ahnen, dass der Haussegen bei Helen und Hermann schiefhing, doch sie wollten keine Details erfahren. Solange Helen verheiratet war, war alles in Ordnung. Pierre und Susanna Lori vertraten das gängige Bild einer Ehe, in der der Mann das Sagen hatte und über das Schicksal seiner Frau entschied. Auch wenn sie Helens Wünsche vielleicht verstehen könnten, würden sie niemals die Meinung vertreten, dass Helen sich gegen Hermann auflehnen sollte. Als seine Ehefrau hatte sie sich ihm bedingungslos unterzuordnen.

Nur Philipp gegenüber hielt Helen sich nicht zurück.

Noch vor dem ersten gemeinsamen Abendessen fand sie eine Gelegenheit, ihrem Bruder ihr Herz auszuschütten. Er war in den letzten Jahren noch ernster geworden. Tiefe Sorgenfalten hatten sich in sein hübsches Gesicht gegraben. Er sah unglücklich aus.

»Hermann liebt mich nicht mehr«, platzte sie weinend hervor.

»Das kann ich nicht glauben. Was ist passiert?« Mitfühlend ergriff Philipp ihre Hände.

»Wir hatten Meinungsverschiedenheiten.«

»Worüber?«

»Die Olympischen Spiele, das Segeln ohne männliche Begleitung und Hosen.«

»Und deshalb wohnst du jetzt bei Vivian More, der Skandalfrau der Provence?«

»Woher weißt du das?« Helen ging nicht auf seine böse Bemerkung über Vivian ein. Sie hatte niemandem erzählt, dass sie ausgezogen war. Sollte Hermann ihre Familie informiert haben? Das erschien ihr unwahrscheinlich. Hermann war darum bemüht, jeden Skandal zu vermeiden.

»Es war reiner Zufall, dass ich davon erfahren habe«, gab Philipp zu. »Einer unserer Geschäftspartner war neulich in Marseille und hat dich bei Vivian More getroffen.«

»Nur weil er mich dort gesehen hat, heißt das noch lange nicht, dass ich bei ihr wohne.«

Philipp neigte den Kopf zur Seite und sah Helen eindringlich an. »Schwesterherz, ich kenne dich. Warum solltest du mehrere Nächte oder gar Wochen bei einer Engländerin übernachten, wenn dein Ehemann, in den du vernarrt bist, nur ein paar Zugstunden entfernt in einem wunderschönen Chalet wohnt?«

Helen begann erneut zu weinen. »Er will nicht, dass ich an den Olympischen Spielen teilnehme.«

»Und das war Grund genug, auszuziehen?«

»Vielleicht habe ich überreagiert«, gab Helen schniefend zu. »Ich hatte gehofft, dass ich Hermann so zum Umdenken bewegen kann. Ich habe jeden Tag darauf gewartet, dass er vor der Tür stehen, sich entschuldigen und mich zurückholen würde. Aber ich bin ihm egal.«

»Du wolltest ihn erpressen?«

Helens Kopf schoss nach oben. »Das klingt schrecklich!«

»Aber stimmt es denn nicht?«

Helen schüttelte den Kopf. »Ich wollte ihn nicht erpressen. Ich hatte gehofft, dass ich ihm so wichtig bin, wie er immer behauptet hat. Aber er hat mir bloß einen Brief geschrieben, in dem er verlangt hat, dass ich zu ihm zurückkomme.«

»Was du bis jetzt nicht getan hast.«

»Ich liebe ihn bedingungslos«, fuhr Helen fort. »Aber er stellt ständig Forderungen. Er will mir vorschreiben, wie ich zu leben habe. Er will mir das Segeln verbieten.«

»Er verbietet dir doch das Segeln nicht«, korrigierte Philipp sie.

»Auf gewisse Weise schon. Ich soll nicht allein segeln, und ich darf nicht an Regatten teilnehmen. Ich bin eine erwachsene Frau. Ich kann über mich selbst bestimmen.«

»Du bist eine verheiratete Frau«, verbesserte Philipp sie.

»Das bedeutet noch lange nicht, dass ich Hermanns Eigentum bin.«

Philipp räusperte sich dezent. Als Ehefrau war Helen tatsächlich dem Willen ihres Ehemanns unterstellt. Er war das Oberhaupt der Familie, er hatte das Sagen in der Beziehung. Sein Wort stand über dem ihren.

»Das ist nicht rechtens«, sagte Helen trotzig und wischte sich mit dem Handrücken über die laufende Nase. »Er darf mir keine Verbote machen.«

»Ach, Schwesterchen, wenn das Leben immer so einfach wäre. Wenn ich es mir aussuchen dürfte, würde ich auch Literatur studieren, statt Tabak einzukaufen. Das Zeug stinkt und ist widerlich.«

Helen wusste, dass es für Philipp ein großes Opfer war, ins Familienunternehmen einzusteigen. Sie hatte nie verstanden, warum er sich dazu hatte überreden lassen. Philipps Gutmütigkeit kostete ihn seinen Lebenstraum. Helen wollte sich ihren nicht nehmen lassen.

»Du willst dich also gegen Hermanns Willen für die Olympischen Spiele qualifizieren?«, fragte Philipp.

Helen nickte. »Hermann will für Frankreich an den Start gehen, aber mir will er die Teilnahme verweigern.«

»Das ist wirklich seltsam«, gab Philipp zu. »Wobei es viele Männer gibt, die so denken.«

»Ich habe Hermann geheiratet, weil ich überzeugt war, dass er anders ist.«

»Das tut mir sehr leid für dich und für ihn«, sagte Philipp. Er legte Helen den Arm um die Schultern und zog sie zu sich. »Ich dachte, er wäre dir gewachsen. Aber ich habe mich geirrt.«

»Wie meinst du das?«

»Du bist eine sehr mutige und moderne Frau. Trotz all seiner Beteuerungen scheint Hermann dir einige Schritte hinterher zu sein.« Philipp machte eine Pause. »Und vielleicht hat er Angst davor, dass du erfolgreicher sein könntest als er selbst. Dann würde das Scheinwerferlicht nicht mehr für ihn allein leuchten. Ich will mir gar nicht vorstellen, was passiert, wenn du gegen ihn gewinnst.«

Helen schluckte. Auf der einen Seite wünschte sie sich genau diesen Sieg, auf der anderen fürchtete sie sich davor. Würde sie Hermann besiegen, wäre das wohl das endgültige Ende ihrer Ehe. Bevor sie Philipp antworten konnte, rief ihre Mutter sie zum Abendessen. Die Worte ihres Bruders arbeiteten weiter in ihr.


Bereits am nächsten Morgen erhielt sie ihre ersten Unterrichtsstunden. Sie traf Loris Etienne im Vereinsgebäude des Schweizer Segelverbands. Der routinierte Sportsegler war um die sechzig. Er hatte zahlreiche Regatten gewonnen und war mit seinen Segelbooten verheiratet.

»Wie schön, dass ich Sie endlich kennenlerne«, sagte er und drückte kräftig Helens Hand. »Ich habe schon viel von Ihnen gehört.«

»Tatsächlich?«

»Ja, natürlich. Ihr Sieg damals als Sechzehnjährige ist legendär. Wie viele junge Mädchen gibt es, die eine Regatta auf dem Genfersee gewinnen? Und wie viele Frauen, die sich mutig allein aufs Meer wagen?« Seine Haut war vom Wind und der Sonne gegerbt, rund um seine hellen Augen lagen unzählige Fältchen. Er trug ein helles Hemd und hatte ein rotes Tuch um den Hals gebunden. Auf seinem Kopf saß eine Kapitänsmütze, zwischen den Lippen hing eine Pfeife, die er auch beim Sprechen nicht aus dem Mund nahm.

Etienne hielt sich nicht länger mit beiläufigen Floskeln auf. Er bestieg mit Helen ein Segelboot von der Kategorie der Ein-Tonnen-Boote, das über drei Segel verfügte.

»Bei der Qualifikation werden Sie mit einem Boot starten, das ähnlich groß ist«, erklärte er. »Maximal vier Personen sind zugelassen. Sie brauchen unbedingt einen Partner oder eine Partnerin.«

»Was ist mit den schwereren Booten?«, fragte Helen. »Starten die in einer anderen Kategorie?«

»Ein- bis Zwei-Tonnen-Boote werden zusammengefasst.«

»Aber das ist doch völlig unfair«, empörte sich Helen.

Etiennes Lachen klang tief und kehlig. »Keine Sorge. Die Unterschiede werden mit Zeitzuschlägen ausgeglichen.«

Helen bestieg das Boot, knöpfte ihren Rock auf und legte ihn zusammen. Der alte Segler beobachtete sie stirnrunzelnd.

»Stört es Sie, wenn ich in Hosen segle? Mein Dienstmädchen hat die Hosen passend zum Rock für mich genäht.«

»Mir ist bereits zu Ohren gekommen, dass Sie eine ungewöhnliche Frau sind«, sagte Etienne. »Für mich macht es Sinn, wenn Sie nicht im Rüschenkleid auf dem Segelboot sitzen, aber bei einer Regatta würde ich davon abraten. Es könnte zur Disqualifikation führen.«

Helen faltete ihren Rock zusammen und legte ihn unter das Heck.

»Ich nehme mal an, dass ich Ihnen nicht viel übers Segeln an sich erklären muss«, meinte er und beobachtete, wie Helen geschickt die Segel hisste. »Wir werden uns gleich die Regeln einer Regatta vornehmen.«

»Über den einen oder anderen allgemeinen Ratschlag bin ich genauso dankbar«, sagte Helen.

Wieder lachte Etienne. »Das gefällt mir. Nichts finde ich schlimmer als Menschen, die glauben, sie hätten bereits ausgelernt.«

»Ich bin hier, um meinen Horizont zu erweitern.«

»Sehr gut, dann lassen Sie uns ablegen. Wir umrunden die Boje dort vorne. Können Sie sie sehen?«

Helen blinzelte in die Seemitte. Eine kleine orange Boje schaukelte auf den Wellen. Ein Fähnchen zierte den Ballon. Sie nickte. Helen saß steuerbord, während Etienne backbord Platz nahm.

Kurz darauf befand sich das Boot mitten auf dem See. Helen hielt die Großschot in der einen und die Pinne in der anderen Hand. Sie bemühte sich darum, einen optimalen Kurs zu finden und ihr Ziel dabei nicht aus den Augen zu verlieren.

»Passen Sie auf, dass Sie nicht zu hart am Wind segeln!«, rief Etienne ihr zu. »Da beginnen die Segel rasch zu killen. Dann wird weniger Windkraft umgesetzt, und das Boot verliert an Fahrt. Die Wasserströmung reißt am Ruder ab, und Sie werden langsamer.«

Helen wusste das alles. Doch wenn das Boot zu stark abfiel, entfernte sie sich noch weiter vom optimalen Kurs und musste zusätzliche Meter zurücklegen. Was sie auf jeden Fall vermeiden wollte. Etienne riet trotzdem genau zum Gegenteil.

»Lieber ein paar Meter mehr und die dafür schneller, als an Fahrt verlieren.« Er nickte ihr zu. »Seien Sie mutig. Wagen Sie etwas.«

Helen versuchte, eine gute Balance zwischen Geschwindigkeit und Winkel zum Wind zu finden. Das Boot nahm Fahrt auf. Der Wind wehte kühl über ihre Wangen. Feine Wassertröpfchen stoben ihr entgegen und benetzten ihre Wangen. Anders als das salzige Meer war das Wasser des Sees sauber und frisch. Es verhieß die klare Luft Schweizer Berge, die den See umgaben.

»Jawohl! Sehr gut!« Etienne musste schreien, damit er gegen das Rauschen von Wellen und Wind ankam. Allerdings konnte Helen auch schon an seinem Gesichtsausdruck erkennen, dass er mit ihr zufrieden war.

Helen fühlte sich großartig. Rasch erreichten sie die Boje und umrundeten sie.

»Jetzt fahren wir eine Rollwende«, schlug Etienne vor.

»Eine was?« Helen hatte das Wort noch nie zuvor gehört.

»Folgen Sie einfach meinen Anweisungen«, sagte Etienne. Er übernahm das Steuer. Geschickt leitete er eine Wende ein, indem er das Boot ein wenig neigte. Wie bei jeder anderen Wende fing er mit der Drehung des Ruders an. Als das Boot mit dem Bug nahezu im Wind stand, ritt er es heftig zur Luvseite aus. Er drehte weiter. Als Helen schon Angst hatte, zu kentern, wechselte er zur anderen Bootsseite, und sie folgte ihm. Mit zusätzlichem Schwung schoss das Boot vorwärts.

»O mein Gott, was für ein Manöver!«, rief Helen beeindruckt.

»Das hat nur funktioniert, weil Sie gemeinsam mit mir das Gewicht auf dem Boot verlagert haben. Sie haben sich instinktiv richtig verhalten«, erklärte Etienne. »Der richtige Zeitpunkt ist wichtig. Beginnt man die Rollwende zu früh oder reitet man zu stark aus, endet der Versuch bloß in einer Abbremsung. Man kann bei dem Manöver auch rasch kentern. Wollen Sie es versuchen?«

»Ja, bitte!« Helens Augen glänzten. Sie hatte nicht gedacht, dass sie lernen würde, wie sie das Boot noch schneller segeln konnte.

Nach der Rollwende zeigte Etienne ihr eine Rollhalse, die ebenso viel Übung und Geschicklichkeit bedurfte. Helen war eine gelehrige Schülerin mit einer raschen Auffassungsgabe und körperlicher Geschicklichkeit. Den ganzen Vormittag bis spät in den frühen Nachmittag verbrachten sie auf dem See. Als sie gegen drei wieder zurück in den Hafen steuerten, fühlte sich Helen so zufrieden wie schon lange nicht mehr. Ihre persönlichen Konflikte hatte sie völlig vergessen. Während sie auf dem See gewesen war, hatten die Sorgen, die sie belasteten, für kurze Zeit keine Bedeutung gehabt. Doch sie kehrten zurück, sobald sie wieder an Land kletterte, so als hätten sie am Kai auf sie gewartet. Etienne folgte Helen. Mit einem einzigen Satz sprang er auf den Landungssteg.

»Sie sind ein Ausnahmetalent, Madame de Pourton.«

»Vielen Dank!« Helens Gesicht war vom Wind gerötet, weshalb es nicht auffiel, dass weiteres Blut in ihre Wangen schoss.

»Wir werden in den nächsten Tagen die Rollwende und die Rollhalse erneut üben. Beide Manöver helfen Ihnen, Geschwindigkeit aufzunehmen. Die brauchen Sie bei einer Regatta. Gleichzeitig geben sie Ihnen die Möglichkeit, rasch die Richtung zu ändern, um anderen Booten auszuweichen. Manche Teilnehmer stellen sich absichtlich in den Kurs schneller Boote, um sie auszubremsen. Daher ist es doppelt wichtig, wendig zu sein und flink wieder an Fahrt zu gewinnen.«

Noch vor einer Stunde hatte Helen gedacht, sie würde bereits viel übers Segeln wissen. Neben Etienne kam sie sich nun vor wie eine blutige Anfängerin. Er schien ihre Bedenken zu erraten.

»Keine Sorge«, sagte er ernst. »Sie müssen einfach an sich glauben. Sie haben genug Geschick und Erfahrung, um eine Regatta zu gewinnen. Ich zeige Ihnen bloß noch ein paar kleine, hilfreiche Tricks.«

»Denken Sie wirklich, ich könnte mich für die Spiele qualifizieren?«

Etienne zog belustigt die Augenbrauen hoch. »Ja, natürlich glaube ich das. Und Sie müssen es auch tun, sonst ist alles, was wir hier üben, umsonst. Ich vergeude meine Zeit nicht gerne.«

Helen hoffte inständig, dass sie die Wettfahrt bestehen würde. Aber glaubte sie auch daran? Heute war der erste Tag ihrer Unterrichtswoche, und sie hatte bereits so viel Neues und Hilfreiches gelernt. Wenn es so weiterging, würde sie mit genug Wissen nach Marseille zurückkehren, sodass sie ihre Technik bis zur Qualifikation perfektionieren konnte.

»Ich glaube an mich«, sagte sie zaghaft.

Loris Etienne lachte herzhaft. »Das geht noch lauter und überzeugter«, meinte er. »Aber wir haben ja eben erst angefangen. Ich wünsche Ihnen einen entspannten Abend. Wir sehen uns morgen wieder.«

Damit verabschiedete er sich und schlenderte langsam den Kai entlang Richtung Verbandsgebäude. Helen machte sich auf den Weg nach Hause, den Kopf voll mit Wendemanövern.

*Marseille, Frühjahr 1900*

Nach ihrer Rückkehr aus der Schweiz war Helen schnurstracks nach Marseille gefahren. Es schmerzte, dass Hermann sich immer noch mit keiner Nachricht nach ihr erkundigt hatte, sie nicht besuchte und ihr auch keine Briefe
schrieb. Seine ganze Zuneigung, seine Zärtlichkeit, all die
Versprechen der ewigen Liebe – mit ihrem Schritt in der
Nacht der Dinnerparty schienen sie vergessen. Es war, als
hätte Hermann Helen völlig aus seinem Leben gestrichen.
Ob er sich mit anderen Frauen traf? Die Vorstellung tat so
weh, dass Helen sie nicht zuließ. Sie verdrängte das Bild, sobald es vor ihrem inneren Auge auftauchte.

Helen hatte ihm aus der Schweiz einen Brief geschickt.
Darin hatte sie ihm erklärt, dass sie sich auf die Qualifikation für die Olympischen Spiele vorbereitete. Sie hatte ihn
sogar um Entschuldigung dafür gebeten, in der Hoffnung
auf sein Verständnis, schließlich wusste er, wie sehr sie das
Segeln liebte. Auf Hermanns Antwort wartete sie vergeblich.

Schließlich hatte Helen auf dem Weg aus der Schweiz
nach Marseille einen weiteren Brief geschrieben und ihren
Mann gebeten, von Elisa ein paar ihrer Kleider einpacken

zu lassen. Hermann sollte sie zu Vivian schicken, damit sie nicht immer in denselben Kleidern herumlaufen musste. Statt eines Pakets stand Elisa eines Tages mit einem kleinen Koffer vor der Tür.

»Elisa, was machst du hier?«, fragte Helen erstaunt.

Verlegen trat das Mädchen von einem Fuß auf den anderen. »Ich wollte Sie fragen, ob Sie mich hier in Marseille brauchen können.«

»Hat mein Mann dich etwa vor die Tür gesetzt?« Helen war entsetzt.

»Nein«, beeilte sich Elisa zu antworten. »Aber ich möchte nicht mehr für Monsieur de Pourton arbeiten.«

»Warum denn nicht?«, hatte Helen gefragt. »Ist er unhöflich oder streng?« Sie machte eine Pause: »Schlägt er dich etwa?« Helen konnte es nicht glauben. Aber sie hatte es auch nicht für möglich gehalten, dass Hermann sie einfach vergessen könnte. Vielleicht hatte sie sich auf allen Ebenen in dem Mann getäuscht.

»Nichts davon trifft zu«, erklärte Elisa. »Es ist bloß so, dass es ohne Sie nicht mehr so lustig ist wie früher. Es wird kaum noch gelacht. Ferdinand ist noch strenger als sonst, und die Stimmung im Haus ist gruselig.«

Helen war betroffen. Sofort beschlich sie das schlechte Gewissen.

»Der gnädige Herr ist so gut wie nie zu Hause. Er isst ständig auswärts.«

»Schläft er auch auswärts?«, fragte Helen.

Elisa zuckte verlegen mit den Schultern. Die Frage war ihr unangenehm. »Schon möglich«, sagte sie vorsichtig.

Sofort verpufften Helens Selbstvorwürfe. Hermann schien auch ohne sie gut zurechtzukommen und seine Freizeit ausgiebig zu genießen.

In dem Moment kam Vivian von einem Geschäftstermin zurück. Geistesgegenwärtig erfasste sie die Situation. »Mädchen, dich schickt der Himmel!«, sagte sie. »Wir suchen seit Monaten eine verlässliche Haushaltskraft. Immer nur herein in die gute Stube.«

Fortan arbeitete Elisa für Vivian und Mayla. Die beiden lernten das Mädchen schnell ebenso zu schätzen wie Helen.

Heute Morgen waren Elisa und Mayla zum Fischmarkt gegangen. Sie wollten frische Tintenfische erstehen. Die bekam man nur, wenn man die Fischer am Kai erwartete und ihnen direkt die Ware abkaufte, solange sie noch auf den Booten waren. Helen und Vivian waren zu Hause geblieben, wo sie auf der Terrasse schon die dritte Tasse Kaffee tranken.

»Weißt du denn schon, mit welchem Boot du bei den Wettkämpfen starten willst? Hermann wird dir wohl kaum eines seiner Segelboote überlassen«, fragte Vivian.

»Der Schweizer Segelverband stellt mir ein Boot zur Verfügung«, sagte Helen. »Es ist lange nicht so wendig und sportlich wie unsere Lérina. Ich bin mir sicher, dass Hermann damit an den Start gehen wird.«

Die Lérina war ein Segelboot mit drei Segeln, das Hermann letzten Sommer erstanden hatte. Er und Helen hatten damit viele glückliche Stunden auf dem Meer verbracht. Die Vorstellung, dass Hermann die Lérina segeln durfte, während Helen sich mit einem alten Zweimaster begnügen musste, war schmerzlich, aber daran war nichts zu ändern. Was Helen im Moment viel mehr beschäftigte, war die Frage, mit wem Hermann an den Start gehen würde – und vor allem, wen sie selbst als Partner oder Partnerin wählen sollte. Etienne hatte eindeutig abgelehnt. »Um Himmels willen«, hatte er beim Abschied gesagt und gelacht. »Ich bin viel zu alt für derlei Veranstaltungen.«

»Gar nicht wahr«, hatte Helen entgegnet.

Aber Etienne war standfest geblieben. »Tut mir leid, Madame. Ich habe in meinem Alter weder Lust auf eine Reise nach Paris noch auf eine große Regatta. Die Zeiten sind vorbei. Lieber bleibe ich bei meinem beschaulichen Leben am Genfersee. Aber ich verspreche Ihnen, dass ich Ihre Karriere verfolgen werde.«

Helen hatte seine Entscheidung akzeptieren müssen.

»Es kann doch nicht so schwer sein, jemanden zu finden, der mit dir an den Start gehen will«, sagte Vivian.

»Leider doch«, widersprach Helen. »Ich kenne keine Frau, die dazu in der Lage wäre, und die meisten Männer weigern sich, mit einer Frau zu segeln.« Sogar mein eigener Ehemann will bei den Olympischen Spielen nicht mit mir segeln, fügte sie in Gedanken hinzu. Laut sagte sie: »Wenn du einen Vorschlag hast, lass es mich wissen.«

Vivian verzog den Mund. »Sorry, meine Liebe«, sagte sie. »Mit guten Seglern oder Seglerinnen kann ich nicht dienen. Und ich selbst bin lange noch nicht so segelfest, dass ich mit dir starten könnte.«

Nun musste Helen herzhaft lachen. Vivian war mittlerweile eine gute und enge Freundin geworden, aber zur Seglerin taugte sie nicht. Dazu fehlte ihr das Interesse. Viv saß gerne am Bug und streckte der Sonne und dem Fahrtwind das Gesicht entgegen. Aber selbst mit Großschot, Mast und Segel zu hantieren, bereitete ihr keinen Spaß.

»Ich werde mich umhören«, versprach Vivian. »Wobei ich sicher bin, dass du bessere Kontakte in die Welt der Segler hast als ich.«

Auf einem kleinen Tisch neben ihr lagen die Morgenausgaben der wichtigsten Zeitungen. Für gewöhnlich überflog Vivian drei nationale und zwei internationale Blätter. Sie stand erst vom Tisch auf, wenn sie alle Neuigkeiten aus der Wirtschaftswelt und der gehobenen Gesellschaft erfahren hatte. Heute lagen alle Zeitungen unter einer vollen Obstschüssel.

»Hast du die Zeitungen schon gelesen?«, fragte Helen.

»Ja.« Vivian schaute nicht einmal zum Tischchen. Die Beiläufigkeit ihrer Antwort wirkte gespielt.

»Gibst du mir die *Le Monde?*« Helen streckte ihre Hand danach aus, aber statt ihr die Zeitung zu reichen, winkte Vivian ab. »Es steht heute wirklich nichts Interessantes drin. Es lohnt nicht einmal, sie aufzuschlagen. Warte lieber auf die Abendausgaben.«

Misstrauisch kniff Helen die Augen zusammen. »Du bist eine lausige Lügnerin. Was steht darin, das ich nicht erfahren soll?«

Vivian seufzte laut. »Eigentlich bin ich eine großartige Lügnerin«, widersprach Vivian. »Ich kann bloß Freundinnen, die ich sehr mag, nicht anschwindeln.«

Helen lächelte. Viv hatte ihr eben ein wunderschönes

Kompliment gemacht. Trotzdem wollte sie wissen, was in der *Le Monde* stand.

Widerwillig hob Viv die Schüssel, nahm die Zeitung und hielt sie Helen zögernd entgegen. »Mir wäre lieber, du liest einen ganz bestimmten Artikel nicht.«

Ungeduldig winkte Helen ab. »Nun gib schon her. So schlimm kann es nicht sein.« Sie griff nach der Zeitung und schlug den letzten Teil mit den Sportnachrichten auf. Sofort stach ihr ein Name ins Auge. Die Überschrift in fetten Lettern leuchtete ihr entgegen. »Hermann de Pourton, der begnadete Segler, spricht sich gegen die Teilnahme von Frauen an den Olympischen Spielen aus. Wie zahlreiche namhafte Athleten ist er der Meinung, dass Frauen Sport treiben sollten, das gesunde und vernünftige Ausmaß dabei aber nicht überschreiten dürfen. Wettkämpfe schaden seiner Ansicht nach der weiblichen Gesundheit und wirken sich schädlich auf das sanfte weibliche Gemüt aus. Aus sanftmütigen jungen Damen könnten rasch kriegerische Amazonen werden. Um das zu vermeiden, ist von einer Teilnahme von Frauen an den Olympischen Spielen dringend abzuraten.«

Helen schnappte nach Luft. Die Buchstaben verschwammen vor ihren Augen. Stammten diese Worte wirklich von Hermann? Sie las den Artikel noch einmal. Am unteren Rand der Zeitung war eine Fotografie von Hermann abgedruckt. Es bestand kein Zweifel. Der Reporter hatte ein Interview mit ihm geführt. Helen wurde schlecht. Ihr Frühstückskipferl und der Kaffee stießen ihr sauer auf.

»Es tut mir so leid«, sagte Vivian mitfühlend. Sie wollte ihr die Zeitung aus der Hand nehmen, aber Helen ließ das

Blatt noch nicht los. Tapfer hielt sie die Tränen zurück und betrachtete Hermanns Foto. Ernst schaute er in die Kamera. Sein Gesicht war schmaler als in Helens Erinnerung. Dennoch sah er gut aus. Seine hellen Augen bildeten auf dem Schwarzweißbild einen hübschen Kontrast zu seinem gebräunten Gesicht. Trotz der Verletzung und des Ärgers spürte Helen eine tiefe Sehnsucht. Wie lange war es her, dass sie seine Lippen geküsst hatte und von seinen Händen gestreichelt worden war?

»Gib mir die Zeitung«, forderte Vivian sie auf. Entschieden zog sie die *Le Monde* zu sich. »Irgendein Rädchen im Kopf deines Mannes läuft im Moment in die falsche Richtung. Und solange das der Fall ist, ist es besser, du hörst und siehst nichts von ihm.«

»Er will mich nicht mehr sehen«, schniefte Helen.

»Ja und? Du willst ihn doch auch nicht sehen. Sonst wärst du schon lange zu ihm zurückgegangen.«

»Das stimmt nicht«, sagte Helen leise. »Ich würde ihn sehr gerne wiedersehen.«

»Tatsächlich?« Vivian hob überrascht die dünn gezupften Augenbrauen. »Was hält dich dann noch hier?«

»Einerseits will ich ihn sehen, andererseits weiß ich, dass wir uns wegen derselben Themen immer wieder in den Haaren liegen würden. Ich möchte nie wieder mit ihm streiten. Das ist fürchterlich und tut unglaublich weh.«

»Du willst ihn also sehen, wünschst dir aber, dass er ein anderer wäre? Ich fürchte, das geht nicht, Schätzchen.«

»Du verstehst mich falsch«, sagte Helen. »Ich hätte gerne den Hermann zurück, in den ich mich verliebt habe.

Damals war er stolz auf mich, weil ich eine gute Seglerin bin.«

»So unbefriedigend das auch klingen mag: Menschen verändern sich. Das muss man wohl oder übel akzeptieren.«

Helen nickte traurig. »Ich frage mich bloß, wann diese Veränderung passiert ist. Und warum ich sie nicht früher bemerkt habe.«

Vivian entzündete ein Streichholz, um ihre Zigarette anzuzünden. Sie hatte in der letzten halben Stunde nicht geraucht, nun nahm sie einen tiefen Zug aus ihrer eleganten Zigarettenspitze. Erst nachdem sie den Rauch wieder ausgeblasen hatte, antwortete sie. »Ich glaube, dass du die Veränderung schon vorher bemerkt hast. Vielleicht war es leichter, wegzuschauen.«

»Ich habe nicht weggeschaut!«, empörte sich Helen.

»Manche Wahrheiten sind so unangenehm, dass es einfacher ist, sie nicht zu sehen.«

Helen kniff die Augen zusammen. Sie musterte Vivian. »Sprichst du aus eigener Erfahrung?«

»Der Grund, warum ich nach Frankreich gegangen bin, war eine unglückliche Liebe. Ich wurde jahrelang mit einer guten Freundin betrogen, und obwohl ich es gespürt habe, habe ich mich der Wahrheit erst gestellt, als kein Weg mehr daran vorbeiging.«

»O mein Gott«, sagte Helen. »Dein Verlobter hat dich mit deiner Freundin betrogen?«

Vivian verzog den Mund zu einem schiefen Lächeln. »Na ja, so ähnlich«, sagte sie. »Der Verlobte war meine Geliebte, und sie hat mich mit einer guten Freundin betrogen.«

»Oh«, sagte Helen leise. »Hast du nicht gesagt, dass du deine Eltern, deinen Bruder und deinen Verlobten verloren hast?«

»Meine Eltern und mein Bruder sind tatsächlich verstorben, und meine Geliebte habe ich verloren, weil sie sich gegen mich entschieden hat. Bist du jetzt entsetzt?« Wieder nahm Vivian einen Zug aus ihrer Zigarette.

»Nein«, sagte Helen ehrlich. Es war ihr tatsächlich egal, wen Vivian liebte. Sie war ihre Freundin und würde es bleiben. »Das heißt: Mayla und du, ihr seid mehr als bloß Dienstgeberin und Gesellschafterin?«

Vivian nickte. »Ich habe Mayla kennengelernt, als sie mit einem Schiff aus Algier im Hafen von Marseille ankam. Sie hatte keine Ahnung, wo sie hinsollte. Also sprach sie mich an, in der Hoffnung, ich könnte ihr bei der Suche nach einer billigen Bleibe helfen. Es war Liebe auf den ersten Blick. So etwas gibt es wirklich.« Vivian lächelte. »Seither lebt sie bei mir und wird das hoffentlich tun, bis der Tod uns scheidet.«

»Was hoffentlich noch eine ganze Weile dauern wird«, meinte Helen lachend.

Vivian stimmte fröhlich ein. »Ja, das hoffe ich auch.«

*Nizza, Frühsommer 1900*

Die nächsten zwei Wochen verbrachte Helen damit, alle Segelklubs an der Côte d'Azur abzuklappern. Mit der Eisenbahn fuhr sie die Küste entlang und versuchte sich Zutritt zu den Klubgebäuden zu verschaffen. Damit alle Anstandsregeln eingehalten wurden, begleitete Elisa sie, denn auch für verheiratete Frauen galt es als unschicklich, allein zu reisen. So ein Abenteuer konnte eine Frau nur wagen, wenn sie am Zielort abgeholt wurde. In Nizza suchten sie zuerst nach einer kleinen Pension, bevor sie sich auf den Weg zum Segelklub machten. Das Vereinsgebäude befand sich hinter dem Hafen mit einer hübschen Terrasse zum Meer. Ansonsten sah das Gebäude mit der einfachen Holzfassade eher heruntergekommen aus und passte nicht zur berühmten Promenade El camin dei Inglés, die hinter dem Haus anfing. Helen hatte ihren Besuch schriftlich mit einem Brief angekündigt. Trotzdem wurde sie am Empfang von einem Mann in Matrosenuniform zurückgehalten.

»Frauen ist der Zutritt nur in Begleitung gestattet«, sagte er unhöflich.

»Ich bin in Begleitung«, erwiderte Helen und wies auf Elisa, die neben ihr stand.

»In männlicher Begleitung«, ergänzte der Mann.

»Dann werden Sie wohl eine Ausnahme machen müssen«, sagte Helen. »Ich habe ein Schreiben von Ihrem Klubpräsidenten, darin bestätigt er, dass er mit mir sprechen wird.«

Helen öffnete ihre Handtasche und holte den Brief eines Monsieur Jaunes hervor. Sie wollte ihn dem Mann am Empfang übergeben, doch der zeigte keinerlei Interesse. Er schüttelte hartnäckig den Kopf. »Bedaure, bei uns sind Damen nur in männlicher Begleitung erwünscht. Wir sind ein ordentliches Etablissement.«

Helen schnappte nach Luft. »Ich bin extra aus Marseille angereist, um mit Monsieur Jaunes zu sprechen.«

»Ich darf keine Ausnahme machen.«

Aber Helen dachte nicht daran, aufzugeben.

»Dann würde ich Sie bitten, Monsieur Jaunes meine Karte zu überreichen, damit er mich und meine Gesellschafterin von hier abholt. Gemeinsam werden wir das Klublokal doch betreten dürfen, oder?«

Sie bemühte sich, ihren Ärger nicht zu zeigen. Erneut kramte sie in ihrer Handtasche und holte nun eine Visitenkarte hervor. Mit einem charmanten Lächeln überreichte sie die Karte dem Mann.

Der kratzte sich nachdenklich an der Stirn.

»Bitte«, sagte Helen erneut.

Endlich ließ er sich erweichen und ging ins Gebäude.

»Die sind aber streng«, flüsterte Elisa.

»Das sind die Spielregeln«, meinte Helen.

»Ich mag die Regeln nicht«, entgegnete Elisa.

Helen sah sie überrascht an. Noch vor ein paar Wochen hätte das Mädchen ehrfurchtsvoll geschwiegen. Die selbstbewusstere Elisa gefiel Helen deutlich besser.

»Ich mag die Vorschriften auch nicht«, versicherte sie. Dann kicherten beide los.

Schon nach wenigen Minuten kam der Mann zurück. Er war allein, was nichts Gutes verhieß. Seine Worte bestätigten Helens Befürchtung. »Monsieur Jaunes ist nicht bereit, Sie vom Empfang abzuholen. Dies ist kein Lokal, in dem sich Damen allein vergnügen können.«

»Ich will mich nicht vergnügen«, widersprach Helen. Ihre Geduld wurde gerade auf eine harte Probe gestellt. »Ich suche nach einem Segelpartner oder einer Segelpartnerin – für die Qualifikation zu den Olympischen Spielen.«

»Sie sind eine Frau«, sagte der Mann konsterniert.

»Ja, da haben Sie recht. Und wie Sie der Presse vielleicht entnommen haben, sind bei den Spielen auch Frauen zugelassen. Sie dürfen beim Segeln an den Start gehen.«

»Das habe ich wohl gelesen, ungeheuerlich!«, sagte der Mann. Er hatte nun auch den letzten Anflug von Höflichkeit verloren. »Unser Segelklub distanziert sich davon. Wir wollen damit nichts zu tun haben.«

»In welcher Funktion sprechen Sie diese Behauptung aus? Als Mann am Empfang?« Helen stemmte die Hände in die Hüften. Ihre Geduld war endgültig am Ende. »Ich will Monsieur Jaunes sprechen.«

»Bedaure.«

Helen griff nach dem Stuhl, auf dem der Mann zuvor gesessen hatte, zog ihn zu sich heran und setzte sich. Trotzig verschränkte sie die Arme vor der Brust. »Ich gehe erst, wenn Monsieur Jaunes mit mir gesprochen hat.«

»Aber Madame, das geht nicht! Ich muss Sie bitten, zu gehen.« Der Mann sah sie entsetzt an.

Helen machte keine Anstalten, sich auch nur einen Millimeter weit zu entfernen. Elisa verschränkte ebenfalls die Hände und stellte sich demonstrativ neben sie.

»Sie können hier nicht einfach sitzen bleiben. Gleich kommen die Mitglieder des Vereins zum wöchentlichen Treffen.«

»Gut so«, sagte Helen. »Dann werde ich alle treffen und kann die Herren fragen, ob einer von ihnen mich beim Segeln begleiten will.«

»Das können Sie nicht tun!« Der Mann klang jetzt so entsetzt, als hätte Helen ihm eben erklärt, dass sie eines der Segelschiffe nackt betreten wollte.

»Natürlich kann ich, Sie sehen es doch.«

»Madame, bitte glauben Sie mir.« Der Mann faltete nun die Hände. »Niemand in unserem Klub wird mit Ihnen segeln.«

»Ach ja? Und warum? Noch vor ein paar Tagen war Monsieur Jaunes bereit, mit mir zu sprechen.«

»Er wusste nicht, worum es geht.«

»Ich habe es ihm in meinem Schreiben erklärt.«

Verlegen räusperte der Mann sich. »Das mag stimmen«, sagte er und senkte die Stimme. »Der Name Ihres Ehemanns hat da wohl für eine Verwechslung gesorgt. Monsieur

Jaunes dachte, dass Sie im Namen Ihres Mannes nach einem Segelpartner suchen.«

»Warum sollte ich das tun? Mein Mann ist dazu durchaus selbst in der Lage.«

»Es ist nicht ungewöhnlich, dass Ehefrauen sich um die Freizeitangelegenheiten ihrer Männer kümmern.«

»Weil sie selbst keine ausleben dürfen?«

Der Mann lief dunkelrot an. Er schnappte empört nach Luft. »Ich muss Sie nun wirklich bitten, zu gehen, Madame. Es ist nur in Ihrem Interesse und dem Ihres Ehemanns, dass niemand von dem peinlichen Vorfall erfährt.«

»Der Vorfall ist ausschließlich für Sie peinlich!« Helen stand wieder auf und richtete ihren Zeigefinger auf die Brust des Mannes. »Und für Ihren altmodischen Klub. Wenn Sie nicht umdenken, werden Sie in den nächsten Jahren viele Mitglieder verlieren. Denn in Zukunft werden auch Frauen segeln.«

Ohne auf eine Antwort zu warten, drehte sie sich auf dem Absatz um und stapfte davon. Elisa hastete ihr hinterher.

»Ich vermute, dass wir nicht in Nizza übernachten werden«, sagte sie enttäuscht. Elisa hatte sich auf einen Abend in der Stadt gefreut. Sie hatte bei ihren Freundinnen damit angegeben, dass sie abends in Nizza El Camin dei Inglés entlangspazieren würde.

»Im Gegenteil, Elisa. Wir werden nach einem Restaurant suchen, in dem man sich nicht daran stört, dass wir zwei Frauen sind. Ich habe es satt, ständig abgewiesen zu werden. Einmal hat meine Begleitung die falsche Hautfarbe, einmal das falsche Geschlecht.«

»Und wenn wir kein Restaurant finden?« Elisas Magen knurrte laut.

»Wir werden eines finden«, war Helen überzeugt. »Und wenn wir uns im Hafen von einem Fischer einen Teil seines Fangs grillen lassen.«

»Wäre das denn nicht sehr unsittlich?« Wieder meldete sich der Magen des Mädchens.

»Willst du lieber hungrig schlafen gehen?«

»Fisch klingt gut«, sagte Elisa schnell.

Schon im ersten Lokal bekamen sie einen Tisch. Ohne mit der Wimper zu zucken, führte ein höflicher Ober Elisa und Helen zu einem Platz auf der Terrasse. Sie saßen unter einem ausladenden Olivenbaum und konnten direkt aufs Meer blicken. Der idyllische Ort machte einen Teil des Ungemachs des Nachmittags wieder wett. Die Speisekarte tat den Rest. Es gab Krabben in Knoblauchbuttersoße und gegrillten Tintenfisch mit Mangold und gebratenen Kartoffeln. Dazu bestellten sie Weißwein.

»Alkohol?«, fragte Elisa bestürzt.

»Ja, natürlich«, sagte Helen. »Nach dem Erlebnis im Segelklub können wir gar nicht genug davon trinken.«

Elisa riss die Augen auf.

»Das war ein Spaß«, sagte Helen.

»Ach so.« Elisa war beruhigt. »Ich bin mir nie sicher, wann Sie etwas ernst meinen und wann nicht.«

Helen wollte das Mädchen nicht noch mehr verunsichern, daher verschwieg sie, dass sie die Bemerkung nicht ausschließlich im Scherz gemacht hatte. Im Moment war ihr tatsächlich danach, ihre Probleme im Alkohol zu ertränken. Das würde sie natürlich niemals tun, aber die Vorstellung, zumindest für ein paar Stunden in eine Wolke der Gleichgültigkeit gebettet zu sein, hatte etwas durchaus Erstrebenswertes. Helen konnte Menschen verstehen, die zum Absinth oder anderen hochprozentigen Getränken griffen. Doch sie war klug genug, um zu wissen, dass das ihre Probleme nicht lösen könnte. Daher würde sie auch an diesem Abend die Menge des Weißweins in einem Rahmen halten, der sie nicht daran hinderte, klar zu denken.

Nach und nach füllte die Terrasse sich, und schon bald waren alle Tische besetzt. Der Ober servierte die Vorspeise, und sowohl Elisa als auch Helen stürzten sich hungrig darauf. Seit dem Frühstück, bestehend aus einem kleinen Stückchen Baguette mit Butter, hatten sie noch nichts gegessen. Elisa war zum ersten Mal in ihrem Leben in einem Restaurant. »Alles ist so wunderschön«, schwärmte sie beeindruckt. »Niemand wird mir glauben, dass ich heute Abend hier sein durfte.«

»Es freut mich, dass es dir gefällt«, sagte Helen.

»Das Essen ist köstlich.« Elisa verdrehte genießerisch die Augen. »Und der Ort ist einfach märchenhaft. Ich wünschte, ich könnte den Augenblick einfangen. So etwas werde ich nie wieder erleben.«

Auch Helen fand das Essen gut, konnte aber in Elisas Begeisterung nicht einstimmen. Zu sehr waren ihre Gedanken noch beim Segelklub. Die Zeit drängte. Wenn sie in den nächsten zwei Wochen niemanden fand, der mit ihr bei den Qualifikationen antrat, würde sie ihren Traum von den Olympischen Spielen vergessen können. Das letzte Mal, dass Helen mit einem Boot aufs Meer gefahren war, war letzten Freitag gewesen. Bestimmt trainierten die anderen Teilnehmer jeden Tag. Und sosehr Helen es genoss, allein ein Segelboot über die Wellen zu lenken, sie brauchte einen Partner oder eine Partnerin, um bei den Spielen antreten zu dürfen.

Und es reichte nicht, sich mit jemandem aufs Boot zu setzen, sie mussten aufeinander eingestimmt sein und einige Fahrten gemeinsam bestritten haben, bevor sie sich einer Regatta stellten.

Sobald sie mit der Vorspeise fertig waren, holte der Ober die Teller und kam kurz darauf mit der Hauptspeise. Elisa sah ihren Teller eine Minute lang verliebt und schweigend an.

»Bitte, fang an«, forderte Helen. »Sonst wird es kalt.«

»Es schaut so schön aus«, seufzte Elisa. »Es ist schade, so ein Kunstwerk zu zerstören.« Langsam hob sie den Kopf wieder. Mit einem Mal erstarrte das Gesicht des Mädchens zu einer Grimasse.

»Was ist los?«, frage Helen.

Statt zu antworten, blickte Elisa zu einem der Tische in Helens Rücken. Helen richtete sich auf und drehte sich um. Sofort erkannte sie den Grund für Elisas Reaktion. An einem der Tische am Ende der Terrasse saß Hermann. Auch er schien sie eben erst entdeckt zu haben. Sein Gesicht war genauso blass wie Elisas. Helen merkte, wie auch aus ihren Wangen jede Farbe schwand.

Hermann saß gemeinsam mit einem Mann am Tisch, den Helen nicht kannte. Er war um einige Jahre älter als

Hermann und trug einen eleganten Anzug, dessen Weste deutlich über seinem Bauch spannte. Als er Hermanns Reaktion bemerkte, beugte er sich zu ihm und sagte etwas. Helen saß zu weit weg, um etwas verstehen zu können. Sie sah, wie Hermann antwortete. An seiner Körperhaltung konnte sie erkennen, dass er unkonzentriert war. Seine Aufmerksamkeit war bei ihr. Seine rechte Hand zitterte, sein Bein wippte kaum merklich auf und ab. Auch Helen war nervös. Ihr Herzschlag beschleunigte sich, ihre Hände wurden feucht. Hermanns Gesicht war vertraut und gleichzeitig fremd. Wie schön wäre es, wenn alles wieder so wäre wie früher. Wenn Hermann jetzt aufstehen und zu ihr herüberkommen könnte. Wenn er seine Hand in ihren Nacken legen und sie auf die Wange küssen würde – um ihr ins Ohr zu flüstern, dass er sie später richtig küssen wollte. Helen sehnte sich nach seiner Berührung, nach der Vertrautheit, die bis vor Kurzem noch zwischen ihnen geherrscht hatte. Nach dem Prickeln, das über ihren Rücken lief, sobald seine Hand sie berührte. Hermann redete weiter. Als er kurz den Kopf hob, trafen sich ihre Blicke. Helen fühlte sich wie von einem Blitz getroffen. Hastig wandte sie sich ab. Sie musste beide Hände neben den Teller legen, um das Zittern ihrer Finger zu verbergen. Der Fisch war noch unberührt.

Elisa räusperte sich leise. »Madame, Sie sollten auch anfangen zu essen. Sonst wird alles kalt. Das wäre schade, es schmeckt himmlisch.«

Helen war der Appetit vergangen. Halbherzig stocherte sie in den Bratkartoffeln und dem Mangold. Sie träufelte Zitrone auf die kleinen knusprigen Tintenfische, hatte aber keine Lust, sie zu essen. Als Elisa mit ihrer Portion fertig war, hatte sie erst ein Drittel davon vertilgt. Auch ihr Weinglas war unberührt.

»Willst du noch ein Dessert?« Helen wollte nicht, dass Elisa, für die der Abend etwas Besonderes war, auf den Nachtisch verzichten musste. Das Mädchen war höflich und verneinte. Ihre Augen verrieten, dass sie sehr wohl die Crème Brûlée probieren wollte, die die Herrschaften am Nachbartisch gerade löffelten. Also bestellte Helen zwei Portionen. Sie wusste, dass Elisa ablehnen würde, wenn sie nur eine orderte.

Rasch brachte der Ober zwei Schälchen mit nach Vanille und Karamell duftender Creme, auf der goldbraun eine knusprige Zuckerkruste glänzte. Er stellte eine der Schalen vor Helen auf den Tisch und legte diskret ein Kärtchen daneben.

»Was ist das?«, fragte Helen. Es war unüblich, die Rechnung schon beim Nachtisch zu überreichen.

»Eine Nachricht, von dem Herrn hinter Ihnen.« Mit einem dezenten Kopfnicken deutete der Ober in die Ecke, in der Hermann saß. Helen wurde heiß. Sie drehte sich erneut um. Hermanns Blick war auf sie gerichtet. Lag in seinen Augen dieselbe Sehnsucht, die auch sie verspürte? Oder bildete sie es sich bloß ein, weil sie es so sehr wünschte?

»Danke«, sagte Helen mit heiserer Stimme. Sie krächzte förmlich. Als der Mann wieder gegangen war, nahm Helen das Kärtchen auf und entfaltete es. Hermanns akkurate Handschrift leuchtete ihr entgegen. Jeder seiner Buchstaben war ihr vertraut.

»Bitte lass uns treffen. Um neun vor der Oper an der Promenade des Anglais.«

Helen griff nach der Uhr, die sie an einer dünnen goldenen Kette um den Hals trug. Sie war ein Geschenk ihrer Großmutter gewesen, dementsprechend alt sah sie aus. Helen mochte das Schmuckstück trotzdem. Es war kurz vor acht. Sobald sie die Crème Brûlée verspeist hatten, würden sie zahlen und das Lokal verlassen müssen, um rechtzeitig beim vorgeschlagenen Treffpunkt zu sein. Sollte sie Hermann antworten? Unschlüssig faltete sie die Karte wieder zusammen und schob sie unter das Schälchen. Sie drehte sich um, aber der Tisch, an dem Hermann eben gesessen hatte, war leer. Helen schaute zum Ausgang und sah, wie zwei Männer das Restaurant verließen. Einer von ihnen war schlank und athletisch. Er trug einen hellen Anzug und hatte einen sportlich schicken Hut auf: Hermann. Er erwartete keine Antwort. Offenbar war er der festen Überzeugung, Helen würde sich mit der Nachspeise beeilen und kommen. Wie konnte er nur so sicher sein?

»Will Monsieur de Pourton Sie sehen?«, fragte Elisa. Ihr Nachspeisenschälchen war bereits leer, und sie kratzte die letzten Reste der köstlichen Kruste vom Rand.

»Ja«, sagte Helen. Sie schob ihren Nachtisch zu Elisa. Helens Magen konnte im Moment keinen Zucker vertragen. Sie war zu nervös.

»Wollen Sie die Crème wirklich nicht?« Elisas Augen weiteten sich voll Vorfreude. Sie erinnerte Helen an ein Kind, das vom Nikolaus einen Sack Lebkuchen überreicht bekam.

»Bitte iss«, beteuerte sie.

»Vielen Dank!« Bevor Helen es sich vielleicht anders überlegen konnte, schnappte sie rasch nach dem Schälchen und zog es zu sich. Mit verklärtem Gesichtsausdruck stach sie in die knusprige Zuckerdecke.

Während Helen ihrem Dienstmädchen dabei zusah, wie es genussvoll das Dessert löffelte, dachte sie darüber nach, ob es klug war, Hermanns Bitte nachzukommen. Aber völlig egal, ob klug oder nicht, Helen wollte Hermann sehen. Ihre Entscheidung war gefallen. Und als Elisa auch die zweite Portion vertilgt hatte, rief sie den Ober und bat ihn um die Rechnung. Es war Zeit zu gehen.

## Nizza, Frühsommer 1900

Kurz vor der Oper verabschiedete sich Elisa. »Sind Sie sicher, dass ich Sie allein lassen soll, Madame?«

»Ja«, versicherte Helen. »Mein Mann wird mich zur Pension begleiten. Findest du zu unserem Quartier?«

»Ich finde überallhin«, sagte Elisa ernst. »Ich habe als Kind die entlaufenen Ziegen meines Vaters einsammeln müssen.«

Helen vergaß immer wieder, aus welch ärmlichen Verhältnissen Elisa stammte.

»Wenn Sie bis Mitternacht nicht zurück sind, gehe ich zur Polizei«, sagte Elisa.

Helen lachte. »Keine Sorge, ich werde wohlbehalten in die Pension kommen.« Einen Moment sah sie ihrem Dienstmädchen nach, wie es mit flinken Schritten zwischen den flanierenden Menschen auf der Promenade hindurchflitzte: verliebte Pärchen, Familien mit quengelnden Kindern, die längst im Bett sein sollten, Männer, die mit Freunden noch ein Gläschen Wein trinken wollten. Sie alle waren unterwegs. Es war erstaunlich, wie sich der Lebensrhythmus in Nizza von dem aller anderen Orte, die Helen kannte, unterschied.

Im kleinen, überschaubaren Cannes wurden um diese Zeit die Läden geschlossen und die Stühle auf die leeren Tische in den Restaurants gestellt, in Genf schlief dann bereits die ganze Stadt. In Nizza hingegen fing jetzt das Leben erst so richtig an zu pulsieren. In dieser Stadt trafen sich der englische und russische Hochadel. Queen Victoria verbrachte hier ebenso gerne ihre Zeit wie der russische Zar. Dementsprechend klang die Sprachenmischung, die man auf der Promenade vernahm. Russische Worte mischten sich mit englischen und italienischen. Nur hin und wieder drangen französische Wortfetzen durch den Wirrwarr.

Helen schlenderte auf die Oper zu. Ein Laternenanzünder ging mit einer Klappleiter von Lampe zu Lampe und entzündete die Kandelaber. Orangegelbes Licht bestrahlte den hellen Prunkbau der Oper. In Kürze würde der aufgehende Vollmond sein Übriges tun. Schon von Weitem sah Helen Hermanns schlanke, hochgewachsene Statur. Er lehnte an einer Hausfassade gegenüber der Oper, die Hände lässig in den Hosentaschen. Helens Herz schlug schneller. Mit jeder Faser ihres Körpers fühlte sie sich zu ihm hingezogen. Hermann war immer noch der Mann, den sie anziehend und attraktiv fand. Auch wenn er in den letzten Wochen vieles gesagt und getan hatte, was sie niemals gutheißen könnte, sie liebte ihn.

Um sich innerlich für das Gespräch zu wappnen, blieb sie kurz stehen und atmete tief durch. Sie zählte im Stillen bis zehn. Für gewöhnlich half ihr das, um sich zu beruhigen. Dabei schloss sie die Augen. Als sie sie wieder öffnete, hatte Hermann sie bereits entdeckt und kam auf sie zu. Jetzt erkannte sie es ganz eindeutig: In seinen Augen lag dieselbe Sehnsucht, die auch sie verspürte. Auch er wünschte sich nichts inniger, als sie zu berühren. Mit großen Schritten kam er auf sie zu. Als er nur noch eine Armeslänge von ihr entfernt war, blieb er stehen.

»Ich habe dich so vermisst.« Seine Stimme klang rau, aber vertraut.

Helens Knie wurden weich. »Ich dich auch«, sagte sie leise.

Als Hermann sie zu sich zog, schlang sie ihre Arme um seinen Hals und küsste ihn. Sobald sich ihre Lippen berührten, wurde aus der anfänglichen Zärtlichkeit Leidenschaft. Das laute Räuspern eines Passanten ließ sie aufschrecken.

»Ich muss schon sehr bitten«, sagte der Mann auf Englisch. »Wir sind zwar in Nizza, aber auch hier gelten Anstandsregeln.«

Helen fuhr sich beschämt durchs Haar, während Hermann keck entgegnete: »Ich finde meine Ehefrau eben unwiderstehlich. Deshalb küsse ich sie gerne. Ich kann Ihnen nur empfehlen, es mit Ihrer auch zu tun. Es fühlt sich großartig an!«

Der Engländer sah ihn perplex an und schüttelte verständnislos den Kopf. Er murmelte etwas von schamlosen Franzosen. Bevor Hermann noch mehr Bemerkungen von sich gab, die der Engländer verstörend finden könnte, zog Helen ihn zu einer der Sitzbänke, die am Rand des Platzes aufgestellt waren. Unter dem Schutz einer großen Palme ließen sie sich nieder. Hier waren sie vor den Blicken neugieriger Spaziergänger sicher.

»Bitte versprich mir, dass du mich nie wieder verlassen wirst. Die Zeit ohne dich war schrecklich«, sagte Hermann. Er legte seinen Arm um Helens Schulter und zog sie sanft zu sich.

Helens Herz ging über vor Zuneigung. Gleichzeitig musste sie an das Interview in der *Le Monde* denken, an Hermanns Aussagen bei Vivians Dinnerparty und an sein hartnäckiges Schweigen während der letzten Wochen. Wenn sie ihm so wichtig war, wie er jetzt behauptete, wieso hatte er sich nicht nach ihr erkundigt und ihre Briefe nicht beantwortet?

»Hermann, ich liebe dich, das weißt du. Aber ich will mir von dir nichts verbieten lassen. Ich will an den Olympischen Spielen teilnehmen, ganz egal, wie verwerflich du das findest. Wobei ich wirklich nicht verstehe, was du dagegen hast, dass Frauen bei den Wettkämpfen an den Start gehen.«

Hermann richtete sich auf, ohne Helen dabei loszulassen.

»Ich habe dein Interview in der *Le Monde* gelesen«, fuhr Helen fort.

Hermann wirkte mit einem Mal unruhig. »Wir haben noch nicht oft darüber gesprochen«, sagte er verlegen. »Ich wünsche mir eine Familie. Ich will eines Tages Vater werden.«

»Das wünsche ich mir auch, und das weißt du«, sagte Helen. »Aber was hat dieser Wunsch mit den Olympischen Spielen zu tun?«

Sie kniff die Augen zusammen und musterte Hermann. Glaubte er etwa, was von den ewig gestrigen Wissenschaftlern behauptet wurde? Dass sich zu viel Sport negativ auf die weibliche Gesundheit und die Fähigkeit zur Fortpflanzung auswirkte?

»Wir sind nun seit drei Jahren verheiratet«, sagte er und klang ungewohnt beschämt. »Bisher haben wir immer gesagt, das wird schon. Trotzdem bist du noch nicht schwanger. An mangelnden Gelegenheiten kann es nicht liegen. Deshalb habe ich mit Dr. Schober gesprochen. Er ist der Meinung, dass …«

Weiter kam er nicht, da Helen ihm ins Wort fiel: »Richte Dr. Schober aus, dass er ein unwissender Narr ist. Es gibt zahlreiche Frauen, die lebende Beispiele dafür sind, dass Sport sich positiv auf die Gesundheit auswirkt. Die Frauen, die im Tennis und im Krocket antreten, treiben Sport in viel intensiverem Ausmaß als ich. Sie sind Mütter von gesunden Kindern.«

Das Gespräch war Hermann sichtlich unangenehm. Es hatte ihn Überwindung gekostet, das heikle Thema anzusprechen. Helen war froh, dass es nun endlich auf dem Tisch war. Sie hatten den Kinderwunsch zwar immer wieder mal angesprochen, doch dann war er schnell wieder vom Tisch gewesen. Helens Bedürfnis, rasch Mutter zu werden, hatte sich in Grenzen gehalten. Sie war davon überzeugt, dass es irgendwann passieren würde. Wenn sich der Kindersegen erst in ein paar Jahren einstellte, war es für sie auch in Ordnung.

»Und wenn doch etwas dran ist, an der Theorie? Was, wenn intensiver Sport Frauen unfruchtbar macht«, fragte Hermann.

Helen ergriff seine Hände. »Du weißt ganz genau, dass

das nicht stimmt«, sagte Helen. »Es kann tausend Gründe haben, warum ich noch nicht schwanger bin. Viele Ehepaare warten mehrere Jahre, bis sie endlich ein Kind bekommen. Liebst du mich deshalb weniger? Weil ich dich noch nicht zum Vater gemacht habe?«

»Unsinn. Natürlich nicht.«

»Das ist schön«, sagte Helen. Sie erinnerte sich an einen Artikel, den sie kürzlich gelesen hatte. Darin war das Thema Kinderlosigkeit angesprochen worden. Helen hatte den Text nur halbherzig überflogen. Doch jetzt kam ihr das Wissen gelegen. »Nicht immer ist der Grund für eine kinderlose Ehe bei der Frau zu suchen. Es kann auch am Mann liegen«, dozierte sie und spürte, wie Hermanns Nacken sich verkrampfte. Das war etwas, was er nicht hören wollte. Möglich, dass es zu viel für einen Abend war. Zärtlich strich sie über seine Wange. »Für mich spielt es keine Rolle, ob wir nächsten Monat oder erst in fünf Jahren Eltern werden. Und wenn Gott will, dass wir niemals Kinder bekommen, dann soll es mir auch recht sein.«

Hermann sah ihr tief in die Augen. In seinem Blick lag so viel Liebe, dass Helen ihm für seine Ängste nicht böse sein konnte. Auch wenn ihr Verstand ihr sagte, dass sie ihm nicht so schnell vergeben sollte. Schließlich hatte er die Auseinandersetzung in der Öffentlichkeit einem offenen Gespräch mit ihr vorgezogen. Aber Helen war schlau genug, um zu wissen, dass das Herz nicht immer das tat, was der Verstand ihm vorgab. »Ist das der Grund, warum du dich in der *Le Monde* gegen die Teilnahme von Frauen an den Olympischen Spielen ausgesprochen hast?«

»Nicht nur«, gab Hermann zerknirscht zu. »Es war der ausdrückliche Wunsch von Pierre de Coubertin. Er fürchtet, dass bei den nächsten Spielen noch mehr Sportverbände Frauen zur Olympiade schicken wollen. Er hat mich um diese Stellungnahme gebeten, weil ihm selbst im Moment die Wortmeldung zu heikel ist. Er hat Angst, die Unterstützung von Sir Walton zu verlieren.«

»Es wäre großartig, wenn noch mehr Sportverbände Frauen zu den Spielen schicken«, sagte Helen.

Hermann antwortete nicht. Eine Weile saßen sie schweigend und eng umschlungen auf der Bank. Gemeinsam schauten sie in den wolkenlosen Sternenhimmel.

»Ich will, dass du wieder zu mir zurückkommst«, sagte Hermann. »Das Leben ohne dich ist einsam und trostlos.«

Helen ließ ihren Kopf auf Hermanns Schulter liegen. »Ich würde es auch schöner finden, wieder mit dir zusammenzuleben«, sagte sie. »Aber ich will nicht, dass du mir bezüglich des Segelns Vorschriften machst. Unsere Meinungen gehen in dem Punkt einfach zu weit auseinander. Über kurz oder lang würden wir wieder streiten. Wir würden einander verletzen, und das will ich nicht.«

»Ich möchte dich nie wieder verletzen, das musst du mir glauben.« Hermann richtete sich auf und nahm Helens Gesicht sanft in beide Hände. »Was kann ich tun, um dir zu beweisen, wie ernst mir dieser Satz ist?«

Wie sehr hatte Helen sich diese Worte von ihm gewünscht. Jetzt, da er sie tatsächlich ausgesprochen hatte, wagte sie ihre Bitte kaum vorzutragen. Hermann wartete geduldig.

»Ich kann keinen Partner finden, der mit mir bei den

Olympischen Spielen antritt«, sagte Helen. »Entweder sind es schlechte Sportsegler oder sie weigern sich, mit einer Frau in ein Boot zu steigen.«

Reichte diese Bemerkung oder musste sie konkreter werden? Hermann wollte offenbar mehr hören.

»Ich wünsche mir, dass du mit mir bei den Olympischen Spielen antrittst«, sagte Helen. »Wie du es ursprünglich versprochen hast.«

»Habe ich das?«, fragte Hermann stirnrunzelnd.

Helen nickte.

»Dann werde ich das Versprechen wohl einlösen müssen.«

Helen war sich nicht sicher, ob er die Worte eben wirklich gesagt hatte. »Heißt das, du trittst mit mir an?«

»Zuerst werden wir uns qualifizieren müssen«, meinte Hermann schmunzelnd.

»Aber was ist mit deinem Interview. Hast du nicht Angst, dass man sich über dich lustig macht?«

Hermann zuckte mit den Schultern. »Und wenn schon«, sagte er. »Es wird Gras über die Sache wachsen. Und sollten wir gewinnen, ist ohnehin alles davor vergessen.«

Er schien es diesmal wirklich ernst zu meinen. Helen wagte es immer noch nicht, sich zu freuen. Im Moment wollte er sie mit allen Mitteln dazu bewegen, zu ihm zurückzukehren. Er würde ihr alles zusagen. Helen wollte, dass er morgen immer noch zu seinem Versprechen stand.

Hermann schien ihre Gedanken lesen zu können. »Gleich morgen früh werde ich de Coubertin telegrafieren und ihm mitteilen, dass wir zu zweit antreten werden. Noch habe ich keinen offiziellen Segelpartner angegeben.«

»Wirklich?«

Hermann nickte. »Aber du musst mir im Gegenzug auch etwas versprechen.«

»Was?«, fragte Helen vorsichtig.

»Dass du nur noch bei idealen Wetterbedingungen allein segelst.«

»Das kann ich dir versprechen«, meinte Helen. »Wenn es dich nicht stört, dass ich auf See den Rock ablege und in Hosen auf dem Boot sitze.«

»Ich denke, damit werde ich wohl leben können«, meinte Hermann.

»Woher kommt dein Sinneswandel?«, wollte Helen wissen. Noch vor ein paar Wochen waren genau das die Themen, die ihn so verärgert hatten.

Hermann zog Helen näher zu sich heran. Sie konnte die gelben Sprenkel in seinen Augen sehen. »Ich hatte ausreichend Zeit zum Nachdenken«, sagte er. »Du bist eine sehr starke Frau. Ohne Kompromiss werde ich dich nicht halten können.« Er küsste sie zärtlich. Als er ihre Lippen wieder freigab, fügte er hinzu: »Ich will dich unbedingt in meiner Nähe wissen, denn eines ist mir in den letzten Wochen schmerzlich bewusst geworden: Ein Leben ohne dich würde mich unglücklich machen.« Beim nächsten Kuss hatte Helen das Gefühl, abzuheben. Wie gut, dass Hermann sie am Boden festhielt.

## Cannes, Frühsommer 1900

Obwohl Helen liebend gerne Hermanns Wunsch nachge-
kommen und mit ihm in sein Hotelzimmer gegangen wäre,
bestand sie darauf, dass er sie in die kleine Pension brachte.
Dort wartete Elisa auf sie.

»Verstehe ich das richtig? Wir machen uns Gedanken darüber, ob unser Dienstmädchen sich um dich sorgt?«

Helen antwortete mit einem Kuss. Sie fühlte sich wie damals am Genfersee, als Hermann um ihre Hand angehalten
hatte. Nur dass sie heute wusste, worauf sie sich einließ: auf
eine Zukunft mit einem Mann, der bereit war, Kompro-
misse einzugehen.

Am nächsten Morgen stand Hermann schon vor dem
Frühstück vor der Pension, um Helen und Elisa abzuholen. Gemeinsam fuhren sie mit dem Zug nach Cannes. Doch
während Elisa und Helen mit einer Kutsche zum Château
gebracht wurden, ging Hermann schnurstracks ins Postamt.
Er hatte ein dringendes Telegramm nach Paris aufzugeben.
Ein weiteres verschickte er in Helens Namen. Es ging an
Vivian und Mayla in Marseille. Helen erklärte den Frauen,
dass sie mit Hermann zurück nach Cannes fahren und im

Laufe der Woche nach Marseille kommen würde, um ihre Kleider abzuholen. Bei der Gelegenheit würde sie alle Neuigkeiten genau erklären.

Für Helen fühlte sich das Nachhausekommen an, als wäre sie nie weg gewesen. Ferdinand empfing sie mit der gewohnt reservierten Freundlichkeit. Erst als Helen ihn in einem Anflug überschwänglicher Freude kurz umarmte, verließ auch er für einen Moment seine Rolle als unnahbarer Diener. »Es ist eine große Freude, dass Sie wieder hier sind, Madame. Sie haben uns allen gefehlt.«

Der Augenblick der Nähe währte nicht lang. Als Ferdinand Elisa hinter Helen entdeckte, zog er grimmig seine buschigen Augenbrauen zusammen. »Ach ja, du bist auch wieder hier. Willst du etwa wieder in diesem Haus arbeiten? Nachdem du einfach davongelaufen bist?«

Elisa blickte verängstigt auf ihre Schuhspitzen, die von der Reise ganz staubig waren.

»Elisa hat nie aufgehört, für uns zu arbeiten«, erklärte Helen. »Sie ist mir in Marseille zur Hand gegangen und wird das auch weiterhin tun.«

Ferdinand quittierte die Bemerkung mit einem finsteren Grunzen und winkte Elisa zur Seite: »Dann lauf in deine Kammer und zieh dich um. Mit dem Kleid bist du der Köchin keine Hilfe in der Küche.« Er musterte Elisas Sonntagskleid. Sofort wuselte das Mädchen an ihm vorbei. Trotz ihres gesenkten Kopfs konnte Helen sehen, dass sie lächelte.

Ferdinand ließ es sich nicht nehmen, Helens kleine Reisetasche ins Schlafzimmer zu tragen. Die Vorhänge waren zugezogen, und es roch ein wenig nach Staub.

»Monsieur de Pourton hat es vorgezogen, während Ihrer Abwesenheit im Gästezimmer zu schlafen«, erklärte Ferdinand leise.

Helen trat ans Fenster und zog energisch die Vorhänge zur Seite. »Das merkt man«, sagte sie. »Hat denn niemand gelüftet?«

Ferdinand räusperte sich. »Natürlich wurde gelüftet. Das andere Mädchen hat ordentlich Staub gewischt und die Betten bezogen.«

»Dann lassen wir ein paar Sonnenstrahlen herein«, sagte Helen. »Sag Elisa, sie soll eine Schale mit Rosenblüten und Lavendel heraufbringen.«

Helen huschte durchs Haus, um überall nach dem Rechten zu sehen. So vergingen Stunden, doch Hermann war immer noch nicht zurück. Helen fragte sich, was er so lange auf dem Postamt tat. Um fünf fing sie an, sich ernsthaft Sorgen zu machen.

»Wo mein Mann nur bleibt«, sagte sie zu Ferdinand. »Ob ich in die Stadt gehen und nach ihm suchen soll?«

In dem Moment hörte sie, wie eine Kutsche vorfuhr. Die Räder ratterten über den gekiesten Weg zum Haus. Hermann bezahlte den Kutscher, sprang vom Kutschbock und stapfte zum Haustor, wo Helen auf ihn wartete. An seinen energischen Schritten konnte Helen erkennen, dass etwas nicht stimmte. Sein düsterer Gesichtsausdruck tat das Übrige.

»Was ist passiert?«, wollte sie wissen.

Hermann trat ins Haus, knallte die Tür hinter sich zu, nahm seinen eleganten Strohhut vom Kopf und pfefferte ihn auf die Kommode.

»Noch nie ist man mir auf so skandalös unhöfliche Weise begegnet«, empörte er sich.

Helen nahm den Hut und hängte ihn an einen der Haken an der Wand. »Wer war unhöflich?«, fragte sie vorsichtig. Doch sie konnte sich schon gut vorstellen, über wen er schimpfte. Wahrscheinlich hatte einer der Postbeamten sich abfällig geäußert, als Hermann ein Telegramm an Pierre de Coubertin gesendet hat.

Hermann lief durch die Empfangshalle in den Salon und weiter auf die Terrasse. Helen folgte ihm. »Nun erzähl schon«, drängte sie ihn neugierig.

Doch Hermann fuhr erst fort, nachdem er sich schnaufend auf einen der Korbstühle im Schatten niedergelassen hatte. »Zuerst hat sich dieser rotzfreche Postbeamte zu einer Bemerkung über den Inhalt meines Telegramms erdreistet. Es geht ihn absolut gar nichts an, was ich an wen versende. Zumindest solange ich keine Staatsgeheimnisse ausplaudere oder einen politischen Umsturz plane.«

Helen verbarg ihr Schmunzeln. Die Beamten hielten sich also auch bei Männern nicht zurück, wenn der Inhalt der Nachrichten nicht in ihren Wertekatalog passte.

»Der Mann hat mich doch tatsächlich gefragt, ob ich wirklich mit meiner Frau bei den Olympischen Spielen an den Start gehen möchte. Wo ich doch noch vor einer Woche ein so vernünftiges Interview in der *Le Monde* gegeben hätte!« Hermann schnaufte verärgert die Luft aus.

Helen nutzte seine Pause und schenkte kühle Lavendellimonade in zwei Gläser. Eines davon reichte sie Hermann. Er nahm es dankend entgegen.

»Ich habe ihm erklärt, dass ich meine Meinung geändert habe und er meine Nachrichten nicht lesen, sondern sie einfach versenden soll.« Hermann setzte das Glas an die Lippen und trank es in einem Zug leer. Eine Spur zu heftig knallte er es auf den Tisch. »Dann habe ich zwei Stunden auf de Coubertins Antwort gewartet. Ich wusste, dass er heute im Segelverband war und mir deshalb gleich antworten konnte. Die ganze Zeit über versuchten die beiden Postbeamten, mir einzureden, dass es besser sei, sich mit einem Mann für die Spiele zu qualifizieren. ›Mit einem Mann haben Sie mehr Chancen auf einen Sieg. Wie wollen Sie mit Ihrer Frau ein Rennen gewinnen?‹«

»Das haben sie gesagt?« Eigentlich sollte Helen nicht überrascht sein, sie kannte die beiden Männer. Dass sie sich nicht nur ihr, sondern auch Hermann gegenüber so respektlos verhielten, verwunderte sie nun aber doch.

»Ich habe ihnen gedroht, wenn sie mich weiter belästigen, würde ich mich bei der Direktion über sie beschweren. Was den beiden aber herzlich egal war. Als zwei Herren das Postamt betraten, haben sie denen stattdessen von meiner Nachricht erzählt und auch die Kunden haben sich erdreistet, ihre Meinung zu dieser Sache kundzutun. Das alles ist unglaublich!«

Helen verkniff sich die Bemerkung, dass er nun endlich erfuhr, wie es sich anfühlte, derart respektlos behandelt zu werden. Stattdessen wollte sie wissen: »Hat Pierre de Coubertin dir geantwortet?«

Sie kannte den Inhalt des Telegramms, das Hermann verschickt hatte. Sie hatten ihn gestern Abend besprochen.

Hermann wollte de Coubertin darüber informieren, dass er sich gemeinsam mit Helen für die Spiele qualifizieren würde. »Ich habe meine Meinung bezüglich der Teilnahme von Frauen geändert. Meine eigene Ehefrau hat mich mit ihrer Leistung überzeugt. Wie Sie wissen, ist sie eine begnadete Sportlerin. Niemand ist besser dazu geeignet, gemeinsam mit mir die Lérina zu segeln. Ich darf Ihnen daher mitteilen, dass wir als Ehepaar Frankreich vertreten und unser Bestes geben werden.«

Hermann schwieg grimmig, und Helen bohrte weiter: »Du hast das Telegramm doch so formuliert, wie wir es besprochen haben, oder?«

»Ja, das habe ich«, sagte Hermann.

»Und?«

Hermann verschränkte die Arme vor der Brust. »De Coubertin hat die Nachricht an den französischen Segelverband weitergeleitet, und von dort hat man mir umgehend eine Absage erteilt.«

»Was soll das heißen?«

»Dass man sich nach einem anderen Teilnehmer umsehen wird, sollte ich darauf bestehen, mit dir anzutreten.«

»De Coubertin hat kein gutes Wort für dich eingelegt?«

Hermann schüttelte den Kopf.

Verdutzt ließ Helen ihr Glas sinken. Damit hatte sie nicht gerechnet. Sie war davon ausgegangen, dass de Coubertin und der französische Segelverband nicht auf einen klingenden Namen wie de Pourton verzichten wollten. Niemals hätte sie gedacht, dass man Hermann vor den Kopf stoßen würde. Aber genau das hatte man getan. Sie blinzelte

Hermann an. Er schien wenig überrascht. Hatte er de Coubertins Reaktion erahnt und befürchtet?

»Ich bin sicher, dass die Herren ihre Meinung noch ändern werden«, erklärte sie überzeugt. »Wahrscheinlich hat niemand gründlich darüber nachgedacht.«

»Das mag sein«, sagte Hermann. »Aber genau das sollten Männer in führenden Positionen tun.«

Helen stellte ihr Limonadenglas auf dem Tisch ab. Die Lust auf das süße Getränk war ihr vergangen. »Was hast du jetzt vor?«, fragte sie enttäuscht. »Wirst du mit einem Mann antreten?«

»Nein!« Hermanns Antwort kam wie aus der Pistole geschossen.

»Du willst auf die Teilnahme verzichten?«, fragte Helen. Sie wusste, wie sehr Hermann sich auf die Regatta gefreut hatte. Seine Chancen auf einen Sieg standen gut. Genau wie ihre eigenen.

»Ich werde mit dir für die Schweiz starten«, sagte Hermann.

Es dauerte einen Moment, bis Helen begriff, was er eben gesagt hatte.

»Vorausgesetzt, die Schweizer wollen mich«, grinste Hermann.

»Machst du Scherze? Der Verband wird jubeln!« Helen sprang auf, trat zu Hermann und umarmte ihn. Sie drückte ihm gleich mehrere stürmische Küsse auf Wange und Mund. Als sie ihn freigab, lächelte auch Hermann wieder. Ein Teil seines Ärgers war eben weggeküsst worden.

»Ich werde den Verband morgen informieren«, sagte Hermann. »Wenn sie einverstanden sind, starten wir für die

Schweiz.« Er beugte sich zum Tisch herunter, nahm Helens Glas und trank es ebenfalls zur Hälfte leer. »Und sobald man uns als Team akzeptiert hat, fangen wir mit dem Training an.« Er lächelte sie an. »Wobei wir damit auch gleich beginnen können. Wann waren wir das letzte Mal zu zweit auf dem Meer?«

»Es ist eine Ewigkeit her«, stimmte Helen ihm seufzend zu. Sie konnte es nicht erwarten, gemeinsam mit Hermann auf der Lérina zu segeln.

»In ein paar Wochen beginnen die Qualifikationen. Es wird nicht leicht werden«, sagte Hermann. »Wir dürfen keine Zeit verlieren.«

Helen konnte ihr Glück kaum fassen. Nicht im Traum hatte sie mit dieser Wendung gerechnet. Noch vor ein paar Tagen hatte alles ganz anders ausgesehen. Für eine Nation zu starten, die Frauen auf dem Segelboot nur duldete, aber nicht schätzte, erschien ihr weitaus weniger attraktiv, als sich für ein Land zu qualifizieren, das sich die Teilnahme von Frauen ausdrücklich wünschte. Wie hatte sie sich so verrennen können? Manchmal sah man das Offensichtliche nicht. Auch wenn es direkt vor einem lag.

»Stell dir vor, wir gewinnen für die Schweiz eine Medaille, das wäre großartig!«, sagte Helen.

»Zuerst müssen wir teilnehmen dürfen«, erinnerte Hermann sie. Er holte Helen auf den Boden der Realität zurück. »Die Konkurrenz ist groß. Es gehen die besten Segler der Welt an den Start.«

»Zu denen wir gewiss gehören«, lachte Helen. Sie hatte das Gefühl, Berge versetzen zu können. Dass die Möglichkeit bestand, dass sie und Hermann sich nicht qualifizierten, kam ihr gar nicht in den Sinn.

»Du stellst dir das leichter vor, als es ist. Eine Regatta ist kompliziert.«

»Ich weiß, ich habe eine Woche lang mit Loris Etienne trainiert. Ich beherrsche eine perfekte halsbrecherische Rollwende und halsbrecherische Halsen.«

Ein Teil ihres Optimismus schwappte auf Hermann über.

»Na, dann kann ja nichts mehr schiefgehen«, meinte er lächelnd, und Helen küsste ihn erneut. »Trainieren sollten wir trotzdem.«

»Jetzt gleich?«, fragte Helen.

Hermann überlegte. »Warum nicht?«, sagte er. »Es ist Wochen her, dass wir gemeinsam auf dem Segelboot waren. Worauf sollen wir warten?«

Das ließ Helen sich nicht zweimal sagen. »Ich hole nur rasch meine Hosen.«

»Muss das sein?«, fragte Hermann vorsichtig.

»Wir wollen doch gewinnen, und du willst mich beim Training gewiss nicht aus dem Meer fischen, weil ich mich im Rock meines Kleides verfange, oder?«

Bevor Hermann noch etwas sagen konnte, lief Helen los. Eine bessere Gelegenheit, ihn zu überzeugen, würde nicht mehr kommen.

## Cannes, Frühsommer 1900

Beim Schweizer Segelverband war die Freude über Hermanns Entscheidung groß. Die Reaktion der Presse fiel hingegen sehr unterschiedlich aus. Während progressive Reporter seinen Schritt als modern und fortschrittlich bezeichneten, wurde er von konservativen Journalisten durch den Kakao gezogen. Er sei ein Pantoffelheld, der unter der Fuchtel seiner Ehefrau stehe. Ein Mann, der seine Meinung dem Willen seiner Frau anpasse.

Zu Helens großer Überraschung prallten die negativen Artikel an Hermann ab. Er weigerte sich strikt, sie zu lesen, und konzentrierte sich voll und ganz auf die bevorstehende Regatta.

Jeden Nachmittag bestiegen Helen und er die Lérina. Sie übten riskante Wenden und schneidige Halsen. Sie segelten enge Kurse, wichen Bojen aus und visierten Ziele in weiter Ferne an. Sie gingen so hart an den Wind, dass das Boot sich quer stellte und sie mit ihrem Körpergewicht gegenhalten mussten, um nicht zu kentern. Helen hatte noch nie so viel Freude am Segeln gehabt wie jetzt gemeinsam mit Hermann. Sie fühlte sich frei und gleichzeitig geborgen. Je mehr sie riskierte, umso mutiger wurde auch Hermann. Sie waren das perfekte Team. Und tatsächlich war Hermann schon nach dem ersten Übungsnachmittag von der Notwendigkeit der Hosen überzeugt.

»Aber beim Wettkampf darfst du den Rock erst ablegen, wenn wir weit genug vom Ufer weg sind«, meinte er.

»Keine Sorge«, versicherte Helen. »Niemand wird bemerken, dass ich in Hosen auf dem Boot sitze.«

Elisa hatte aus dem weichen Baumwollstoff vom Dachboden drei weitere Hosen für Helen geschneidert. Eine saß so perfekt, dass Helen sie gar nicht mehr ausziehen wollte und am liebsten auch an Land damit herumgelaufen wäre. Diesen Wunsch behielt sie für sich. Die Hosen waren auch so schon Aufregung genug für ihren Ehemann.

Eine Woche vor den Qualifikationen zu den Olympischen Spielen in Meulan gingen Hermann und Helen ein letztes Mal an Bord der Lérina. Sie umrundeten die Îles de Lérins in einer Rekordzeit und legten anschließend siegessicher im Hafen an.

»Sie müssen uns starten lassen«, war Helen überzeugt. »Wir sind einfach die besten Segler.«

Hermann widersprach nicht. Auch er schien heute von ihren Chancen auf einen Sieg überzeugt. Gemeinsam holten sie die Segel ein und kletterten vom Schiff.

»Jetzt haben wir uns ein Glas kühlen Chardonnay und frisches Baguette mit gegrillten Krabben verdient. Was meinst du?«, sagte Hermann.

»Unbedingt!«

Sie schlenderten zu einer kleinen Bar neben dem Hafen. Richard Lefèbre war der Besitzer des Lokals. In den letzten Jahren hatte er sich mit ausgezeichneten Weinen einen Namen gemacht. Hermann belieferte ihn mit seinen schweren Rot- und leichten Weißweinen.

Schon von Weitem winkte Lefèbre ihnen zu. »Monsieur und Madame de Pourton, wie schön, dass Sie mich beehren!« Der kleine Mann mit dem schütteren Haar, das er seitlich über seine Glatze gelegt hatte, wies ihnen einen Platz auf der Terrasse an.

»Was darf ich bringen?«

»Zwei Gläser von meinem Chardonnay und ihre ausgezeichneten Krabben«, sagte Hermann.

»Kommt sofort«, meinte Lefèbre. Am Nebentisch saß Lefèbres Schwager, ein Finanzbeamter, der in Marseille arbeitete. Jedes Wochenende kam er nach Cannes.

»Wie man in den Zeitungen liest, bereiten Sie sich auf die Qualifikation zu den Olympischen Spielen vor«, sagte der Mann. Genau wie Lefèbre hatte auch er kaum noch Haare auf dem Kopf.

»Ja, nächste Woche starten wir«, sagte Helen. »Drücken Sie uns die Daumen.«

»Das wird wohl kaum etwas nützen«, lachte Lefèbres Schwager.

»Pardon?« Hermann richtete sich auf.

»Nun, Sie starten mit Ihrer Frau!« Er sah Helen mitleidig an. »Nichts für ungut, Madame, aber Sie haben wohl kaum eine Chance gegen die männliche Konkurrenz.«

»Meine Frau ist eine hervorragende Seglerin«, sagte Hermann. »So mancher Mann würde sich freuen, würde er über ihr Talent verfügen.«

Der Finanzbeamte verzog spöttisch den Mund. »Ja, gewiss.«

»Ich meine es ernst«, sagte Hermann.

Richard Lefèbre kam mit dem gekühlten Wein und einem Korb mit frischem Baguette an ihren Tisch. »Wird hier über die Olympischen Spiele gesprochen?«, fragte er.

»Ja. Und Ihr Schwager ist der Meinung, dass Helen und ich keine Chance auf einen Sieg haben. Was lächerlich ist.«

Nun zeigte sich auch auf Lefèbres Gesicht ein mitleidiges Lächeln. »Sie wissen, dass ich Sie und Ihre Frau sehr schätze«, sagte er. »Aber Sie beide werden doch gewiss nicht glauben, dass Sie gewinnen können.«

»Natürlich glauben wir das«, sagte nun Helen.

»Bei allem Respekt: Das erscheint mir doch ausgesprochen unwahrscheinlich, Madame.« Lefèbre lachte, und sein Schwager stimmte mit ein.

»Warum soll das unwahrscheinlich sein?«, fragte Hermann. Helen bemerkte, dass seine Stimme gefährlich ruhig klang. Das passte nicht zu seiner angespannten Körperhaltung.

»Na, weil Sie mit einer Frau segeln. Niemals werden Sie so alle Männer besiegen, ganz egal, wie talentiert Sie auch sein mögen.« Lefèbre lachte, und sein Schwager stimmte fröhlich ein. So als wäre eben ein unterhaltsamer Witz zum Besten gegeben worden.

Als Lefèbre sich wieder beruhigt hatte, meinte sein Schwager: »Ich muss zugeben, dass wir alle erleichtert waren, als wir erfuhren, dass Sie nun für die Schweiz antreten und nicht für Frankreich.«

Helen wünschte, er würde nicht weitersprechen. Hermann hatte beide Hände zu Fäusten geballt. Sein Gesicht nahm einen gefährlich dunklen Ton an.

»Ach ja?«, sagte er leise.

»Ja.« Lefèbre lachte. Er schien vergessen zu haben, dass einer seiner wichtigsten Weinlieferanten vor ihm saß. »Wir wollen schließlich alle, dass Frankreich eine Goldmedaille einfährt. Wie soll das gehen, wenn eine Frau für die Nation an den Start geht?«

Nun lachten beide Männer so boshaft und gehässig, dass Hermann der Kragen endgültig platzte. Er stand auf. »Sie können Ihre Krabben behalten«, sagte er. »Den Wein trinken wir zu Hause.« Ohne ein weiteres Wort drehte er sich um und ging zum Ausgang. Helen entschuldigte sich und eilte ihm nach.

Zurück blieben zwei verdattert dreinblickende Männer.


Als Helen Hermann eingeholt hatte, hakte sie sich bei ihm unter. »Vergiss das dumme Geschwätz«, riet sie ihm.

Hermann drehte sich zu ihr und sah ihr ernst in die Augen. »Ich bin zwar immer noch nicht ganz davon überzeugt, dass Frauen an allen Wettbewerben teilnehmen sollten«, gab er zu. »Aber je mehr dieser beleidigenden Worte ich höre, umso besser kann ich dich und deine Freundinnen verstehen. Was diese Männer von sich geben, ist unerträglich.«

Helen stellte sich auf die Zehenspitzen und hauchte Hermann einen Kuss auf die Wange. »Manchmal hilft es, die Seite zu wechseln, um etwas besser zu verstehen«, sagte sie.

»Und was essen wir jetzt?«, wollte Hermann wissen. »Mein Magen knurrt.«

»Was hältst du von Pain au chocolat?«

Hermann grinste. »Nun, das sind zwar keine Krabben«, meinte er, »aber Schokolade kann ich nie widerstehen.« Er nahm Helen in den Arm und zog sie zu sich. »Genau wie dir.«

Die bösen Bemerkungen von Lefèbre waren mit einem Schlag vergessen.

## Meulan, Frühsommer 1900

Vivian und Mayla ließen es sich nicht nehmen, sie wollten Helens Qualifikationsrennen unbedingt miterleben.

»Machst du Scherze?«, hatte Vivian gesagt, als Helen sie in Marseille besucht hatte. »Selbstverständlich kommen wir, wenn du Geschichte schreibst. Die erste Frau, die bei den Olympischen Spielen als Seglerin antritt. Mit etwas Glück gewinnst du auch noch die erste Goldmedaille für die Schweiz. Man wird deinen Namen in allen Geschichtsbüchern erwähnen.«

»Es ist bloß die Qualifikation«, hatte Helen sie erinnert. Doch insgeheim ging es ihr wie Vivian. Auch für sie war die Regatta in Meulan, die zwei Tage vor den Spielen stattfand, bereits Teil der Wettbewerbe. Schließlich war es eine große Ehre, dabei sein zu dürfen. Insgesamt nahmen 997 Sportler an den Spielen teil. Zweiundzwanzig davon waren Frauen. Beim Segeln starteten sechs Nationen, und Helen war die einzige weibliche Athletin. Es hieß, eine Strecke von elf Kilometern zurückzulegen. Die schwereren Boote würden in Le Havre am Ärmelkanal starten.

Hermann fuhr schon eine Woche vor der Regatta nach

Meulan-en-Yvelines in der Region Île-de-France. Über die Seine brachte er die Lérina in die Kleinstadt etwa vierzig Kilometer westlich von Paris. Helen sollte mit dem Zug nachkommen. Sie übernachtete gemeinsam mit Vivian und Mayla in Paris, in Vivians Wohnung neben Notre-Dame. Die drei besuchten den Schweizer und den englischen Pavillon der Weltausstellung, fuhren eine Runde mit dem Riesenrad, bestaunten den fahrbaren Gehsteig und gingen am Abend ins Theater. In einem netten Lokal nebenan aßen sie den köstlichsten Flammkuchen, den Helen je gekostet hatte. Sie hatten den Tisch schon zwei Tage im Voraus reservieren müssen, weil Paris wegen der Weltausstellung aus allen Nähten platzte. Jedes noch so kleine Zimmer war zu horrend hohen Preisen vermietet. Jeder wollte mit der neu eröffneten Métro fahren. Helen und Mayla bevorzugten einen Spaziergang, während Vivian sich in einen der überfüllten Waggons drängte. Hinterher meinte sie enttäuscht: »Die Métro ist genauso eng und finster wie die in London. Ich werde weiterhin die Kutsche nehmen. Das ist deutlich komfortabler, und man sieht mehr von seiner Umgebung. Diese düsteren Schlunde unter der Erde sind bedrückend.«

Am Abend vor den Rennen nahm Helen den Zug nach Meulan, wo Hermann sie am Bahnhof erwartete. Vivian und Mayla wollten am nächsten Morgen nachkommen. Hermann hatte ein kleines hübsches Zimmer in der Nähe des Hafens gebucht, von wo sie direkt auf den Austragungsort der Spiele schauen konnten. Zwei Holztribünen waren im Start und Ziel aufgebaut worden, bunte Fähnchen zierten beide Bereiche.

Helen war so nervös, dass sie kaum schlafen konnte. Immer wieder wälzte sie sich von einer Seite auf die andere. Auch Hermann schlief unruhiger als sonst. Beide erwachten, als die ersten Sonnenstrahlen ins Zimmer fielen. Schon beim Öffnen der Fensterläden war klar, dass es ein windstiller Tag werden würde. Kaum mehr als ein Lüftlein bewegte die Blätter an den Bäumen. Das technische Können der Teilnehmer würde im Vordergrund stehen.

»Deine Segelerfahrung vom Genfersee wird für uns heute hilfreich sein«, sagte Hermann beim Frühstück. Sie saßen auf der Terrasse und beobachteten, wie der Hafen langsam immer belebter wurde. Erste Straßenhändler bauten ihre Stände auf, weitere Papiergirlanden wurden im Zielbereich aufgehängt.

»Ich kann ein Boot auch in Bewegung setzen, wenn es absolut windstill ist«, sagte Helen zuversichtlich.

Hermann legte die Zeitung zur Seite. »Ich wünschte, ich hätte deinen Optimismus.«

Auf der Titelseite kündigte ein Artikel die Regatta an. Mit keinem Wort wurden Hermann und Helen erwähnt. Es war, als hätte die französische Presse sie völlig vergessen, seit bekannt war, dass sie für die Schweiz starten würden. Darüber, dass Helen eine der zweiundzwanzig an den Spielen teilnehmenden Frauen war, wurde nicht berichtet. Helen beschloss, sich nicht darüber zu ärgern. Sie hatte erreicht, wofür sie gekämpft hatte. Sie war Teil der Spiele und würde dabei sein. Das allein zählte. In der Schweizer Presse wurde ihr Name im Sportteil erwähnt. Auch dort nur ganz klein, doch in der Schweiz schenkte man den Olympischen Spielen im Allgemeinen nicht viel Aufmerksamkeit. Der Weltausstellung mit den zur Schau gestellten technischen Sensationen wurde in den Zeitungen weit mehr Raum gegeben als dem Sport. Helen war es gleich, sie wusste, was ihre Teilnahme für den Frauensport bedeutete.

Gleich nach dem Frühstück machten sie sich auf den Weg zum Hafen. Die ersten internationalen Reporter aus England, den Vereinigten Staaten und den Niederlanden waren schon da, ein paar Schaulustige suchten sich gute Plätze auf den Tribünen, und geschäftstüchtige Straßenhändler bauten ihre Stände auf. Es gab gebratene Würste, gebrannte Mandeln und frisches Schmalzgebäck. Ein besonders einfallsreicher Unternehmer hatte einen fahrbaren Ofen für Crêpes gebracht und bot die dünnen Pfannkuchen mit unterschiedlichen Füllungen an. Vor seinem Stand hatte sich schon jetzt eine Warteschlange gebildet, in den nächsten Stunden würde sie sicher noch länger werden. Fotografen brachten sich beim Start in Position, um den besten Platz zu ergattern.

Hermann ging zur Veranstaltungsleitung. »Ich hole unsere Startnummer«, sagte er.

»Ich komme mit«, meinte Helen. Sie war zu nervös, um allein am Pier zu warten. Alles war so aufregend, sie wusste gar nicht, wo sie zuerst hinsehen sollte.

Hermann reihte sich bei den Wartenden ein. Vor ihnen standen zwei Engländer, hinter ihnen drei Holländer. Auch sie wirkten nervös. Alle trugen helle Hosen und praktische Pullover. Helen hatte unter ihrem einfachen Rock aus dünner Baumwolle Elisas Hosen an. Für die Wettkämpfe hatte das Mädchen ihr besonders weiche und bequeme Hosen genäht. »Damit Sie sich schnell und sicher bewegen können«, hatte sie gesagt. Helen liebte die Hosen. Sie waren so leicht, dass sie sie unter dem Rock kaum wahrnahm.

Endlich waren sie an der Reihe.

»Bedaure!«, sagte der Mann hinter dem Schalter. »Ihr Segelboot entspricht nicht den geforderten Kriterien. Sie werden nicht an den Start gehen können.«

Sowohl Hermann als auch Helen sahen den Mann entsetzt an.

»Was soll das heißen?«, fragte Hermann. »Die Lérina ist ein Ein-Tonner. Das Boot wurde letzte Woche geprüft und zugelassen. Ich bin zur Prüfung extra eine Woche früher aus Cannes angereist.«

Der Mann, ein Herr um die fünfzig mit grauem Haar, zuckte mit den Schultern. »Ich lese nur vor, was hier steht.«

»Das muss ein Irrtum sein«, sagte Hermann. »Ich will die Wettkampfleitung sprechen.«

»Das tun Sie«, sagte der Mann. »Ich bin Teil der Leitung.«

»Dann werden Sie doch wissen, dass es sich nur um ein Missverständnis handeln kann. Jemand hat versehentlich falsche Daten in die Liste eingetragen. Unser Boot ist wettkampftauglich.«

»Ich darf Ihnen keine Startnummer aushändigen.«

Helens Puls beschleunigte sich. War es tatsächlich ein Irrtum? Oder hatte der französische Segelverband diese Entscheidung zu verantworten? Oder gar Pierre de Coubertin? Wollte er so verhindern, dass eine Frau an den Start ging?

Hermann blieb überraschend ruhig. »Erklären Sie mir doch bitte, was an unserem Schiff nicht den Kriterien entspricht.«

»Das kann ich Ihnen nicht sagen«, meinte der Mann. »Hier steht nur, dass Sie nicht antreten dürfen.«

»Wer hat diese Entscheidung getroffen?«, wollte Hermann wissen.

»Die Boote wurden gestern noch ein letztes Mal durch eine Kommission geprüft.«

»Dann will ich ein Mitglied dieser Kommission sprechen«, forderte Hermann.

Genervt drehte sich der Mann um. »Wo ist Pierre de Coubertin?«

Helens Zuversicht sank. Es steckte also tatsächlich der Initiator der Olympischen Spiele dahinter. Sie hatten keine Chance. Wenn er nicht wollte, dass sie teilnahmen, würden sie nicht mit der Lérina an den Start gehen – ganz egal, ob das Segelboot den Anforderungen entsprach oder nicht.

»Bitte treten Sie zur Seite, damit ich den anderen Teilnehmern ihre Startnummern aushändigen kann.«

»Ich denke nicht daran!«, empörte sich Hermann. Er stemmte die Hände in die Hüften und stellte sich mit breiten Beinen auf.

Helen schob ihn sanft zur Seite. »Das bringt doch nichts!«

»Willst du etwa aufgeben?«, fragte er verständnislos.

»Nein«, entgegnete Helen. »Da hinten sind Vivian und Sir Walton. Lass uns zu ihnen gehen.«

Der reiche Unternehmer aus den Staaten unterhielt sich angeregt mit Vivian. Mayla stand schweigend daneben.

Sobald Vivian Helen entdeckte, winkte sie ihr fröhlich zu. »Helen, huhu!«

Helen lief zu ihnen.

»Ich kann es nicht erwarten, dich und Hermann gewinnen zu sehen«, sagte Vivian.

»Daraus wird nichts«, sagte Helen geknickt. »Man will uns nicht starten lassen. Angeblich stimmt mit unserem Segelboot etwas nicht. Aber das muss ein Irrtum sein, denn letzte Woche war alles noch in Ordnung.«

Sir Walton stützte sich elegant auf seinem Gehstock ab. »Ich kenne mich mit Segelbooten nicht aus«, gab er zu. »Aber gewiss kann Monsieur de Coubertin Licht in die Angelegenheit bringen. Es muss in seinem Interesse sein, dass Sie starten. Er weiß, wie sehr mir Ihre Teilnahme am Herzen liegt.« Er zwinkerte Helen aufmunternd zu.

Es dauerte eine halbe Stunde, bis de Coubertin endlich kam. Alle anderen Teilnehmer hatten ihre Startnummern bereits erhalten, und die ersten Sportler machten sich daran, die Segelboote zu besteigen. Helen hätte vor Ärger und Zorn schreien können. Hilflos starrte sie auf ihre Uhr und sah zu, wie der Zeiger sich unaufhaltsam weiterbewegte. In einer Stunde sollte der Startschuss fallen. Es wurde eng.

Als Helen de Coubertin sah, wusste sie sofort, dass er hinter der Sache steckte. Ein siegessicheres, boshaftes Lächeln lag auf seinen Lippen. Er hatte gewonnen. Auch in diesem Jahr würde keine Frau beim Segeln an den Start gehen.

Anders als Helen, deren Zuversicht schwand, drehte Hermann auf. »Pierre, was soll das? Du weißt genau, dass die Lérina allen Anforderungen entspricht.« Gegen sein sonst so ruhiges Temperament wurde Hermann aufbrausend. »Wir brauchen unsere Startnummer. Was hier stattfindet, ist böse, hinterhältige Sabotage.«

De Coubertin breitete die Arme aus und setzte zu einer Erklärung an, als er Sir Walton und Vivian erblickte. Augenblicklich erstarrte seine Mimik. Sein sonnengebräuntes Gesicht verlor an Farbe.

»Sir Walton«, sagte er irritiert. »Was machen Sie hier? Ich dachte, dass Sie längst in die Staaten zurückgekehrt sind.«

»Meine Töchter sind bedauerlicherweise abgereist, sie haben gesellschaftliche Verpflichtungen. Aber ich bin noch hier, wie Sie sehen. Wie könnte ich mir dieses Spektakel entgehen lassen?«, meinte Sir Walton. »Zum ersten Mal in meinem Leben halte ich der Schweiz die Daumen.« Er zwinkerte Helen erneut zu. In ihr keimte neue Hoffnung.

Hermann richtete seine Worte ungehalten an de Coubertin. »Sag der Wettkampfleitung, dass Sie uns eine Startnummer geben soll!«

Helen rechnete mit Widerstand, mit Erklärungen, warum die Lérina nicht den Anforderungen der Regatta entspreche. Aber nichts dergleichen folgte. Ohne Widerrede marschierte de Coubertin los und kam kurz darauf mit der Startnummer 22 wieder zurück.

Vivian umarmte Helen stürmisch. »Und jetzt heißt es gewinnen«, sagte sie.

»Es reicht, wenn wir uns qualifizieren«, meinte Helen. Sie schenkte de Coubertin keine Beachtung, fasste Hermann an der Hand und zog ihn weg, bevor er etwas Böses sagen konnte.

Kurz darauf waren beide auf dem Boot. Die Segel waren gesetzt, Hermann hielt die Großschot fest, Helen saß ihm gegenüber. Sie prüfte Wind und Gegner. Es ging tatsächlich kaum ein Lüftchen. Der Verklicker hing völlig schlaff. Er half ihnen nicht weiter. Helen konzentrierte sich auf ihre Haut, wie sie es einst von Leano am Genfersee gelernt hatte. Sie spürte einen kaum wahrzunehmenden Hauch. Genug, um das Boot flott zu machen.

Am Ufer entdeckte sie Vivians rosaroten Sonnenschirm, Maylas bunte Tracht und Sir Waltons hellen Strohhut. Sie hatten Plätze auf der Holztribüne ergattert, hielten Champagnergläser in den Händen und winkten ihnen aufgeregt zu. De Coubertin hatte sich zurückgezogen. Das war gut so. Helen konnte auf seine Anwesenheit verzichten.

Langsam brachten Hermann und sie das Segelboot in Fahrt. Die anderen Teilnehmer hatten sich bereits in die Nähe der Startlinie begeben. Alle versuchten, das bisschen Wind möglichst erfolgreich zu nutzen und gleichzeitig die Startlinie nicht zu früh zu überqueren, denn das würde eine Disqualifikation bedeuten. Nichts wäre schrecklicher als das.

Helens Nervosität stieg ins schier Unermessliche. Als sie sich weit genug vom Ufer entfernt hatten, schlüpfte sie möglichst unbemerkt aus ihrem Rock. Sie rollte das Kleidungsstück hastig zusammen und verstaute es unter dem Bug.

»So«, sagte sie. »Es kann losgehen.«

Genau in dem Moment fiel der Startschuss. Das Boot der Franzosen hatte die Startlinie schon vorher überquert. Ihre

Fahrt würde nicht gewertet werden, ein Albtraum jedes Athleten. Helen verspürte fast ein wenig Mitleid mit den Männern. Sie hatten so hart trainiert, nur um jetzt unverrichteter Dinge wieder nach Hause fahren zu müssen. Für sie und Hermann war es ein Segen: ein Konkurrent weniger.

Helen beobachtete das Segeltuch. Neben dem intensiven Spüren auf ihrer eigenen Haut war es ein sicherer Anzeiger für den Leichtwind. Aus welcher Richtung kam er? Das Boot stand aufrecht im Wasser. Die Segel verloren ihre Form und bildeten Falten. Das galt es rasch zu verhindern!

»Wir müssen mit unserem Gewicht eine leichte Krängung nach Lee erzeugen«, sagte sie und wechselte die Bootsseite, ohne das Boot dabei zu sehr in Bewegung zu versetzen, denn das würde sich negativ auf die Geschwindigkeit auswirken.

»Wir sollten die Schoten weiter öffnen und die Segel mit maximalem Profil fahren«, sagte Hermann.

Helen half ihm, das umzusetzen. Sie sah sich um. Drei der teilnehmenden Boote waren schon jetzt zurückgefallen. Niemals würden sie den Abstand, der entstanden war, wieder einholen. Ein Segelboot stand völlig still. Die Lérina hingegen nahm an Fahrt auf. Langsam, aber stetig beschleunigte sie ihr Tempo. Zwei Boote lagen vor ihnen, sie galt es zu überholen. Schon sah Helen, dass das Segelboot der Niederländer sich ihnen in den Weg stellte.

»Wir müssen wenden«, rief Hermann. »Verdammt, damit verlieren wir unseren Kurs.«

»Das haben sie absichtlich gemacht«, schimpfte Helen. »Das ist gegen die Regeln. Auch sie sollten disqualifiziert werden!«

»Wir müssen ihnen ausweichen«, sagte Hermann. Er ging nicht auf Helens Jammern ein und dachte praktisch, wie immer.

Mit geübten Handgriffen leiteten sie die Wende ein und wechselten die Bootsseite. Die Lérina verlor an Fahrt, für einen kurzen Moment stand sie sogar völlig still. Es dauerte, bis Helen und Hermann sie wieder auf Kurs gebracht hatten. Mit vollem Körpereinsatz erzielten sie eine Krängung, und das Boot nahm wieder an Fahrt auf.

»Hart an den Wind«, lachte Helen fröhlich.

Tatsächlich gelang es ihnen, den wenigen Luftzug auszunutzen. Die Lérina schloss auf und überholte die beiden Boote vor ihnen. Sie lagen jetzt deutlich vorne. Diese Position hieß es zu halten. Gekonnt umrundeten sie die Boje und fuhren die vorgegebene Strecke wieder zurück. Der wenige Wind blies ihnen jetzt entgegen, weshalb es ein Leichtes war, den Kurs zu halten. Helen drehte sich um. Der Abstand zwischen ihnen und den anderen Teilnehmern blieb gleich. Sie wünschte, er würde sich vergrößern.

»Noch haben wir den Sieg nicht in der Tasche«, meinte Hermann und deutete mit dem Kinn auf die Engländer, die nun deutlich an Tempo zulegten. Aber auch die Lérina wurde schneller. Waghalsig lehnte Helen sich noch weiter über Bord, sodass Wasser auf ihren Rücken spritzte. Das Segelboot zischte los, und Helen juchzte vor Freude. Auch Hermann jubelte. Endlich hatten sie die Geschwindigkeit erreicht, die sie sich erträumt hatten. Die Segel strafften sich, der Wind strich an ihnen vorbei. Helen nahm ihren nassen Rücken kaum wahr, zu sehr gab sie sich dem Rausch der

Geschwindigkeit hin. Der Abstand zwischen der Lérina und den anderen Booten wurde größer, genau wie sie es erhofft hatte. Gleich hatten sie es geschafft, die Ziellinie kam bereits in Sichtweite.

»Helen, du musst dich anziehen«, forderte Hermann sie auf.

»Das geht nicht«, entgegnete Helen. »Wenn ich jetzt die Position wechsle, verlieren wir wieder an Fahrt, und die Engländer holen uns ein.« Sie schaute nach hinten. Tatsächlich war es den Engländern gelungen, die Segel so zu trimmen, dass sie aufholten.

»Helen, bitte!«, drängte Hermann. »Ich will nicht, dass sie uns den Sieg aberkennen, weil du nicht anstandsgemäß gekleidet bist.«

Doch Helen blieb hartnäckig. »Konzentrier dich auf die Schot und überlass meine Kleidung mir!«

Hermann verzog den Mund, sagte aber nichts mehr. Zu sehr war er mit dem Segel beschäftigt. Helen hielt die Ruderpinne mit beiden Händen fest. Schon konnten sie die Zuschauertribünen erkennen. Aus den bunten kleinen Flecken wurden jubelnde Menschen. Sie applaudierten und feuerten die Segler an. Jemand trötete mit einem selbst gebastelten Instrument. Die Geräusche rasten an Helen vorbei. Die Engländer waren jetzt nahe an sie herangekommen, nur noch ein paar Meter trennten die zwei Segelboote. Die Lérina überquerte die Ziellinie.

»Die Schweiz geht als Sieger aus diesem Rennen hervor!« Die Stimme dröhnte durch das Megaphon. »Gefolgt von England und den Niederlanden!«

»Wir sind bei den Spielen dabei!«, rief Helen begeistert. Sie konnte ihr Glück nicht fassen. Am liebsten wäre sie Hermann auf der Stelle um den Hals gefallen und hätte ihn geküsst. Aber sie musste erst in ihren Rock schlüpfen. Zu groß war die Gefahr, wegen unsittlicher Kleidung disqualifiziert zu werden.

»Fahr noch nicht an Land«, bat sie. Geschickt holte sie mit dem Fuß ihr Kleidungsstück unter dem Bug hervor. Es war pitschnass. Zu Hause hatte sie geübt, in Windeseile in einen trockenen Rock zu schlüpfen. Jetzt kämpfte sie mit dem nassen Stoff. Sie schalt sich eine Närrin. Hastig zog sie den Rock hoch und knöpfte ihn zu. In der Hektik übersah sie, dass sie eine Reihe der Knöpfe in falscher Reihenfolge zumachte.

Langsam brachte Hermann das Segelboot zum Stehen. Helen sprang auf und warf geschickt eine Leine auf eine der Halterungen am Kai. Mit einem Satz hüpfte sie hinterher und befestigte die Leine.

Da kamen auch schon Vivian und Mayla auf sie zu. »Du warst großartig!«, rief Vivian. Sie hielt vor Helen an. Mayla stellte sich so, dass sie Helen verdeckte.

»Dein Rock«, flüsterte sie.

»Was ist damit?« Helen sah an sich herab und entdeckte das Malheur.

»Keine Sorge, ich mach das. Halt still!« Mit flinken Fingern knöpfte Mayla die Knöpfe in richtiger Reihe zu. Die untersten mussten offen bleiben. Kaum dass sie fertig war, eilten auch schon die ersten Journalisten herbei, Männer in zerknitterten Anzügen, mit Hüten auf dem Kopf und Stiften hinter den Ohren. Sie sahen aus wie die Karikaturen von Sportreportern.

»Monsieur de Pourton. Sie haben eben eine unglaubliche Leistung vollbracht. Bei diesen Windverhältnissen mit so einer Geschwindigkeit ins Ziel zu kommen – das war sensationell!«

»Vielen Dank.« Hermann war ebenfalls an Land geklettert. »Der Sieg ist meiner Frau zu verdanken, sie ist die mutigere Seglerin von uns beiden.« Hermann wies mit beiden Händen auf Helen, deren ohnehin gerötete Wangen noch dunkler wurden.

Als hätten sie jetzt erst bemerkt, dass Helen mit an Bord gewesen war, drehten die Reporter sich zu ihr. »Madame de Pourton?«

»Ja, das bin ich.«

»Gratulation zu diesem Sieg. Wenn Sie bei der Regatta in zwei Tagen eine ähnliche Leistung schaffen, fahren Sie mit der Goldmedaille nach Hause.«

»Genau das habe ich vor!« Helen lachte.

»Monsieur de Pourton, was hat Ihren Sinneswandel bewirkt? Noch vor ein paar Wochen haben Sie unserer Zeitung ein Interview gegeben, in dem Sie sich gegen die Teilnahme von Frauen bei den Olympischen Spielen ausgesprochen haben. Heute sind Sie nun zusammen mit Ihrer Frau hier angetreten. Bitte geben Sie unseren Lesern eine Erklärung.«

»Die ist ganz einfach«, sagte Hermann. »Meine Frau ist die beste Seglerin der Welt. Es wäre eine Schande, wenn sie nicht antreten dürfte. Wahrscheinlich war es die Angst, sie könnte gegen mich gewinnen, die mich zu meiner unsinnigen Aussage verleitet hat. Es ist nicht leicht, von einer Frau besiegt zu werden.«

Die Reporter schwiegen betroffen. »So können wir das auf keinen Fall schreiben«, sagte einer von ihnen. »Ein Mann darf sich doch vor den sportlichen Leistungen einer Frau nicht fürchten.«

»Dann schreiben Sie, dass meine Frau eine begnadete Seglerin ist und es mir eine große Ehre und Freude ist, mit ihr anzutreten. Ohne ihre Hilfe hätte ich dieses Rennen nicht gewonnen. Wir werden an den Spielen teilnehmen, und wenn es uns gelingt, unser Können voll unter Beweis zu stellen, werden wir gewinnen.«

»Aber was hat Ihren Sinneswandel bewirkt?«, beharrte ein anderer Reporter. »Ich verstehe immer noch nicht, wie Sie Ihre Meinung so schnell ändern konnten.« Er hielt Hermann den Notizblock unter die Nase.

»Es war Helens Leistung«, sagte Hermann geradeheraus. »Sie haben es alle gesehen. Meine Frau ist einfach eine unglaublich gute Seglerin, und sie wird die erste Goldmedaille für die Schweiz einfahren.« Er sah Helen direkt an. In seinen Augen lag so viel Zuneigung, Stolz und Liebe, dass Helen ganz warm wurde. Er glaubte wirklich an sie. Dieses Wissen erfüllte sie mit purer Freude. Sie musste noch damit warten, ihn zu umarmen und zu küssen, denn das Austauschen von Intimitäten ziemte sich in der Öffentlichkeit nicht. Aber sobald die Reporter weg waren, würde sie es ausführlich tun.

»Sie werden in zwei Tagen also für die Schweiz an den Start gehen?«, wollte ein anderer Reporter wissen. »Warum nicht für Frankreich?«

»Der französische Segelverband wollte uns nicht«, erklärte Hermann. »Ich denke, dass die zuständigen Herrschaften sich schon heute Abend über die Entscheidung ärgern werden, schließlich haben die Franzosen sich durch einen Fehlstart disqualifiziert.«

»Schade, sehr schade«, meinte ein anderer Reporter. Die Männer machten sich Notizen über die Zeit, die Windstärke und das Gewicht der Lérina. Dann zogen sie nach und nach ab. Als Hermann und Helen allein am Kai standen, ergriff sie seine Hände. Sie waren warm und kräftig, und sie verhießen Sicherheit. Genau wie damals am Genfersee.

»Glaubst du wirklich, dass wir eine Chance auf die Goldmedaille haben?«, fragte sie.

»Wenn ich sie mit dir nicht gewinnen kann, dann mit niemandem. Du bist eine großartige Seglerin.«

Helen stellte sich auf die Zehenspitzen und setzte sich über alle gesellschaftlichen Regeln hinweg. Sie küsste Hermann direkt auf den Mund. Als sie ihn wieder losließ, sagte Hermann leise: »Und wenn wir nicht gewinnen, ist es auch gleich.« Er zog sie näher zu sich heran. »Den größten Gewinn habe ich längst, und den lasse ich nie wieder los. Diesen Fehler begehe ich kein zweites Mal.«

Er besiegelte seine Worte ebenfalls mit einem Kuss, der so leidenschaftlich war, dass er sofort Aufsehen erregte.

»He, Sie da, wir sind nicht im Moulin Rouge«, keifte eine alte Frau und fuchtelte mit dem Sonnenschirm vor ihnen herum. »Hören Sie mit dem unsittlichen Verhalten auf. Sonst rufe ich die Polizei.«

»Wenn die Polizei keine anderen Probleme hat, ist Frankreich eine glückliche Nation«, brummte Hermann. Er ließ von Helen ab. Beide wussten, dass sie in spätestens einer Stunde dort weitermachen konnten, wo sie eben aufgehört hatten, und das erfüllte sie mit Vorfreude.

Helen und Hermann starteten am 20. und 22. Mai mit der Lérina für die Schweiz. Sie gewannen die Goldmedaille und die Silbermedaille. Helen war damit nicht nur die erste Seglerin, die an Olympischen Spielen teilnahm, sondern auch die erste Goldmedaillengewinnerin für die Schweiz.

Nach der offiziellen Bekanntgabe der Sieger wurden mehrere Flaschen Champagner geöffnet. Gemeinsam mit den anderen Teilnehmern feierten sie noch bis spät in die Nacht. Die vergoldeten Siegerplaketten würde man Helen und Hermann in den nächsten Wochen per Post zuschicken. Möglich, dass die zwei Postbeamten in Cannes ihnen die Trophäen überreichen mussten. Was für eine Genugtuung! Aber auch wenn es ein anderer Briefträger sein würde: Helen und Hermann waren bei den Wettkämpfen der Olympiade 1900 als Sieger hervorgegangen. Diesen Erfolg konnte ihnen niemand wegnehmen. Es fühlte sich einfach grandios an.

# Epilog

Nach ihrem Sieg ging das Paar nach Cannes zurück, wo Helen sich weiterhin dem Segeln widmete und damit anfing, Frauen in der Sportart, für die sie brannte, zu unterrichten.

Vivian und Mayla gehörten nicht zu ihren Schülerinnen. Die beiden blieben beim Tennis. »Das ist weniger gefährlich«, war Vivian überzeugt, und Mayla stimmte mit ihr überein.

Hermann produzierte weiterhin den besten Chardonnay der Gegend und exportierte ihn dank Sir Waltons Verbindungen bis in die Vereinigten Staaten. Einen Kunden strich er bereits vor den Olympischen Spielen von seiner Liste. Trotz wiederholter Bitten seitens Richard Lefèbres blieb Hermann unerbittlich. Der Gastronom bekam keinen Wein mehr aus dem Haus de Pourton.

# Nachwort

Liebe Leser*innen,

vielleicht wollen Sie jetzt wissen, was an dieser Geschichte real und was erfunden ist. Wie immer habe ich mich bemüht, den Roman in einen möglichst authentischen historischen Kontext zu setzen. Ausführlich habe ich für die »Makrogeschichte« recherchiert. Bei der »Mikrogeschichte« habe ich mir ein paar Freiheiten genommen. Die Inspiration für den Roman lieferte die Lebensgeschichte von Hélène de Pourtalès, geb. Helen Barbey. Sie war eine der ersten Frauen, die 1900 in Paris an den Olympischen Spielen teilgenommen und dabei gleich eine Gold- und eine Silbermedaille gewonnen hat. Hélène war die Tochter eines reichen Tabakproduzenten und verbrachte ihre Sommer am Genfersee, wo sie, genau wie in meiner Geschichte, Julie von Rothschild und der Kaiserin von Österreich begegnete und die Liebe zum Segeln entdeckte.

Wo habe ich mir nun künstlerische Freiheiten genommen? Hermann de Pourtalès besaß kein Weingut. Er hat sich tatsächlich gegen die Teilnahme von Frauen bei den

Olympischen Spielen ausgesprochen, wie es dazu gekommen ist, dass er dennoch mit Hélène angetreten ist, wissen wir heute nicht. Ich habe meiner Fantasie freien Lauf gelassen.

Aus eigener Erfahrung weiß ich, dass jede Frau mindestens eine gute Freundin im Leben benötigt. Es gibt Situationen, da kann sie zum wichtigsten Menschen werden. Daher habe ich Helen Vivian und Mayla zur Seite gestellt. Ich hoffe, Sie mögen die beiden so sehr wie ich.

Pierre de Coubertin wollte nie Frauen bei den Olympischen Spielen dabeihaben. Es ist anzunehmen, dass sein Sinneswandel mit Druck von außen zu tun hatte. Hier habe ich mir die Freiheit genommen, die Entscheidung vom Geld abhängig zu machen, was mir sehr wahrscheinlich erscheint.

Dass man 1900 glaubte, Frauen würden gesundheitliche Schäden davontragen, wenn sie Sport treiben, entspricht der Wahrheit. Auch die Anfeindung der Menschen aus den französischen Kolonien habe ich mir nicht ausgedacht.

Ich hoffe, dass Ihnen nicht aufgefallen ist, dass ich nur wenig Ahnung vom Segeln habe. Meine liebe Kollegin Monika Lichnovsky hat den Text akribisch geprüft, aus allen Seilen Leinen gemacht und die Segel gestrafft, wo immer ich sie aufgebläht habe. Vielen, vielen Dank.

Des Weiteren möchte ich meinen Lektorinnen Monika Buchmeier von HarperCollins und Gesa Weiß von Langenbuch und Weiß Danke sagen. Monika Buchmeier hatte die Idee zu dieser Geschichte, und Gesa Weiß hat den Text in eine lesbare Form gebracht und alle Unklarheiten beseitigt. Es hat mir großen Spaß gemacht, mich auf die Spuren der ersten Athletinnen zu begeben. Frauen wie Helen haben den Weg für modernen Frauensport geebnet. Dass sie in Vergessenheit geraten sind, ist Teil der Geschichtsschreibung. Höchste Zeit, ihnen den Stellenwert zu geben, der ihnen zusteht.

Ein weiteres Dankeschön geht an meine Tochter Ida und an meine Freundin Eva Radakovics, die die Geschichte Probe gelesen und sich auf Anhieb in Helen verliebt haben. Danke an meine Agentin Franka Zastrow, die immer für mich da ist. Und der größte und innigste Dank geht wie immer an Sie, liebe Leser\*innen, Buchhändler\*innen und Bibliothekar\*innen. Ich kann nicht oft genug betonen, wie glücklich ich bin, dass Sie meine Bücher schätzen und lesen.

Herzlichst,
Ihre Beate Maly